古典文獻研究輯刊

四 編

曾永義 主編

第13冊

王希廉的紅學初探

吳盈靜 著

國家圖書館出版品預行編目資料

王希廉的紅學初探／吳盈靜 著 — 初版 — 台北縣永和市：花
木蘭文化出版社，2012〔民 101〕
目 2+160 面；19×26 公分
（古典文學研究輯刊 四編：第 13 冊）
ISBN：978-986-254-762-5（精裝）
1.（清）王希廉 2.紅學 3.文學評論
820.8   101001739

ISBN-978-986-254-762-5

9 789862 547625

古典文學研究輯刊
四 編 第十三冊   ISBN：978-986-254-762-5

王希廉的紅學初探

作　　者　吳盈靜
主　　編　曾永義
總 編 輯　杜潔祥
出　　版　花木蘭文化出版社
發 行 所　花木蘭文化出版社
發 行 人　高小娟
聯絡地址　新北市永和區中正路五九五號七樓
　　　　　電話：02-2923-1455／傳眞：02-2923-1452
網　　址　http://www.huamulan.tw 信箱 sut81518@ms59.hinet.net
印　　刷　普羅文化出版廣告事業
初　　版　2012 年 3 月
定　　價　四編 32 冊（精裝）新台幣 52,000 元
　　　　　　　　　　　　　　　　　　　　版權所有·請勿翻印

王希廉的紅學初探

吳盈靜　著

作者簡介

　　吳盈靜，嘉義人。國立中央大學中文博士，現任國立嘉義大學中文系副教授。以評點紅學為學術研究入門之始，復進一步關注台灣紅學發展，遂引發對台灣文學的研究興趣。

　　著有碩士論文〈王希廉紅學研究〉、博士論文《清代臺灣紅學初探》，另有單篇論文〈清代閨閣紅學初探——以西林春、周綺為對象〉、〈飄泊有恨？——論許南英的遺民紅學〉、〈在名教與情教之間——論《好逑傳》中的"非常"男女〉、〈賦詠名都尚風流——王必昌〈臺灣賦〉一文探析〉、〈一位滿裔漢人的台灣詩情——論巡台御史六十七及其詩作〉、〈楊爾材《近樗吟草》中的疾病與災難書寫〉等著作。

提　　要

　　王希廉以評點的方式表現他的紅學，屬舊紅學時期的產物。五四以後，胡適考證派新紅學異軍突起，舊紅學遂在胡適竭力詆毀之下遭致全盤否定。然任一學術發展，新、舊之間必存層遞相因的關係，不可截然斷分，若無舊紅學以為基礎，則新紅學的考證便言之無根。因此重新正視舊紅學時期的研究成果，是現階段紅學研究的重要課題！

　　面對舊紅學時期的紛紜面貌，本文乃自評點入手。蓋評點派是上承脂批，下開王國維評論的重要媒介，具備純文學批評的雛形，同時評點的流行又與時代環境息息相關，故選取當時最富盛名的王希廉評點為研究對象，希冀援例以窺全貌！

　　由於評點的不受重視，致王希廉的身世成謎，故本文撰述之時，除對王評內容本身進行汰蕪存精的工作外，又自王希廉所處的歷史背景與地理環境來彰顯王評的意義與價值。根據此一方法，而有如下的章節安排：

　　首章破題，概述「紅學」一詞的建立，並以極有限的資料說明王希廉其人其事，由此點出搜尋其生平之不易。

　　第二章敘舊紅學之研究概況，試圖在紅學領域中為希廉找到一價值定位，並對小說評點學作一評估。

　　第三章敘希廉評點的刊刻及其流傳，以見其與時代結合的軌跡。

　　第四章對其評點進行內容分析，共分創作手法、藝術鑑賞及主題寓意三部分。

　　第五章則從希廉所處的江南區域試探其地緣意義。

　　第六章總結全文。

　　王希廉的紅學成就建立在群眾基礎上，一則其評點不乏精到平實之見而普獲認同，再者，有客觀環境的配合，晚清思潮與評點內容的若合符節，及江南文化圈的推波助瀾，使王評享譽海內，王評的意義與價值即表現在此！日後苟能發掘希廉生平資料，對此議題將更有裨益！

目次

第一章 緒 論

一、「紅學」一詞的建立

　　中國文學史上的「小說」體，往往必須在詩詞歌賦的夾縫中求生存。明代以後，小說地位方逐漸抬頭，小說的發展也日益蓬勃，而清初《紅樓夢》的出品，正是小說發展的極致表現，至其刊刻行世，則更是小說界一大盛事。由於《紅樓夢》與雕版印刷的結合，使它擺脫了值昂品珍的貴族身份，〔註1〕而進入更寬廣的社會環境，讓一般人也能親炙其書。於是，《紅樓夢》得以發揮其獨特的藝術魅力，在當時成為家弦戶誦的暢銷書。夢癡學人《夢癡說夢》中即記敘其時盛況：

> 《紅樓夢》一書，……嘉慶初年，此書始盛行。嗣後遍於海內，家家喜閱，處處爭購，故《京師竹枝詞》有云：「開口不談紅樓夢，此公缺典正糊塗。」〔註2〕

不管是否一如夢癡學人所言，必待嘉慶初年以後才盛行，但他卻頗能切實地道出當時《紅樓夢》席捲書市，名噪一時的景況。《紅樓夢》已成清人街頭巷議的對象，如捨《紅樓》而不言，則將有「糊塗」之譏與「枉然」之嘆。〔註3〕

〔註1〕 早期脂批時期，輾轉傳抄，費時費力，故僅能在一小撮人間流傳。又因手抄本得來不易，所以被視為珍品，昂其值多達數十金。直到程刻本出現，才能普及大眾。

〔註2〕 文見一粟（即周紹良、朱南銑二人）編《紅樓夢卷》（台北：里仁書局，1981）卷三，頁219。

〔註3〕 得輿《京都竹枝詞》云：「開談不說《紅樓夢》，讀盡詩書是枉然」（見同前註，卷四，頁354）。

於是，研究者日多，儼然成為一門學問，而首先為《紅樓夢》研究命名的是江蘇華亭人朱昌鼎（字子美）。

徐珂輯《清稗類鈔》曾詳細記載其命名的經過：

> ……嘉、道兩朝，則以講求經學為風尚，朱子美嘗訕笑之，謂其穿鑿附會，曲學阿世也。獨嗜說部書，曾寓目者幾九百種，尤熟精《紅樓夢》，與朋輩閒話，輒及之。一日，有友過訪，語之曰：君何不治經？朱曰：予亦攻經學，第與世人所治之經不同耳！友大詫。朱曰：予之經學，所少于人者，一劃三曲也。友瞠目，朱曰：紅學耳。蓋『經』字少『巠』，即為『紅』也。朱名昌鼎，華亭人。〔註4〕

從這段筆記中，不僅可以獲悉「紅學」一詞肇始於嘉、道兩朝，出於朱子美之口，並可作為小說地位提昇的又一佐證。至光緒朝，「紅學」一詞則已成為士大夫競尚標榜的名詞了。〔註5〕

至於紅學的範疇，則見仁見智，莫衷一是。今人周汝昌先生認為紅學當包括曹學、版本學、探佚學及脂學，除此而外，不得謂為紅學，並指出紅學的研究對象和目標，是專門來試行解決讀紅樓夢這部與眾各別的小說時所遇到的特殊困難的一門特殊學問，故應有「紅學」和「紅樓夢（作品）研究」兩個既有聯繫又有區分的名稱和概念。〔註6〕按周氏之意，「紅學」當為《紅樓夢》的外緣研究，並不包括作品本身的分析，但是這種說法似乎與史實不符。綜觀有清一代的「紅學」，其研究範圍實包括作品本身的分析，如評點派學者等便是（此容下章再敘），因此周氏為「紅學」範疇的設限，當只是隨其研究的喜好罷了。我們毋寧給予「紅學」更寬廣的天地，將一切有關《紅樓夢》的研究，不論周邊或內部，均劃歸紅學，如此方能全面而整體的認識《紅樓夢》的研究發展概況。而本文所欲論述的王希廉，便是以「評點」的形式表現他的紅學。

〔註4〕同註2，卷四，頁424。

〔註5〕李放《八旗畫錄》中有云：「（曹雪芹）所著《紅樓夢》小說，稱古今評話第一。光緒初，京朝士大夫尤喜讀之，自相矜為紅學云。」（同註2，卷一，頁26）

〔註6〕周汝昌先生對「紅學」一詞的看法，分別見其《研究紅樓夢的學問卻不一定都是紅學》、《『紅學』與『紅樓夢研究』的良好關係》二文（見曾楊華《紅樓夢研究述評》，收于《中國古典文學研究年鑑》，頁78～91，上海：古籍出版社，1987年2月版）

二、王希廉其人其事

　　王希廉，字雪薌、雪香，號護花主人，清江蘇吳縣人（一說震澤人）。他因評點《紅樓夢》而名著於時，清道光以後，人手一冊的《紅樓夢》本子幾爲王評本。不過，儘管多數讀者對他的評紅抱持肯定的態度，卻仍名不見經傳，其生平家世無可考見。據田于《紅樓夢敍錄》中所記，王雪香尚有「孿史」一書，但筆者雖竭力搜尋，仍無能得見。又記雪香爲舉人，筆者復遍查吳縣志、蘇州府志等方志，亦杳無所獲。此外，時人沈笠湖、劍舞山中人及張盛藻等爲其《石頭記評贊》作序跋題詞時，稱「洞庭王雪香孝廉之所作也」，此「孝廉」二字，不知是「希廉」之誤，抑其果享有「孝廉」之名。如係後者，則至今尚無法自方志傳記中取得證明。〔註7〕筆者所僅見者，唯清蔣寶齡《墨林今話》卷十六中敍「閨秀周綺」一則末附提雪香，從中約略得知雪香工善書法，餘仍付諸闕如（此則資料留待第五章再敍）。

　　由此看來，民間讀者對雪香的認同並不足以使他留名青史，而今日紅學家們，於王雪香也多僅提及其評本流行的事實，未予以正面的評價，更遑論對其背景資料的掘發了。〔註8〕然而雪香評點的異軍突起，風靡天下，乃是紅學史上罕見的現象，實不容等閒視之。而在面臨雪香資料無著的困窘下，研究雪香評點，除了針對其評點內容加以分析論述之外，只能就紅學發展史上的傳承關係給予雪香一個價值定位，並藉其江南地緣關係揣測雪香評點得以風行的原因。唯有將雪香與整個時代環境緊密結合，方可稍補雪香個人資料之不足，也才能對雪香的紅學成就有一番客觀的評價。

〔註7〕　田于所記雪香其人，見於《紅樓夢敍錄》（台北：漢苑出版社，1976年8月版），頁56。又沈笠湖、劍舞山中人及張盛藻等人的序跋題詞，亦見同書，頁207～209。

〔註8〕　關於王雪香評點的論述文章，目前僅有王靖宇先生於首屆國際紅樓夢研討會中所提的《簡論王希廉『紅樓夢評』》一文（收于香港中文大學出版的《首屆國際紅樓夢研討會論文集》中，1983）文中只對雪香的評點內容予以介紹簡論，而於其家世背景仍缺而不論。王雪香評點之所以不受當代紅學界的重視可能是受了胡適抨擊小說評點的影響。

第二章 舊紅學時期的研究概況

　　自清乾隆年間《紅樓夢》問世以後，酷嗜者眾，而從事文字評論者亦風起雲湧，蔚爲大觀。紅學浪潮延續至民國，在五四運動傳統思想與外來文化衝擊激盪的時空背景下，紅樓研究方法亦隨之轉向。胡適登高一呼，紅樓研究有了「新」、「舊」之分，〔註1〕以實事求是的考證替換了穿鑿附會的索隱，實際材料的駕馭與掘發取代了敏銳猜度力的過度依賴。此種「新興」科學方法的提出，代表著「舊昔」紅樓研究的結果，同時也一如揚棄傳統文化般全盤否定舊時的研究成果。〔註2〕以胡適爲首的「考證派」遂以摧枯拉朽之勢占

〔註 1〕「舊紅學」、「新紅學」名稱，正式的提出是在顧頡剛先生爲俞平伯《紅樓夢辨》（1923 年出版後經修訂，改名《紅樓夢研究》，於 1952 年出版，新近則由北京人民文學出版社於 1988 年出版）所作的序文：
從前人的研究方法，不注重於實際的材料而注重於猜度力的敏銳，所以他們專歡喜用冥想去求解釋……這種研究的不能算做研究，正如海市蜃樓的不能算做建築一樣，……我希望大家看看這舊紅學的打倒，新紅學的成立，從此悟得一個研究學問的方法，知道從前人做學問，所謂方法實不成爲方法，所以根基不堅，爲之百年而不足者，毀之一旦而有餘。現在既有正確的科學方法可以應用了，比了古人眞不知便宜了多少……（顧序收錄於上海古籍出版社出版的《俞平伯論紅樓夢》一書中，1988 年 3 月版，引文見頁 79）可見得「舊紅學」與「新紅學」的根本差異是在研究方法上。

〔註 2〕胡適於 1921 年發表《紅樓夢考證》一文，便開宗明義地批評了索隱派：
《紅樓夢》的考證是不容易做的，一來因爲材料太少，二來因爲向來研究這部書的人都走錯了道路，……他們不去搜求那些可以考定《紅樓夢》的著者、時代、版本等等的材料，卻去收羅許多不相干的零碎史事來附會《紅樓夢》裡的情節……
胡氏將考證工作定位在版本、作者及年代等問題上，破除了猜謎式的索隱附會，的確有其發聾振聵之功，但是他唯考證是瞻，因此只見到了考證式的索隱學說（索隱乃在考證《紅樓》本事，故也是廣義的考證），而忽略了舊紅學時期的其他研究成果。其實在舊紅學範疇中，較有價值的當推評點派和索隱

據了紅壇，引領風騷數十年。平心而論，新紅學家爲釐清作者與版本諸問題
所作的努力，確實取得了舊紅學時期未能取得的成果，但是若缺少舊紅學所
提供的必要資料和各種豐富的思想素材，新紅學的考證便可能喪失堅實的立
論根據，從而喪失新紅學本身。因此，新、舊之間必然存有遞遞相因的關係，
舊的孕育了新的，並裨助了新的發展，二者不能截然斷分，故在考證之風猶
盛，新批評及比較文學批評法又不斷注入紅學論壇的當代，﹝註3﹞重新審視舊
紅學時期的研究風貌以作爲創新發展的歸依，當是刻不容緩的課題。此亦筆
者選取王雪香的紅學研究作爲撰述對象的原因之一。

　　在本章中，將對舊紅學時期的評紅方式與研究範圍作一番研討，而鑒於
本論文的重點人物王雪香是評點派學者，因此另闢一節論述小說評點的價
值，爲雪香在中國文學史上覓得棲身之所。

第一節　評紅的方式

　　舊紅學的表現形式各種各樣，與《紅樓夢》同步出現的脂批，被視爲紅
學的濫觴。換言之，紅學的歷史，是以評批的形式開始的。至乾隆五十六年

派，後者已於《紅樓夢考證》中道破其弊，而在另一文《水滸傳考證》中，
胡氏又對評點界泰斗金聖嘆大肆撻伐，顯然胡氏有意全盤否定舊時的研究成
果（二文均見於《胡適文存》第一集第三卷，今收錄於台北遠流版「胡適作
品集」第五《水滸傳與紅樓夢》一書中，1988 年 9 月三版，前所引胡氏文見
於頁 141）。而胡氏每於文中以「科學精神」、「科學態度」、「科學方法」爲號
召，與其身居五四文學革命風雲人物之一息息相關，因此紅樓研究是在歷史
潮流的逼進下轉向，決非偶然。

﹝註 3﹞當代紅學受到王國維的啓迪及中西文化交流的影響，重又走上探討寓意、結
構等問題的文學批評的路子，並有了比較文學的批評法。《紅樓夢》的譯述，
開啓了比較文學之門，康師來新《英語世界的紅樓夢》搜羅 1830～1976 年間
以英文寫成的譯述之作，並予以評析，頗爲精詳（此文首刊於「中外文學」
五卷二期，頁 150～173，1976 年 7 月。今收于《石頭渡海－紅樓夢散論》一
書中，台北：漢光文化事業公司出版，頁 83～113，1987 年 3 月三版）。此外，
宋淇於《新紅學的發展方向》一文中呼籲今後的新紅學（即爲當代紅學，非
胡適所指）當取世界名作與《紅樓夢》作一比較研究，如此方可使《紅樓夢》
正式躋身世界文學之林（宋文收于台北里仁版《曹雪芹與紅樓夢》一書中，
頁 1～13，1985 年 1 月版）。今有林柏燕《源氏物語與紅樓夢》（「作品」，1963
年 6 月）、周咸靖《卡拉馬助夫兄弟們與紅樓夢家族的比較》（「中外文學」，
1976 年 9 月）、廖咸浩《雙性同體之夢：紅樓夢與荒野之狼中雙性同體象徵的
運用》（「中外文學」，1986 年 9 月）等文，均是比較文學批評法的應用，是爲
可喜的現象，不過此塊園地仍有待開拓。

辛亥（1791），程偉元、高鶚以木活字排印代替手抄，雖令《紅樓夢》得以流傳開來，卻使此一評批方式一度中斷。可喜的是，百二十回白文本的出現，反而招致大量的評批本，而此時的評批本除沿襲脂批的回前回後評、眉評、行間評及正文下雙行批註外，又加上圈和點，成了名符其實的「評點本」，自此以後，評點本就有如雨後春筍，爭相問世，「評點」便成爲舊紅學時期評紅方式之一，除了這種附麗於正文的評點本外，還有一種脫離正文而獨立的評紅「專著」，爲專門評論或考據《紅樓夢》的作品。又《紅樓夢》手抄本版本多達十二種（已發現者），並陸續有評點本發行，同時續書、仿作，以及可供舞台表演的戲曲也不斷出爐，而只要有書籍問世，往往就會有「序」、「跋」的推出，當此之際，這種簡短，不必如評點般細膩深入、消耗篇幅的「序跋」，便自然而然地成爲一種評紅的方式。另外，有寄情於詩詞韻文的「題詠」，以詩歌吟詠《紅樓夢》的人物故事，也是文學評論的一種形式。復有將評論散置於性質駁雜的筆記中，此種隨筆式的「雜記」，亦屬評紅方式之一。

舊紅學時期的論評方式大抵可歸納爲上述五種。以下即分別敘述當時的情形。

一、評點

程高刻本以後的評點本，目前發現最早的是嘉慶十六年（1811）東觀閣重刊的《新增批評繡像紅樓夢》，其間有圈點、重點、重圈及行間評。〔註 4〕之後則陸續有寶文堂、三元堂刊本《新增批評繡像紅樓夢》，善因樓刊本《批評新大奇書紅樓夢》及《批評新奇繡像紅樓夢》，三讓堂、緯文堂、文元堂、忠信堂、經綸堂、務本堂、經元升記、登秀堂等刊本《繡像批點紅樓夢》，同文堂、佛山連元閣刊本《新增批點繡像紅樓夢》，翰選樓、五雲樓刊本《繡像紅樓夢》等等。而在當時眾多評點本中，最受歡迎，影響最大的是王希廉、張新之、姚燮等三人的評點本：

（一）道光十二年（1832）雙清仙館刊有王希廉評點《新評繡像紅樓夢全傳》：

其後又有光緒二年聚珍堂刻《繡像紅樓夢》、光緒三年翰苑樓及廣東芸居樓刊《新評繡像紅樓夢全傳》。

〔註 4〕見詳田于《紅樓夢敘錄》（台北：漢苑出版社，1976 年 8 月版），頁 45。有關評點本的資料均源於此書。

（二）道光三十年（1850）張新之評點的《妙復軒評石頭記》：

此爲抄本。至光緒七年湖南臥雲山館鐫刻妙復軒評本，名曰《繡像石頭記紅樓夢》。

（三）光緒間上海廣百齋鉛印王希廉、姚燮合評的《增評補圖石頭記》：

光緒十二年改爲《增評繪圖大觀瑣錄》。又有光緒十八年古越誦芬閣刊本《石頭記》、光緒二十四年《增評補圖石頭記》與二十六年《繡像全圖增批石頭記》，上海石印本、鑄記書局鉛印本《精校全圖鉛印評註金玉緣》等，均爲王、姚合評本。

（四）光緒十年（1884）上海同文書局石印王希廉、張新之、姚燮三人
　　　合評的《增評補像全圖金玉緣》：

此外，又有光緒十四年《增評補校全圖金玉緣》、光緒十五年《增評補像全圖金玉緣》、光緒十八年《增評增像全圖金玉緣》等上海石印本、光緒二十四年上海書局石印本《繡像全圖金玉緣》及光緒三十四年求不負齋石印本《增評全圖足本金玉緣》等等，都是王、張、姚三家評本。

觀其時評點本出版之眾與名目之多，便不難想像評點本受歡迎的程度了。此種將評批和圈點附著於正文之中的方式，不僅是脂批的繼續和發展，也是明、清以來評點小說、戲曲及古文詩詞的一種共同形式（此留待三節再議）。

二、題詠

舊紅學時期，有採詩詞題詠以爲《紅樓夢》的論評方式。其中有附於早期抄本之上者，如庚辰本二十一回回前總批錄客題《紅樓夢》一律：

自執金矛又執戈，自相戕戮自張羅。

茜紗公子情無限，脂硯先生恨幾多。

是幻是真空歷遍，閒風閒月枉吟哦。

情機轉得情天破，『情不情』兮奈我何。〔註5〕

此詩以其詩意駭警之故而錄，自然是評紅詩句。又如同本三十二回回前總批借明代湯顯祖懷人詩一節題曰：

無情無盡卻情多，情到無多得盡麼。

〔註 5〕見陳慶浩《增訂本新編石頭記脂硯齋評語輯校》（台北：聯經出版事業公司，1986 年 10 月再版，以下簡稱《輯評》），頁 405。

　　　　解到多情情盡處，月中無樹影無波。〔註6〕

雖引前人之詩，實則意在題《紅》。在十二抄本中，以有正、王府二本子上的題評最多，如第三回回前總批有「我爲你持戒」一首、「寶玉通靈可愛」一首、「天地循環秋復春」一首，第四回回前總批有「陰陽交結變無倫」一首、「請君著眼護官符」一首，第五回回前總批有「萬種豪華原是幻」一首，第六回回前總批有「風流眞假一般看」一首等等，不勝枚舉，凡此皆可自脂抄本中尋獲。

　　此外，也有不附於抄本之上者，其中最早的是明義《題紅樓夢》七絶二十首及永忠《因墨香得觀紅樓夢小說弔雪芹三絶句》，作於乾隆年間。〔註7〕嘉慶時，則有熊璉《題十二金釵圖（滿庭芳）》一詞（嘉慶二年），孫蓀意《題紅樓夢傳奇（賀新涼）》一詞（嘉慶十二年）；道、咸年間有沈謙《紅樓夢賦》二十首（道光二年），吳藻《讀紅樓夢（乳燕飛）》（道光十年），周綺《題紅樓夢十首》（道光十二年），汪淑娟《題石頭記（沁園春）》（咸豐三年）等；同、光年間有廷奭《紅樓夢八詠》七絶八首（同治二年），盧先駱《紅樓夢竹枝詞》（同治八年），黃金臺、蔣如洵《紅樓夢雜詠》（光緒三年），王芝岑《題紅詞》三十二首（光緒四年），姜皋等《紅樓夢圖詠》、何鏞《琋玗山房紅樓夢詞》（光緒五年），王墀《增刻紅樓夢圖詠》（光緒八年），潘德輿《紅樓夢題詞十二絶》（光緒十三年），林孝箕等《紅樓詩借》（光緒十五年），邱煒萲《紅樓夢分詠絶句》（光緒二十六年），扈斯哈里氏《觀紅樓夢有感》七律一首、七絶三首、五絶一首（光緒二十九年）等；至民國則有民國元年的楊維屏《紅樓夢戲詠》十五首七律，民國元年至二年載於《小說月報》的徐枕亞《紅樓夢餘詞》，民國三年至五年刊於《小說叢報》的沈慕韓《紅樓百詠》，民國四年的朱作霖《題紅樓夢》一首五律、鶴睫《紅樓夢本事詩》及嬾蝶《紅樓夢雜詠》五絶四首等等。根據一粟（即周紹良、朱南銑二人）的統計，這類詩詞題詠不下三千首，〔註8〕是於評點之外的另一種紅樓研究的表現方式。

〔註6〕見陳氏《輯評》，頁552。

〔註7〕關於明義、永忠的題紅詩，馮其庸先生估計約作於乾隆二十至三十年前後（見馮文《重議評點派》，刊於「紅樓夢學刊」第一輯，1987年，頁5），而徐恭時先生則更肯定的認爲明義詩約作於乾隆二十六年，永忠詩約成於乾隆三十三年（見徐文《紅學紀事》，收于上海古籍出版社《紅樓夢鑒賞辭典》中，1988年5月出版，頁694）。

〔註8〕關於各詩詞題詠的內容，可參詳一粟《紅樓夢卷》（台北：里仁書局，1981年版，以下簡稱《紅卷》）卷五，，三千首的題詠之作，一粟也僅錄其部分而

三、序跋

在舊紅學時期中，作爲文學評論方式之一的序跋，有分別置於各版本（抄本、評點本）、續書、仿作、戲曲等四種情形：

（一）各版本之序跋

附錄在抄本上的序跋，如有正本戚蓼生《石頭記序》、甲辰本夢覺主人《紅樓夢序》、己酉本舒元煒《紅樓夢序》，及甲戌本劉銓福等《脂硯齋重評石頭記跋》等，另張新之的《妙復軒評石頭記》手抄評點本中有五桂山人、鴛湖月癡子、紫琅山人爲之作序。至於刻本評本，道光十二年《新評繡像紅樓夢》中有王希廉《紅樓夢批序》、光緒七年《繡像石頭記紅樓夢》中有孫桐生的敘與跋、光緒十年《增評補像全圖金玉緣》中有華陽仙裔《金玉緣序》等等，均可視爲評紅文字。

（二）續書之序文

《紅樓夢》刻本一出，一時風行，膾炙人口，影響所及，便是續書的僞作。續書刊行之時，自然帶有作者原序或他人作序。如乾、嘉間逍遙子《後紅樓夢序》、嘉慶四年鄭師靖《續紅樓夢序》與小和山樵《紅樓復夢自序》、嘉慶十九年夢夢先生《紅樓圓夢楔子》、嘉慶二十四年犀脊山樵《紅樓夢補序》、嘉慶二十五年嫏嬛山樵《補紅樓夢自序》、道光四年訥山人《增補紅樓夢序》、道光二十三年花月癡人《紅樓幻夢自序》、光緒三年西湖散人《紅樓夢影序》等等。此類序文，亦帶有評紅的性質。

（三）仿作之序跋

除前述續作之板行外，仿作之書也隨之而起，魯迅曾指出當時的情形：

> 《紅樓夢》方板行，續作及翻案者即奮起，各竭智巧，使之團圓，久之，乃漸興盡，蓋至道光末而始不甚作此等書。然其餘波，則所被尚廣遠，惟常人之家，人數鮮少，事故無多，縱有波瀾，亦不適於《紅樓夢》筆意，故遂一變，即由敘男女雜沓之狹邪以發洩之……

〔註9〕

儘管魯迅認爲《紅樓夢》開啓清代狹邪小說（如品花寶鑑、花月痕、青樓夢等）之端倪仍有待查考，但他指出當時續書的內容則大致不謬。他並謂仿作

已。除題評外，有關序跋、專著、雜記等論述資料亦擷自於《紅卷》，並酌參田于《紅樓夢敘錄》一書（詳註4）。

〔註 9〕文見魯迅《中國小說史略》一書（台北：谷風出版社），頁 266。

之書實乃續書的餘波，且有不得不變的理由。在仿書的撰述仍循《紅樓》家數的情形下，其所收之序跋亦每多涉及評紅，故也可作為紅學研究的資料。如道光二十五年刊行丁秉仁《瑤華傳》，有尤鳳真的序與周永保的跋；光緒四年文康《兒女英雄傳》出，有觀鑑我齋的序文；〔註10〕光緒三十三年鉛印陳蝶仙《淚珠緣》，有汪大可的跋文等等均屬之。

（四）戲曲之序文

　　《紅樓夢》在廣被流傳之際，復有文士於喜讀之餘，譜衍為戲，而不管是譜衍作者的自序，或委託他人所作的序文，多少都含有批評《紅樓》的味道，例如仲振奎《紅樓夢傳奇》的自序與李春舟的序文（嘉慶四年），萬榮恩《醒石緣》自序（嘉慶八年），聽濤居士為荊石山民《紅樓夢散套》所作的序文（嘉慶二十年），吳雲在石韞玉《紅樓夢傳奇》中的序文（嘉慶二十四年），以及許鴻磐《三釵夢北曲》的自序（同治十三年）等等，皆為此類。

四、專著

　　上述三種評紅方式，評點幾附於正文之上，題詠部分產生于脂評本之中，序跋亦多涵蓋在各版本續仿戲曲之書內。至於專著，則完全脫離正文，獨立成篇，成為專門評論《紅樓夢》的作品。此類作品，最早見於乾隆年間周春《閱紅樓夢隨筆》；嘉慶時則有二知道人《紅樓夢說夢》（嘉慶十七年），茗溪漁隱《癡人說夢》，及裕瑞《棗窗閒筆》（嘉慶二十二年）；〔註11〕道光時有諸聯《紅樓評夢》（道光元年）及涂瀛《紅樓夢論贊》（道光二十二年）；同、光年間有江順怡《讀紅樓夢雜記》（同治八年），晶三蘆月草舍居士《紅樓夢偶說》（光緒二年），張其信《紅樓夢偶評》（光緒三年），話石主人《紅樓夢精義》（光緒四年），解盦居士《悟石軒石頭記集評》、夢癡學人《夢癡說夢》（光緒十三年），青山山農《紅樓夢廣義》（光緒二十八年），及王國維《紅樓夢評論》（光緒三十一年）等等。其中王國維的《紅樓夢評論》首先引用西方哲學與美學的觀點論評《紅樓》，對於現代文學批評頗有啟迪之功。至民國時期，有王夢阮《紅樓夢索隱提要》（民國三年），〔註12〕季新《紅樓夢新評》（民國

〔註10〕根據田于的說法，觀鑑我齋《兒女英雄傳序》係偽託之作（同註4，頁188）。
〔註11〕按田于的說法，裕瑞《棗窗閒筆》成於嘉慶十九年至二十五年之間（1814～1820）同註4，頁199。
〔註12〕王夢阮著《紅樓夢索隱提要》，其性質雖與序文相類，但不必如序文般需置於書中方有價值。又王夢阮、沈瓶庵合著的《紅樓夢索隱》，雖亦採評點的方式，

四年），弁山樵子《紅樓夢發微》與蔡元培《石頭記索隱》（民國五年）等文。蔡元培《石頭記索隱》一文，當是舊紅學末世之作，胡適即針對蔡氏之文，發爲議論，爲紅樓研究另啓新頁。

五、雜記

寄評於性質駁雜的筆記題識、日記尺牘之中也是舊紅學時期評紅方式之一：嘉慶九年陳鏞《樗散軒叢談》、二十年馮梓華《昔柳摭談》；道光二十年周凱《內自訟齋文鈔》，咸豐十年李慈銘《越縵堂日記補》與方玉潤《星烈日記》；同治五年梁恭辰《北東園筆錄》、六年趙烈文《能靜居日記》、十年齊學裘《見聞隨筆》、十三年陳其元《庸閒齋筆記》；光緒七年鄒弢《三借廬筆談》、十年郝懿行《曬書堂筆錄》、十七年毛慶臻《一亭考古雜記》與謝鴻申《東池草堂尺牘》、二十五年俞樾《曲園雜纂》；民國以後，則有繆荃孫《雲自在龕筆記》（民國二年），程郢秋《翠巖館筆記》（民國四年），觚賸《觚賸漫筆》（民國六一八年）等等，其內容均有涉及紅學者。欲宏觀舊紅學時期的研究概況，致力搜尋此類隨筆式雜記是必要的工作。

舊紅學時期的研究盛況便在上述五種方式中展現，從前文敘述中已然獲知王雪香（希廉）的紅學是採傳統評點的方式，而隨文說解式的評點因附於正文之中流傳於世，故較諸題詠、序跋、專著、雜記等評批方式更易引起廣泛的注意與接納，雪香便在此評點本充斥於世之際異軍突起，成爲廣受歡迎的批書人。

第二節　研究的課題

《紅樓夢》在板刻的推波助瀾下，由早先少數文人的傳閱抄錄擴及於社會大眾的消閒品味，而它又以其豐富多樣的藝術魅力博得社會各階層的喝采，於是在正統文壇依然瀰漫著宗經循古之風時，民間已悄然掀起了紅學的熱潮，不同層次、觀點、愛好的讀者各抒己見，匯成了駁雜萬象的「舊紅學時期」。近年來紅學界爭議探索的問題，舉凡著者、版本的探求、本事的索隱，以及文學作品本身題旨、結構、人物等等的分析討論，莫不可於舊紅學時期

但正文中的評批，已非如王希廉等評點派重作品本身的分析，而是專事索隱，故《提要》亦不必如評點本「總評」、「讀法」等體例般與正文不容割裂，而可獨立成篇。

的版本序跋、題詠、專著、雜記及評點本中尋得蛛絲馬跡。因此舊紅學時期
研究的課題包羅眾說，涵蓋甚廣。以下即分別記述，不論其是非，但臚列其
說以窺當時研究概況。

一、著者、版本的探求

　　《紅樓夢》的作者是誰？其作品原貌是八十回殘本，抑百二十回足本？
若爲八十回殘本，則程高刻本後四十回誰人所續？而依前情所示，八十回後
的情節又當如何？這些近來紅學紛擾論戰的議題早在舊紅學時期便已粉墨登
場了。

　　最早確認《紅樓夢》作者爲曹雪芹的是明義、永忠二人：

> 傳神文筆足千秋，不是情人不淚流。可恨同時不相識，幾回掩卷哭
> 曹侯。（永忠《因墨香得觀紅樓夢小說弔雪芹三絕句》，詳《紅卷》，
> 頁 10）

> 曹子雪芹出所撰《紅樓夢》一部，備記風月繁華之盛。蓋其先人爲
> 江寧織府，其所謂大觀園者，即今隨園故址。惜其書未傳，世鮮知
> 者，余見其鈔本焉。（明義《題紅樓夢》標題注，詳《紅卷》，頁 11）

抄本時期的永忠、明義二人已指出《紅樓夢》作者是曹雪芹，明義更述及其
家世背景。其後袁枚則進一步指稱雪芹乃曹棟亭之子：

> 康熙間，曹練亭（按：即棟亭）爲江寧織照，每出，擁八騶，必攜
> 書一本，觀玩不輟。人問曰：『公何好學？』曰：『非也。我非地方
> 官，而百姓見我必起立，我心不安，故藉此遮目耳。』素與江寧太
> 守陳鵬年不相中，及陳獲罪，乃密疏薦陳，人以此重之。其子雪芹
> 撰《紅樓夢》一部，備記風月繁華之盛……（《隨園詩話》，見《紅
> 卷》，頁 12）〔註13〕

另外，周春《閱紅樓夢隨筆》中亦記載：

> 其曰林如海者，即曹雪芹之父棟亭也。棟亭名寅，字子清，號荔軒，
> 滿洲人，官江寧織造，四任巡鹽。曹則何以廋詞曰林？蓋曹本作瞽，
> 與林並爲雙木。……（《紅卷》，頁 66）

袁、周二人考得雪芹之父曹棟亭的字號及其人格事蹟。袁枚並未道出棟亭事

〔註13〕關於袁枚的說法，鄧狂言於《紅樓夢釋眞》中曾加以批駁，詳見《紅卷》，頁
　　　　344～345。

蹟的出處，卻為後來曹家世系考提供了一道方便之門。胡適之先生即根據袁文所提「曹楝亭為江寧織造」及「素與江寧太守陳鵬年不相中」等線索，參佐其他史料，詳考而得曹家的家世背景，並得出雪芹乃曹楝亭之孫的結論，推翻了二者為父子關係的說法。〔註 14〕至於周春，則更以書中的林如海比附為曹楝亭，儼然有「曹學」研究的味道。〔註 15〕大抵乾隆年間文人都承認此書乃曹雪芹所作。及嘉慶時，裕瑞在其《棗窗閒筆》中始對雪芹本人有一番描摹：

> 雪芹二字，想係其字與號耳。其名不得知。曹姓。漢軍人，亦不知其隸何旗。聞前輩姻戚有與之交好者，其人身胖頭廣而色黑，善談吐，風雅游戲，觸境生春。聞其奇談娓娓然，令人終日不倦，是以其書絕妙盡致。……其先人曾為江寧織造，頗裕，又與平郡王府姻戚往來。(《紅卷》，頁 113～114)

裕瑞雖著墨於曹雪芹的性情面貌，〔註 16〕不過他卻一反前人的說法，謂雪芹係刪改潤色《風月寶鑑》的人：

> 聞舊有《風月寶鑑》一書，又名《石頭記》，不知為何人之筆。曹雪芹得之，以是書所傳述者，與其家之事跡略同，因借題發揮，將此部刪改至五次，愈出愈奇，乃以近時之人情諺語，夾寫而潤色之，借以抒其寄託。曾見抄本卷額，本本有其叔脂硯齋之批語，引其當年事甚確，易其名曰《紅樓夢》。(同前引)

以《風月寶鑑》為本加以借題發揮的說辭，削減了雪芹著《紅樓夢》的原創性。裕瑞同時又對抄本中的脂硯齋其人，做出了判斷，認為曹、脂二人為叔姪關係，而《紅樓夢》的書名便是脂叔所賜。

嘉慶以後，刻本盛行，此時文人除論述《紅樓夢》著作權的歸屬問題外，更兼論刻本後四十回的真偽釐辨。嘉慶九年陳鏞《樗散軒叢談》記曰：

〔註 14〕見胡適《紅樓夢考證》一文，同第一節註 2，頁 153～161。

〔註 15〕自胡適考得《紅樓夢》為曹雪芹的自敘傳以後，又有俞平伯、周汝昌等人克紹箕裘，其中周汝昌的《紅樓夢新證》(1953)，將歷史上的曹家和紅樓夢小說中的賈家完全地等同起來，考證派紅學實質上已蛻變為「曹學」了。周春以書中的林如海比附為曹楝亭，如果再加以歷史的考證工夫，則必成為十足的「曹學」研究。

〔註 16〕裕瑞描摹曹雪芹的性情面貌係出於傳聞，恐未見真。徐復觀先生便曾考證得出其所訂全出傳聞之誤。見於徐氏著《趙岡「紅樓夢新探」的突破點》一文(收于台北學生書局印行的《中國文學論集》中，1985 年 1 月六版，考證之文見於頁 468～469)。

……《紅樓夢》實才子書也。初不知作者誰何，或言是康熙間京師
某府西賓常州某孝廉手筆。……《紅樓夢》一百二十回，第原書僅
止八十回，余所目擊。後四十回乃刊刻時好事者補續，遠遜本來，
一無足觀。（《紅卷》，頁349～350）

在此陳鏞提供了二個訊息，一是當時除以雪芹爲《紅樓》作者之外，另有以
「康熙間京師某府西賓常州某孝廉」爲作者的傳言；二是刻本後四十回乃贗
品，其價值幾不足取。關於後四十回的眞假優劣，裕瑞亦指出：「細審後四十
回，斷非與前一色筆墨者，其爲補著無疑。」（《棗窗閒筆》，見《紅卷》，頁
112）。潘德輿則直謂「續之者非佳手，富貴俗人耳」（《讀紅樓夢題後》，見《紅
卷》，頁 82）。後四十回既非原作，則不免引人揣測八十回後的情節眞貌。以
湘雲、寶釵的結局爲例，平步青《霞外攟屑》中以前有「恩愛夫妻不到冬」
這條謎語推測寶釵當早寡，而又有「因麒麟伏白首雙星」章目，故史湘雲最
終應與寶玉結爲連理。〔註17〕甫塘逸士則更假託舊時眞本，謂榮寧二府籍沒
蕭條，寶釵又早卒，寶玉無以作家，遂淪爲擊柝之流，後乃與當時已是乞丐
之身的湘雲結成夫婦，如此方應書中回目「因麒麟伏白首雙星」之言。〔註18〕
凡此皆不難看出當時人對後部情節的關心。

　　至於續書者是誰？愈樾《小浮梅閒話》中曰：

《船山詩草》有《贈高蘭墅鶚同年》一首云：『豔情人自說紅樓』，
注云：『傳奇《紅樓夢》八十回以後俱蘭墅所補』，然則此書非出一
手。按鄉會試增五言八韻詩，始乾隆朝，而書中敘科場事已有詩，
則其爲高君所補可證矣。（《紅卷》，頁391）

胡適根據此則斷定後四十回爲高鶚補作，〔註19〕其說幾成定論，俞平伯、周
汝昌、吳世昌等人祖述之，不過隨著一百二十回《紅樓夢稿》的出現，此說
開始產生動搖。〔註20〕其實張問陶「豔情人自說紅樓」之詩註，但云「蘭墅

〔註17〕見平步青《霞外攟屑》，卷九。詳《紅卷》，頁394。
〔註18〕甫塘逸士之說詳見《紅卷》，頁395。今人周汝昌亦認爲湘雲最後應嫁給寶玉，
　　　後由趙岡駁斥其說（見趙岡、陳鍾毅《紅樓夢研究新編》，頁211，台北：聯
　　　經出版事業公司，1984年9月版）
〔註19〕詳見胡適《紅樓夢考證》一文，同第二章第一節註2，頁181～183。
〔註20〕俞平伯起初力主後四十回爲高鶚補作，但是到了其寫《紅樓夢八十回校本》
　　　序言時，信念已發生動搖，改稱後四十回「來歷不明」（見上海古籍出版社《俞
　　　平伯論紅樓夢》，同第二章第一節註1，頁888。及至1962年俞平伯正式爲高
　　　鶚洗冤：

所補」，究竟是具有原創性的「補作」，或只是「細加釐剔，截長補短」，「按其前後關照者，略爲修輯，使其有接應而無矛盾」（程、高序文及引言）的「補綴」，實難遽下判斷。此外陳鏞《樗散軒叢談》謂爲好事者所補續（見前引），並未指實其人。而裕瑞則更直接指出程、高非續作之人：

> 此書由來非世間完物也。而偉元臆見，謂世間當必有全本者在，無處不留心搜求，遂有聞故生心思謀利者，僞續四十回，同原八十回抄成一部，用以給人。偉元遂獲贋鼎於鼓擔，竟是百二十回全裝者，不能鑒別燕石之假，謬稱連城之珍，高鶚又從而刻之，致令《紅樓夢》如《莊子》內外篇，眞僞永難辨矣。不然即是明明僞續本，程高彙而刻之，作序聲明原委，故意捏造以欺人者。（《棗窗閒筆》，見《紅卷》，頁 112）

裕瑞謂後四十回乃一心思謀利者所補作，而程高只擔了「不能鑒別燕石之假」或「故意捏造以欺人者」的罪名。因此整個舊紅學時期，甚至胡適以後的紅學，對於後四十回之僞續者仍然撲朔難明。〔註21〕

在一片後四十回的討伐聲浪，舊紅學主流之一的評點派學者卻大都視百二十回爲一人的筆墨，將百二十回《紅樓夢》作了整體的評論與細節的分析，如王希廉、張新之、姚燮等人，其中張新之便曾指陳後四十回續補之說不可信：

> 有謂此書止八十回，其餘四十回乃出另手，吾不能知。但觀其通體結構，如常山蛇首尾相應，安根伏線，有牽一髮，全身動之妙，且詞句筆氣，前後全無差別。則所增之四十回，從中後增入耶？抑參差夾雜增入耶？覺其難有甚於作書百倍者。雖重以父兄命、萬金賞，使閒人增半回不能也。何以耳爲目，隨聲附和者之多！（太平閒人《石頭記讀法》）

程氏刊書以前，社會上已紛傳有一百二十回本，不像出於高鶚的創作。高鶚在程甲本序裡不過說遂裡其役，並未明言寫作。張問陶贈詩，意在歸美，遂誇張言之耳。高鶚續書之說，今已盛傳，其實根據不太可靠。（見影印《「脂硯齋重評石頭記」十六回後記》，同前，頁 942）

周汝昌原亦祖述胡適之說，後來也改說後四十回「不知何人所續」（見周著《曹雪芹》頁 192），只有吳世昌仍堅持高鶚續書之說（見其《從高鶚生平論其作品思想》）

〔註21〕關於後四十回僞續者的特徵，趙岡、陳鍾毅夫婦曾試加推測，歸結爲六點（見同註18，頁 323～324）

這種以文學創作的觀點來看待續書的不可能，正可代表評點家們對續作的看法。

除對《紅樓夢》的作者及後四十回刻本的探索外，復有人注意到抄本間的歧異：

> 《紅樓夢》一書，……諸家所藏抄本八十回書，及八十回書後之目錄，率大同小異者，蓋因雪芹改《風月寶鑑》數次，始成此書，抄家各於其所改前後第幾次者，分得不同，故今所藏諸稿未能畫一耳。
> （裕瑞《棗窗閒筆》，見《紅卷》，頁111～112）

裕瑞指出，十二鈔本之間彼此的差異，是曹雪芹一邊修改，一邊傳抄所致。此外，裕瑞也發見抄本與刻本的異同：

> 余曾于程、高二人未刻《紅樓夢》板之前，見抄本一部，其措辭命意與刻本前八十回多有不同。抄本中增處、減處、直截處、委婉處，較刻本總當，亦不知其為刪改至第幾次之本。八十回書後，惟有目錄，未有書文，目錄有大觀園抄家諸條，與刻本後四十回四美釣魚等目錄迥然不同。……觀刻本前八十回，雖係其真筆，粗具規模，其細膩處不及抄本多多矣……。（同前引，《紅卷》，頁114）

基本上，裕瑞認為抄本優於刻本，而刻本前八十回的措辭命意與後四十回的目錄多與抄本有異。關於抄本與刻本的差異，茗溪漁隱曾逐字逐句地作了一番比對的功夫，如：

> 不上一年，都添全了。（十二回）案舊抄本，年作月。

> 苦茗成新賞，孤松訂久要。泥鴻從印跡，林斧或聞樵。（五十回蘆雪亭即景聯句）案此四句，舊抄本作：「煮芋成新賞，撒鹽是舊謠。葦蕘猶怕釣，林斧不聞樵。」「這三件衣裳都是老太太的。」（五十一回）案舊抄本，無老字。

類此者共有四十一條之多。〔註22〕不管茗溪漁隱取何抄本來與刻本相校，都足以說明在舊紅學時期已有人注意到白文本與脂批本二者正文的差異，並且進行了部分校對，記錄了異文。可知版本問題的研究非始自胡適，比胡適早一個世紀的茗溪，便已展開實際的，逐步的版本校讎工作了。

〔註22〕茗溪漁隱《痴人說夢‧鐫石訂疑》中有歲時的校訂與抄本刻本的比對，共五十九條，其中抄本刻本的比對就占了四十一條之多。詳見《紅卷》，頁104～111。

二、本事的索隱

　　《紅樓夢》作者或礙於當時政治環境的因素，不得不假兒女之情以發洩其鬱苦孤憤之心。〔註23〕於是，在眞假、夢幻的包裝下，便吸引了一批紅學家展開搜尋隱藏在《紅樓夢》故事背後的眞實事蹟。這種本事的索隱，往往將《紅樓夢》推向史事的研究。歸納舊紅學時期的索隱之說，約有三類：一爲指涉他人家事的「家事說」，二爲比附清初史事的「史事說」，三爲傅會反清復明的「政治說」。以下即分述其概況。

（一）家事說

　　最早訴諸文字的索隱是舒敦的《批本隨園詩話》：

> 乾隆五十五、六年間，見有鈔本《紅樓夢》一書。或云指明珠家，
> 或云指傅恆家。書中內有皇后，外有王妃，則指忠勇公家爲近是。（見
> 《紅卷》，頁 356）

《紅樓》本事的探索始於「家事說」。依舒敦之文，當時曾出現二種不同的聲音，一爲敘明珠家事，另一爲指傅恆家事，而舒敦則以書中出現皇后、王妃而選擇後者。〔註24〕不久，第一本索隱專著──周春《閱紅樓夢隨筆》出爐，文中指出：

> 相傳此書爲納蘭太傅而作。余細觀之，乃知非納蘭太傅，而序金陵
> 張侯家事也。（見《紅卷》，頁 66）

周春隨即以聽父老談張侯事略，再證之《曝書亭集》、《池北偶談》、《江南通志》、《隨園詩話》、《張侯行述》等書，從而斷定《紅樓》乃敘江寧一等侯張謙事。姑不論其論證之確實與否，至少我們可以窺知，乾隆年間關於《紅樓夢》家事已流傳三種不同的說法，即明珠、傅恆、張謙三家家事，而其中尤以記明珠家事之說最爲熱絡。梁恭辰《北東園筆錄》有言：

> 相傳爲演說故相明珠家事，以寶玉隱明珠之名……（《紅卷》，頁 366）

又陳康祺《燕下鄉脞錄》中記徐柳泉先生云：

> 小說《紅樓夢》一書，即記故相明珠家事。金釵十二，皆納蘭侍御所
> 奉爲上客者也。寶釵影高澹人，妙玉即影西溟先生。（《紅卷》，頁 386）

〔註23〕潘德輿《讀紅樓夢題後》云：「吾謂作是書者，殆實有奇苦極鬱在於文字之外者，而假是書以明之……」（見《紅卷》，頁 81）。又二知道人《紅樓夢說夢》中曰：「蒲聊齋之孤憤，假鬼狐以發之；施耐庵之孤憤，假盜賊以發之；曹雪芹之孤憤，假兒女以發之；同是一把酸辛淚也」（見《紅卷》，頁 83）

〔註24〕舒敦以傅恆爲近是，有鄧狂言駁之（同註13）。

徐珂《清稗類鈔》亦曰：

　　《紅樓夢》一書所載皆納蘭太傅明珠家之瑣事。妙玉，姜宸英也。

　　寶釵爲某太史，賈探春爲高士奇……（《紅卷》，頁 424）

既是索隱，便有「影射」的問題。書中人物影射何人，每因各人觀點不同而
有差異。如徐柳泉與徐珂同以妙玉影姜宸英（西溟先生即是姜宸英），但柳泉
以寶釵影高澹人（即高士奇），徐珂卻以爲高士奇當是探春，而寶釵則應是太
史之輩。至於書中主角賈寶玉，除梁恭辰以爲隱明珠之名外，其餘多認爲當
是明珠子納蘭容若：

　　容若，原名成德，大學士明珠之子，世所傳《紅樓夢》賈寶玉，蓋
　　即其人也。《紅樓夢》所云，乃其髫齡時事。（張維屏《國朝詩人徵
　　略》，見《紅卷》，頁 363）

　　《飲水詩詞集》爲長白性德著，大學士明珠子。《曝書亭集》有輓納
　　蘭侍衛詩，世所傳賈寶玉者，即其人。（張祥河《關隴輿中偶憶編》、
　　《紅卷》，頁 367）

　　《紅樓夢》一書，膾炙人口，世傳爲明珠之子而作。明珠之子，何
　　人也？余曰：『明珠子名成德，字容若……』（俞樾《小浮梅閒話》、
　　《紅卷》，頁 390）

　　是書力寫寶、黛痴情，黛玉不知所指何人。寶玉固全書之主人翁，
　　即納蘭侍御容若也。……黛玉雖影他人，亦實影侍御之德配也。（錢
　　靜方《紅樓夢考》、《紅卷》，頁 324～325）

上述所引，皆主張《紅樓》是爲納蘭容若而作，書中主人翁賈寶玉即其影也。
凡此皆認作敘納蘭明珠家常瑣事。另有虎《賃廡筆記》卻以爲《紅樓》乃是
一部納蘭容若的豔史，〔註25〕其說不彰，聊備一格。

　　此外，根據《譚瀛室筆記》中的記載，當時又有敘和珅事一說：

〔註25〕虎《賃廡筆記》中記載：「納蘭容若眷一女，絕色也，有婚姻之約。旋此女入
　　宮，頓成陌路。容若愁思鬱結，誓必一見，了此宿因。會遭國喪，喇嘛每日
　　應入宮唪經。容若賄通喇嘛，披袈裟，居然入宮，果得一見彼姝，而宮禁森
　　嚴，竟如漢武帝重見李夫人故事，始終無由通一詞，悵然而出。……其卷百
　　十六回寶玉重遊幻境，即指入宮事，故始終亦未與妃子通一語，而寶玉出家
　　做和尚，即指披袈裟冒充喇嘛時也。雪芹初無他種著作，無從參考。嗣閱其
　　父楝亭先生集，知與納蘭氏往還甚密，則容若生平豔史，雪芹以通家無弗知，
　　宜也。」（《紅卷》，頁 405）

和珅秉政時，內寵甚多，自妻以下，內嬖如夫人者二十四人，即《紅樓夢》所指正副十二釵是也……《紅樓》一書，考之清乾、嘉時人記載，均言刺某相國家事。但所謂某相國者，他書均指明珠；護梅氏獨以爲刺和珅之家庭，言之鑿鑿，似亦頗有佐證者，錄之亦足以廣異聞也。（見《紅卷》，頁413～414）

持此說者則視書中寶玉爲和珅少子玉寶。

舊紅學時期在明珠、張謙、傅恆、和珅等四家家事說的傳言紛說下，獨諸聯對此表示懷疑：

凡值寶、黛相逢之際，其萬種柔腸，千端苦緒，一一剖心嘔血以出之，細等縷塵，明如通犀。若云空中樓閣，吾不信也；即云爲人記事，吾亦不信也。（諸聯《紅樓評夢》、《紅卷》，頁118）

非空中樓閣，想必實有其事；非爲人記事，想必自敘其事。諸聯之言，實可視爲自敘說的先驅。可惜此一微弱呼聲隨即在眾說家事聲浪中淹沒了。

（二）史事說

在家事說喧騰之際，又有力排眾說，謂《紅樓夢》非徒記私家故實而已，當係隱清代第一大事者。《醒吾叢談》中即云：

吾疑此書所隱，必係清代第一大事，而非徒記載私家故實。謂必明珠家事者，此一孔之見耳。觀賈政之父名代善，而代善實禮烈親王名，可以知其確非明珠矣。……林、薛二人之爭寶玉，當是康熙末，允禩諸人奪嫡事。[註26]

持此說者以爲書中寶玉非一眞人，乃寓言玉璽。而於書中之命名取意，則每以拆字法加以解釋，例如「黛玉」的命名，取「黛」字下半的「黑」字，與「玉」字相合，而去其四點，便是「代理」二字，而「代理」者，代理親王之名詞也。所以「黛玉」之名，即隱寓代理親王之意。又如「襲人」，亦被拆成「龍衣人」三字，而謂爲書中第一大事。至於書中其他人物，則屢被比附爲明末清初人物，如書中提及的海外女子，是指延平王鄭成功之據領台灣；焦大，蓋指洪承疇；妙玉，必係吳梅邨；王熙鳳，當爲宛平相國王文靖等等。若宗此說，則在讀《紅樓夢》之前，勢必得先將明、清之際歷史發展的來龍去脈完全弄清楚，方能體察其精義了。

〔註26〕見蔣瑞藻《彙印小說考證》所輯（台灣：商務印書館，1975年3月版），頁138～139。

此外，一九一六年王夢阮和沈瓶庵合著出版了《紅樓夢索隱》，這是一本將索隱抉微依附於正文之內的專書。〔註27〕他們主張《紅樓夢》一書「全爲清世祖與董鄂妃而作，兼及當時諸名王奇女」。書中賈寶玉即是清世祖，林黛玉則是董鄂妃。董小琬本名不見經傳，但自有《紅樓》一書出，欲考信董小琬其人其事便有其根據了，因此《紅樓夢》實爲史家秘寶。此即王、沈二人索隱之作的觀點。由於這個見解，所以他們將《紅樓夢》的寫作日期提前至康熙中葉，並謂雪芹只作修訂工作，作者另自有人，而爲避免該書被禁，雪芹遂一再修訂，「俾愈隱而愈不失其眞」。〔註28〕此種或因寶、黛與世祖、董妃之境遇結局類似（二者皆一死，一出家爲僧）便相爲比附的說法，實經不起史料考證的試煉，因此自孟蒓蓀《董小宛考》一出，王、沈的索隱便宣告瓦解。〔註29〕

（三）政治說

紅學發展到了晚期，在內憂外患雙重侵擾的特殊背景下，隨著民族意識的高張，遂將《紅樓》定位在描述反清復明的政治小說。徐珂《清稗類鈔》中便曾引述此說：

> 或曰：『是書實國初文人抱民族之痛，無可發洩，遂以極哀豔極繁華之筆爲之，欲導滿人奢侈而復其國祚者。』（《紅卷》，頁424）

徐珂所記的或曰，將《紅樓夢》的哀豔繁華，視爲蠱惑滿人，使之淫靡而顛覆其國的一種手段，具有強烈的政治目的。光緒末年，孫渠甫首先將此種思想寫成專書，名爲《石頭記微言》，書中便指稱《紅樓》一書必爲「勝國頑民怨毒覺羅者所作」。〔註30〕此外，《乘光舍筆記》中亦視《紅樓夢》爲一政治小說，「全書所記皆康、雍年間滿漢之接構」，其中並舉寶玉名言「女兒是水做的，男人是土做的」爲例，謂「漢」字的偏旁爲「水」，故知書中的女人皆指漢人，而明末清初人多稱滿人爲「達達」，「達」的起筆爲「土」，所以書中男人皆指滿人。而書中寶玉又云見了女兒便清爽，見了男人便覺濁臭逼人，

〔註27〕王夢阮、沈瓶庵合著之《紅樓夢索隱》，今有台灣中華書局四冊印行（1983年7月三版）。

〔註28〕所述王、沈之說見於王著《紅樓夢索隱提要》（1914年發表於「中華小說界」）。

〔註29〕孟氏之文附於蔡元培《石頭記索隱》之後。關於王夢阮、沈瓶庵之說，除孟氏文外，胡適更進一步予以抨擊（見同第二章第一節註2，頁141～144）。又錢靜方《紅樓夢考》亦指摘康熙末允禩諸人跂嫡說及清世祖與董鄂妃之說（見《紅卷》，頁326）

〔註30〕見田于《紅樓夢敘錄》（同第二章第一節註4），頁240所引。

其反清復明之意不難想見。〔註31〕此等專在字的筆畫上作文章,以爲立論依據的說法,不管它是否流於牽強附會,在當時卻也引起不小的迴響,其中最受矚目的是蔡元培先生。

蔡元培於一九一七年出版了《石頭記索隱》一書,書中竭力闡證《紅樓》本事。他認爲:

> 《石頭記》者,清康熙朝政治小說也。作者持民族主義甚摯,書中本事在弔明之亡,揭清之失,而尤於漢族名士仕清者寓痛惜之意。
>
> 當時既慮觸文網,又欲別開生面,特於本事以上加以數層幃幕,使讀者有橫看成嶺側成峰之狀況。〔註32〕

他承《乘光舍筆記》之說,以男女影滿漢。又書中設言「賈府」,即指僞清,斥清室爲僞統,而「紅」字則代表朱明,即漢族也,「寶玉有愛紅之癖,言以滿人而愛漢族文化也;好喫人口上臙脂,言拾漢人唾餘也」,因此全書之旨在「弔明之亡,揭清之失」。蔡元培可以說是舊紅學時期索隱派政治小說的集大成者。不過其說一出,卻引來了胡適等人的強烈反彈。胡適先生以科學考證之眼駁斥索隱諸說,注定蔡元培在舊紅學發展史上,也是一位索隱派終結者。〔註33〕

三、文學的批評

清末文學評論家王國維曾指出:「自我朝考證之學盛行,而讀小說者,亦以考證之眼讀之,於是評紅樓夢者,紛然索此書之主人公之爲誰。」(《靜庵文集》)。其實探求主人公爲誰的索隱篇章不過是收羅許多不相干的零碎史事

〔註31〕《乘光舍筆記》中之說見石溪散人《紅樓夢名家題詠》所引(詳《紅卷》,頁412)

〔註32〕引文見《紅卷》,頁319~323。

〔註33〕儘管胡適考證一出,結束了舊紅學時期的索隱紛說之局,但索隱並未停歇,例如1927年壽鵬飛出版《紅樓夢事蹟辨證》,以爲《紅樓夢》是一本「康熙季年宮闈秘史」,乃「明代孤忠遺逸所作」,是影射胤禛諸人奪嫡的史實。謂寶玉是傳國璽,林黛玉的「林」字可拆成「十八加十八」,意謂康熙的三十六個兒子,襲人是龍衣人,是包玉璽的那張袱子,玉函則是藏璽的函檀,(上海:商務印書館,1927年版);1959年潘重規先生《紅樓夢新解》中亦持此說,不同的是他以爲黛玉代表「明」,寶釵代表「清」,林薛之爭寶玉,即是明清爭奪政權之意,更謂「風月寶鑑」即「明清寶鑑」(台北:文史哲出版社,1973年再版);1971年杜世傑出版《紅樓夢悲金悼玉實考》也主張該書爲明末清初的史實小說(台中:自印本);1980年高陽先生發表《紅樓夢中元紀係影射平郡王福彭考》(刊於8月25日至9月9日的《大華晚報》第一版),將《紅樓夢》導入歷史小說之林。

來附會《紅樓夢》的情節而已，並未具備眞正「實事求是」、「無徵不信」的精神，因此不能算是嚴格的考證之作。此外，儘管舊紅學時期正處於考證樸學發達的清代，但除了著者、版本及本事等攸關考證的課題外，卻另有一群評點派學者爲繁瑣求史的考證之風注入一股文學的清流，爲《紅樓夢》的文學空間留下頗爲可觀的研究成果。

　　《紅樓夢》之所以廣受各界歡迎，除其情節動人外，作品本身所散發出的藝術魅力亦是主因之一。洪秋蕃在《紅樓夢抉隱》中即云：

> 《紅樓夢》是天下古今有一無二之書，立意新，佈局巧，詞藻美，頭緒清，起結奇，穿插妙，描摹肖，鋪序工，見事眞，言情摰，命名切，用筆周，妙處殆不可枚舉。……（見《紅卷》，頁 236）

正是這種藝術境界，牽動著不計其數的文學心靈，而使文學評論在舊紅學時期中得占一席之地。

　　早在脂硯齋等率先爲《紅樓夢》作批寫注之時，便已展開文學的評論工作，不過由於他們與作者的特殊關係，使得後人往往著眼於其珍貴的原始資料，而成爲援引佐證的重要工具，〔註34〕至於其作品的闡發，則置若罔聞。及到刻本刊行，評點派崛起，開始走向純文學的探討，而評紅的文學論著亦不斷出現，遂使文學評論成爲舊紅學時期的主流之一。如王希廉、張新之、姚燮、涂瀛、張其信、二知道人、話石主人等人，都是殫精竭慮於文學批評的紅學家。張其信自敘其評紅時曾說：

> 余評《紅樓夢》，論文也，非論事也。事固子虛烏有耳，論文則作者深心可以窺見一二。〔註35〕

西農在爲話石主人的《紅樓夢精義》作序時也曾提到話石主人評紅的內容：

> 其中皆評騭《紅樓》情事文法，雖游戲筆墨，而信手拈來，頭頭是道，隱微曲折，闡發無遺，直使作者言外之旨昭然若揭。〔註36〕

以論「文」爲主，不僅如張其信、西農二人所言，可以揭發作者的思想深意，同時對如此鉅著進行整體結構及細節描寫的縝密分析，又可避免刓圖吞棗，

〔註34〕陳慶浩先生指出「脂批爲我們提供了《石頭記》作者曹雪芹的重要資料，提供了有關此書素材，此書演變，此書後半部的重要資料，提供了脂硯齋等的思想及批書情況的重要資料。脂批又是對《紅樓夢》作評點或批評的最早一批成果。」（見《輯評》導論頁 2）後人研究《紅樓》，往往取證於脂批所提供的資料，卻對此一最早的評批缺乏研究的興趣。

〔註35〕文見田于《紅樓夢敘錄》（同第二章第一節註4），頁 229。

〔註36〕同註35，頁 228。

食之無味。〔註 37〕此外，傳統式的人物品鑒，亦屬文學批評的範疇，而此時的人物論評，亦時有獨到之見。例如涂瀛謂寶玉乃「聖之情者」，並推崇寶、黛的戀情是「天地古今男女之至情」；〔註 38〕西園主人採比較法突出黛玉的性格，並眞實深刻地指出在傳統制約下的女性心聲：「……兒女之私，此情只堪自知，不可以告人，並不可以告愛我之人，憑天付予，合則生，不合則死也」。〔註 39〕二人能突破禮教規範，繼承湯顯祖的「唯情論」與馮夢龍的「情教說」，〔註 40〕大膽地歌頌寶、黛愛情及其行爲，確實十分難得，比起那些視《紅樓夢》爲洪水猛獸，欲燒之絕之而後快者，不可同日而語。

在王希廉等人戮力專注於文學評論之際，無形中也對提升小說在文學史上的地位作出了他們的貢獻。如二知道人《紅樓夢說夢》中云：

> 太史公紀三十世家，曹雪芹只紀一世家，太史公之書高文典冊，曹雪芹之書假語村言，不逮古人遠矣。然雪芹紀一世家，能包括百千世家，假語村言不啻晨鐘暮鼓，雖稗官者流，寧無裨於名教乎？況馬、曹同一窮愁著書，雪芹未受宮刑，此又差勝牛馬走者。（《紅卷》，頁 102）

又解盫居士《石頭臆說》中言：

> 《紅樓夢》一書得《國風》、《小雅》、《離騷》遺意，參以《莊》、《列》寓言，奇想天開，戞戞獨造。（《紅卷》，頁 184）

〔註 37〕本文第四章即以王希廉爲例，對其主題的掘發，技巧的分析，及其藝術的審美做一番探討。明王希廉之成就，其餘可知也！

〔註 38〕見涂瀛《紅樓夢論贊》中的《賈寶玉贊》，詳《紅卷》，頁 127。

〔註 39〕見西園主人《紅樓夢論辨》中的《林黛玉論》，詳《紅卷》，頁 199。

〔註 40〕湯顯祖在《牡丹亭還魂記》一劇題詞中宣揚他的唯情論：
天下女子有情，甯有如杜麗娘者乎？夢其人即病，病即彌連。至手畫形容，傳於世而後死。死三年矣，復能溟莫中求得其所夢者而生。如麗娘者，乃可謂之有情人耳。情不知所起，一往而深，生者可以死，死可以生。生而不可與死，死而不可復生者，皆非情之至也。夢中之情，何必非眞？天下豈少夢中之人耶？必因薦枕而成親，待掛冠而爲密者，皆形骸之論也。傳杜太守事者，彷彿晉武都守李仲文。廣州守馮孝將兒女事，予稍爲更而演之。至於杜守收考柳生，亦如漢睢陽王收考談生也。嗟夫人世之事，非人世所可盡，自非通人。恆以理相格耳。第云理之所必無，安知情之所必有邪？（見《湯顯祖集》，頁 1093，台北：洪氏出版社，1975 年版）
至於馮夢龍，則編著了一部晚明情論的典範—《情史》，序中揭舉「以情爲教」之說。可參詳陳萬益《晚明小品與明季文人生活》中附錄《馮夢龍「情教說」試論》一文（台北：大安出版社，1988 年 5 月版），頁 165～183。

洪秋蕃《紅樓夢抉隱》中亦指出：

> （紅樓夢）譏諷得詩人之厚，褒貶有史筆之嚴……。（《紅卷》，頁
> 236）

二知道人、解盦居士、洪秋蕃等三人已將《紅樓夢》與《詩經》、《楚辭》、《史記》等正宗文學相提並論，對小說地位的提升具有一定的作用。筆者的論述對象—護花主人王希廉在其《批序》中就直接爲小說的地位作了建言，他將「詩賦歌詞，藝術稗官」乃至於小說，視爲詹詹的「小言」，相對於「仁義道德，羽翼經史」的炎炎「大言」，並力主二者「道一而已，語小莫破，即語大莫載；語有大小，非道有大小也」，這種重視小說地位的見解是值得稱道的。

　　在晚清索隱派繪聲繪影地尋求《紅樓》本事之際，出現了一位迴異於前人文學批評的文學評論家—王國維。王國維於光緒三十年（1904）發表《紅樓夢評論》一文，〔註41〕這是在晚清西潮東漸、中西文化衝突調和的激盪下產生的文學批評專著。全文籠罩在西方叔本華哲學的思想意蘊之下，文中指出《紅樓夢》是一部「徹頭徹尾的悲劇」，悲劇的形成來自於生活之「欲」。書中賈寶玉的出家便是在爲「欲」所統轄主宰的苦痛人生中示人以解脫之道—「彼以生活爲爐，苦痛爲炭，而鑄其解脫之鼎。彼以疲於生活之欲，不能復起而爲之幻影」。王氏悲觀地認爲人生在「欲」的陰影下根本毫無快樂可言，只有美術可以使痛苦的人生得一永久肩息之所，而美術中則又以詩歌、戲曲、小說爲頂點，這是王國維對文學的基本看法。正因爲他視小說《紅樓夢》爲美術作品，所以反對當時的索隱學說—「夫美術之所寫者，非個人之性質，而人類全體之性質也。惟美術之特質貴具體而不貴抽象，於是舉人類全體之性質置諸個人之名字之下。譬諸副墨之子，洛誦之孫，亦隨吾人之所好，名之而已。……今對人類之全體，而必規規焉求個人以實之，人之知力相越，豈不遠哉！故《紅樓夢》之主人公，謂之賈寶玉可，謂之子虛烏有先生可，即謂之納蘭容若，謂之曹雪芹，亦無不可也」〔註42〕。在王國維的眼中，索隱是毫無意義的，他認爲只有作者的姓名與著書的年代才是唯一考證的題目。〔註43〕

　　此外，值得一提的是王國維每於文中採用中國其他戲曲小說（如《牡丹亭》、《西廂記》、《水滸傳》等）及西方文學作品（如歌德的《浮士德》）與《紅

〔註41〕關於王國維《紅樓夢評論》一文，可詳見《紅卷》，頁 244～265。
〔註42〕引文見《紅卷》，頁 262。
〔註43〕見《紅卷》，頁 265。

樓夢》相較，以突顯其精神與價值。這種比較文學的批評法，是中國現代新美學的一個開端。日後《紅樓夢》得以躍居國際舞台，於此已現曙光，謂王國維乃當代比較文學的先驅，並不為過。不管全盤引用西方哲學的觀點來詮釋《紅樓》是否得當，但在當時能有如此眼光識見，已是值得大書特書的了。

第三節　小說評點學的價值評估

　　有清一代的紅學，是評點派的紅學，〔註44〕舊紅學時期即涵蓋乾、嘉以後整個的清代，王希廉正是舊紅學時期評點派的首席大家，因此在進入本文正題以前，有必要對王希廉所處的歷史環境給予一價值定位，亦即探討舊紅學時期評點派的意義。就紅學本身的發展而言，評點派正居於承先（脂批）啟後（王國維）的關鍵樞紐。〔註45〕而在整個文學批評史上，評點派紅學是屬於小說評點學的範疇，因此對於小說評點學的評價，便是替評點派紅學在文學批評史上尋得一價值定位。

　　明代以後成形的小說評點學，其價值倍受爭議。清末張之洞與民初胡適之二人反對評點最力，尤其自胡適之先生以其留存八股餘毒、道學先生氣為由大力討伐金聖嘆評點以後，小說評點一直未受重視。今日欲重新審視小說評點並給予公正客觀的評價之際，面對胡適先生的責難，自當先探求評點學的歷史軌跡，然後再一一檢視張之洞、胡適等人的立說允洽與否，由此更可窺測而得研究評點應有的態度，最後再持此態度予小說評點學公平客觀的價值評估。這些即是本節所欲論述的內容。

一、小說評點學的歷史軌跡

　　創作與批評二者的銜替本是文化發展中的自然現象，文學作品一出，自

〔註44〕有清一代，當是評點派的紅學。其時雖有版本，著者等的探求，但多為記錄見聞而已；至於索隱派的觀點雖然在乾嘉及以後也時有所見，但亦只是隨感式的，尚未形成專著和流派，必須要等到民初王夢阮、沈瓶庵及蔡元培出現，才算是索隱流派的形成。而這裡所謂的評點派，是廣義來說，亦即包括王雪香、張新之、姚燮等評點派的紅學及張其信、二知道人，洪秋蕃等人的評《紅》筆記與專著。

〔註45〕上一節論述「文學的批評」時，曾提及脂硯齋等人作批寫注之時已展開文學的評論工作，至評點派崛起，開始走向純文學的探討，到了晚清王國維則採用西方美學與哲學觀點加以評論，為比較文學的開路先鋒。由此不難得知，評點派乃居上承脂批，下開王國維的重要地位。

有批評文字隨之而出現。中國最早的文學作品《詩經》，經過孔子的研究、整理，並以「思無邪」作爲批評的準繩，遂使一部蘊涵民間豐富情感的歌謠之作成爲具有厚正移易之功的教化文學，〔註46〕這種視文學爲政治、社會、道德或教育服務的實用觀念，正是中國文學批評理論的濫觴，也是中國文學批評史上影響最大的批評理論，它確實使美學、技巧等其他理論無法在中國文學批評史上公開而自然的成長。〔註47〕到了齊、梁之際，劉勰《文心雕龍》與鍾嶸《詩品》乃以呈顯形上理論及注重美學觀點的姿態出現，〔註48〕清代章學誠即將此二者視爲評點的起源：

> 評點之書，其源亦始鍾氏《詩品》、劉氏《文心》；然彼則有評無點；
> 且自出心裁，發揮道妙；又且離詩與文，而別自爲書，信哉其能成
> 一家言矣！自學者因陋就簡，即古人之詩文，而漫爲點識批評，庶
> 幾便於揣摩、誦習。〔註49〕

又曾國藩也曾指出：

> 梁世劉勰、鍾嶸之徒，品藻詩文，褒貶前哲，其後或以丹黃識別高
> 下，於是有評點之學。〔註50〕

「評點」最早起於詩文。品藻詩文，褒貶前哲，是「評」；以丹青識別高下，是「點」，而眞正的評點必須「即古人之詩文」而作，亦即評點必須與詩文緊緊地結合在一起。劉勰的《文心雕龍》與鍾嶸的《詩品》雖可視爲評點之學

〔註46〕論語《爲政篇》中說：「《詩》三百，一言以蔽之，曰思無邪。」強調主題的純正。《八佾篇》中謂《詩》「樂而不淫，哀而不傷」，講求中正和平。而孔子刪詩的原則，則可自《衛靈公篇》「放鄭聲……鄭聲淫」中看出，至於詩的基本功用，則是「可以興，可以觀，可以群，可以怨，邇之事父，遠之事君，多識於鳥獸草木之名」（陽貨篇）。處處可見教化文學的痕跡。

〔註47〕劉若愚將中國文學理論分爲形上論、決定論、表現論、技巧論、審美論及實用論六種，而在論述「儒家實用主義的發展」時曾云：「從西元前二世紀儒學建立爲中國正統的意識形態開始，一直到二十世紀初期，文學的實用概念實際上一直是神聖不可侵犯的，因此，基本上相信其他概念的批評家，很少膽敢公然拒絕接受它，但給予口頭上的贊同，而實際上將注意力集中於別種概念，或者將孔子的話解釋成支持非實用的理論，或者對實用概念完全保持緘默而發展其他概念」（見劉著《中國文學理論》，杜國清譯，頁237，台北：聯經出版事業公司，1981年版），由此可知形上、決定、表現、技巧、審美等文學理論都只能在實用論的壓抑下發展。

〔註48〕關於劉勰《文心雕龍》與鍾嶸《詩品》的文學理論，可詳前註劉書頁37、150～155、216～217。

〔註49〕語出章學誠《校讎通義》，卷一，頁231，台北：世界書局。

〔註50〕語見曾國藩《經史百家簡編序》，收于《曾文正公全集》，台北：文海出版社。

的來源，但畢竟不是眞正的評點之作。到了唐、宋，由於讀書人多習於在文章關鍵處或警策之句旁施以圈點丹黃，〔註51〕再加上當時科舉應制重八股文風，八股選家之評文每致力於揣摩作文的方法，每著眼於文章的法則與文字的利病，於是有了指陳關鍵利病的隨文式評點。目前所見以宋呂祖謙《古文關鍵》爲最早，〔註52〕書中選出唐宋文「可爲人法者」六十餘篇，〔註53〕詳爲抹畫圈點，並指出文章精神筋骨之處。其後又有眞德秀《文章正宗》、謝枋得《文章軌範》等相繼出現，均爲取便於科舉的評點作品。此一應時批點之風必須到了宋末元初劉辰翁出現才有所改變。劉氏以全副精神從事評點，專以文學論工拙，使評點文學逐漸脫離科舉的附庸地位，而開始發展屬於自己的專精道路。〔註54〕明代歸有光的《歸氏史記評點》便是評點學發展極致的上乘之作。方孝岳先生指出：

> 普通各家的評點，不過隨便圈出詩文中的好句子或比較有精采的一段圈點出來。到了後來，時文八股家的圈點，就更爲瑣碎無聊了。有光這部圈點，簡直是一種很精心結撰的著作，他對於全書只加圈點，不曾有評語，一切精神意脈，皆見於圈點之中，只附帶有一篇圈點例意。他的圈點很大方，用五色筆分別表示出來，大概是除了句子或內容精美之處，略略圈點之外，最好是能將司馬遷的大義微言，意脈所在，表露給人看。這一點，是很不容易的。〔註55〕這種

〔註51〕唐代韓愈《秋懷詩》云：「不如覿文字，丹鉛事點勘」（《韓昌黎詩繫年集釋》，卷五，頁552，台北：學海書局）。又魏了翁《跋修全趙公所作蒙箴》云：「予生雖後，尚及見大父行，於經子百氏書，皆覆紙細字，丹鉛點勘。」（《鶴山先生大全文集》，卷六十五，頁530，台北：商務印書館）又南宋朱熹曾自敘其爲學工夫云：「某二十年前得上蔡語錄觀之，初用銀朱畫出合處，及再觀，則不同矣，乃用粉筆，三觀則又用墨筆，數過之後，則令與元看時不同矣。」（《朱子語類》，頁1039，台北：漢京文化公司），凡此皆可說明唐、宋時讀書人習於抹畫圈點。關於圈點的意涵，及演變，可參詳羅根澤《中國文學批評史》第六篇「兩宋文學批評史」（台北：學海出版社，1980年9月再版），頁293～296。
〔註52〕最早的評點本應是韓愈的點勘（見前註所引），今已不可見。其後有宋人蘇洵的《蘇評孟子》二卷，不過四庫提要云其「非洵之語，亦斷非宋人之語也」，是僞作之書，因此當以呂祖謙《古文關鍵》爲最早。（詳見羅根澤《中國文學批評史》，同前註）
〔註53〕《古文關鍵舊跋》云：「《古文關鍵》一冊，乃前賢所集古今文字之可爲人法者，東萊先生批注詳明。」（見羅根澤書所引，同註51，頁296）
〔註54〕關於詩文評點的始末，俱見於羅根澤《中國文學批評史》一書（同註51），頁293～298。
〔註55〕文見方孝岳先生《中國文學批評》，三十七章（台北：清流出版社），頁118。

不落言詮，只靠圈點便把全書微言大義及其意脈所在指陳出來，正
顯示明代評點之學的高度發展。而當時小說的地位亦逐漸提昇到與
詩文齊等，小說這一文學體裁也值得一番精研細讀，於是評點之風
便自然而然地從正統詩文吹向通俗小說，而產生了「小說評點學」。

早期的小說評點是書賈在出版小說時為牟利而寫的，這種評點沒有理論上的
價值，〔註56〕直到萬曆年間的李贄、葉晝等人，才把小說評點變成一種文學
批評的形式。明、清之際，金聖嘆將小說評點發展得更為成熟，更加完善，
是為評點之學集大成者。〔註57〕此後，從事評點的人愈來愈多，其中犖犖大
者，莫過於毛宗崗、張竹坡及脂硯齋等人，他們都是傑出的小說評點家，具
有相當的成就。〔註58〕在明清文學批評史上，小說評點的出現，不僅是「評
點」這一傳統評批方式的光大，同時也代表小說地位的躍昇，其意義自不容
忽視。

二、小說評點學的研究態度

　　晚清以來，對小說評點的褒貶不一。首先對小說評點加以輕視與否定的
是張之洞。邱煒萲《客雲廬小說話》卷一《菽園贅談》中曾記載：

　　……吾又聞南皮張香濤（之洞）輯《輶軒語》、《書目答問》，以詔諸
　　生學者，論及聖嘆金氏，尤肆詆諆，詬為粗人，譏其不學，視之若
　　烏頭、巴豆，誤服必病，務禁人不可近而後已。審其意，則無非曰：
　　『凡為聖嘆一派習氣，皆小說批評語一派氣習也。小說批評語，不
　　可以為考據，不可以為詞章，不可以為義理。君子出辭，須遠鄙倍，
　　甚至不可以為立談，凡惡之避之是也。』余謂張說其間亦有不盡然
　　者。〔註59〕

如前所述，小說評點學是自然發展而成的一門學問，其間有其傳統可循，然
卻不見容於張之洞，以其不可以為考據、詞章、義理之故，其理然否？煒萲

〔註56〕說見葉朗《中國小說美學》（台北：里仁書局，1987年6月版），頁15。
〔註57〕邱煒萲曾言小說評點「是天地間一種詼諧至趣文字，雖曰小道，不可廢也，
　　　　特聖嘆集其大成耳。前乎聖嘆者，不能壓其才，後乎聖嘆者，不能掩其美」（邱
　　　　煒萲《客雲廬小說話》卷一，《菽園贅談》（1897），見阿英《晚清文學叢鈔－
　　　　小說戲曲研究卷》，頁391，台北：新文豐出版公司，1989年4月版）
〔註58〕關於李贄、葉晝、金聖嘆、毛宗崗、張竹坡、脂硯齋等人的評點成就，葉朗
　　　　《中國小說美學》（同註56）中已剖述精詳。
〔註59〕同註57，頁390。

隨即以「考據、詞章、小說三者，本不相師」爲由駁斥其說，並指出四點小說當有批點的理由。〔註60〕不過到了胡適，雖然肯定金聖嘆爲提高小說地位所作的貢獻，但卻仍不假辭色地大肆攻擊金氏評點：

> 金聖嘆用了當時『選家』評文的眼光來逐句批評《水滸》，遂把一部《水滸》凌遲碎砍，成了一部『十七世紀眉批夾註的白話文範』！例如聖嘆最得意的批評是指出景陽岡一段連寫十八次『哨棒』，紫石街一段連寫十四次『簾子』和三十八次『笑』。聖嘆說這是『草蛇灰線』法！這種機械的文評正是八股選家的流毒，讀了不但沒有益處，並且養成一種八股式的文學觀念，是很有害的。
>
> 金聖嘆的《水滸》評，不但有八股選家氣，還有理學先生氣。……金聖嘆把《春秋》的『微言大義』用到《水滸》上去，故有許多極迂腐的議論。……聖嘆常罵三家村學究不懂得『作史筆法』，卻不知聖嘆正爲懂得作史筆法太多了，所以他的迂腐氣比三家村學究的更可厭！這部新本的《水滸》（指上海亞東圖書館排印出版的汪原放新式標點《水滸傳》）把聖嘆的總評和夾評一齊刪去，使讀書的人直接去看《水滸傳》，不必去看金聖嘆腦子裡懸想出來的《水滸》的『作史筆法』；使讀書的人自己去研究《水滸》的文學，不必去管十七世紀八股選家的什麼『背面鋪粉法』和什麼『橫雲斷山法』！〔註61〕

胡適對金聖嘆的強力抨擊，亦即是對小說評點學的全盤否定。他指出金氏評《水滸》完全充斥著八股選家的流毒以及理學先生氣，讀了不但無益，而且有害。胡適的論斷是否允當？今日重新省視張之洞、胡適二人的立論，首要思考的問題便是研究小說評點學應有的態度。

早在先秦孟子論詩之時，就曾提出「以意逆志」、「知人論世」的說法。孟子萬章篇有言曰：

> ……故說詩者不以文害辭，不以辭害志；以意逆志，是爲得之。

而在告子篇中便記載孟子如何運用「以意逆志」以釋詩：

> 公孫丑曰：高子曰：『小弁，小人之詩也。』孟子曰：『何以言之？』

〔註60〕邱煒萲指出小說當有批點的理由有四：一、物外生情，人外有我，非空非色，眾妙之門。二、部居充棟，雖然目眩，提要鈎玄，取便來者。三、談之津津，其甘如肉，此稱彼讚，清言亦留。四、頂禮龍經，迦音讚歎，好色惡臭，人之恆情。（詳見同註57），其中第二項已指出小說評點對讀者的助益。

〔註61〕文見胡適《水滸傳考證》一文，同第二章第一節註2，頁62～67。

曰：『怨。』曰：『固哉，高叟之爲詩也！有人於此，越人關弓而射
之，則己談笑而道之；無他，疏之也。其兄關弓而射之，則己垂泣
而道之；無他，戚之也。小弁之怨，親親也；親親，仁也。固哉，
夫高叟之爲詩也！』曰：『凱風何以不怨？』曰：『凱風，親之過小
者也；小弁，親之過大者也。親之過大而不怨，是愈疏也；親之過
小而怨，是不可磯也。愈疏，不孝也，不可磯，亦不孝也。』

這種「以意逆志」的評詩方式，雖然只是主觀的探索，卻仍不失爲一刺探作
者深心的好方法。不過純以己意逆測作者之心，恐有會錯意之虞。如孟子以
怨不怨解釋詩經小弁、凱風，姑不論是否眞合詩人之志，但確是站在情感的
觀點，以刺探詩人之意，而最後卻論及孝不孝的問題，則已非立足於情感，
而是塗上一層儒家的色彩了。因爲孟子是個講仁義道德的哲學家，而非文學
家，因此其意是道德仁義之意，以道德仁義之意刺探詩人之志，則詩人及其
詩，皆是道德仁義了。欲解決此一難題，必當再輔之以「知人論世」說：

> 以友天下之善士爲未足，又尚論世之人。頌其詩，讀其書，不知其
> 人，可乎？是以論其世也，是尚友也。（孟子萬章篇）

孟子又主張頌讀作品，當探求作者的歷史背景及其與社會的種種關係，雖然
此說的目的在「尚友」，仍不脫其實用功能，但用之於文學的欣賞與批評，的
確有啓迪之功。〔註62〕筆者以爲，將文學作品還原其時空背景，再予以分析
批評，遠比孤立地看待作品要客觀公正得多。文學批評如此，推之於文學批
評的批評亦當如此。

　　一個時代有一個時代的文學，一個階段有一個階段的文字，而「天地間
有那一種文字，便有那一種評贊」。〔註63〕因此，對於小說評點的研究與批評，
不可以今人的眼光與尺度來要求他們，背離了他們的時代和立場來加以評
斷，是不公平的。唯有將小說評點還置於其歷史環境中加以考察，方可體察
出其時代的侷限性，而能認眞、確實地予以批判。此外，一部鉅製小說，其
評點往往紛亂雜多，良莠不齊，研究者當擷取眞灼之見，揚棄糟糠之說，萬
不可因某些偏執迂腐之見而盡廢其言。這種「剔蕪存精」的工夫，才是小說

〔註62〕文學作品或多或少是作者生活與時代環境或其人物之生活與時代背景的一種
　　　　反映，因此，探求作者的歷史背景及其與社會的關係實屬必要。西方的文學
　　　　批評理論中便有所謂「歷史、傳記的分析」（見徐進夫譯《文學欣賞與批評》，
　　　　台北：幼獅文化事業公司，1986年9月十版，頁5～9）
〔註63〕語見同註57，頁392。

評點研究者當戮力為之的目標。

　　回顧張之洞、胡適二人對小說評點的批評，多缺乏「知人論世」的識見與「剔蕪存精」的工夫。張之洞譏誚金聖嘆是「不學」的「粗人」，而視小說評點為鄙倍惡習，有如烏頭、巴豆般可致病。他並直以清代正統的考據、詞章、義理之學悍然杜絕小說評點的生機。筆者認為這是張之洞不能鑒察金氏評點崛起的歷史背景的緣故，而且恐怕張之洞並未細讀評點之作，否則不會斷然以考據、詞章、義理之學判其非。至於胡適，雖然他察見金氏評點與明代時文的關係，但由於他對明代八股文的嫌憎，導致他對金聖嘆批點的全盤否定。胡適的立論犯了兩個毛病：一是他對明代時文的深惡痛絕，批評八股文唯有「流毒」而已，並非持平之論。因為一代有一代的文學，如漢之有賦，六朝之有駢，唐之有詩，宋之有詞，元之有曲，則明自當以時文為代表，故明代的文學或文學批評，也無不直接間接受時文的影響，〔註64〕再加上評點學在發展過程中與科舉息息相關，其沾染八股氣息自是不免，焉能謂金氏評點是八股選家的「流毒」？況且近人周作人也曾主張正視八股文的價值，並以為八股文是「中國文學史上承先啟後的一大關鍵」，〔註65〕可見得明代時文自有其歷史意義與價值。以個人對八股文的主觀好惡來否定小說評點的成就，並非允當。二是胡適僅看見流於八股選家的習氣與道學先生的迂腐便全盤否定金氏批點的價值，不懂得「去蕪存精」。例如在八股文浸淫之下，明清以降的評點者無不特重章法技巧的刻意研究，紛紛追索古典小說中佈局、組織、形式、架構之原委奧妙，其中誠有流於繁瑣、機械與不夠科學之處，但亦不乏相當妥貼而精確的例子。今人葉朗先生乃將小說評點中批評精當的實例加以整合釐訂，彙集而成中國古典小說美學理論，當是一項可貴的文化資產。〔註66〕

〔註64〕比起胡適之視八股文為流毒，郭紹虞對八股文的看法似較公允：「我們假使於一時代取其代表的文學，於漢取賦，於六朝取駢，於唐取詩，於宋取詞，於元取曲，那麼於明代無寧取時文。時文，似乎是昌黎所謂『俗下文字，下筆令人慚』者，然而，時文在明代文壇的關係，使我們不能忽略視之。正統派的文人本之以論「法」，叛派的文人本之以知「變」。明代的文人，殆無不與時文生關係：明代的文學或文學批評，殆也無不直接間接受著時文的影響。」（《中國文學批評新論》，頁368，台北：元山書局，1985年版）

〔註65〕語見周作人《論八股文》，收於《周作人先生文集》第十三冊《中國新文學源流》一書中（台北：里仁書局，1982年版）

〔註66〕葉朗先生將在北大教授「中國小說美學」的課程內容編寫成書，仍沿其名。

三、小說評點學的價值評估

撇開清代正統學術的襲套與八股理學的陰影，小說評點學應有其正面積極的意義與價值。先就「評點」這一形式而言，它是一種容量寬廣、靈活自由的評批方式。一般而言，評點中有總論、回前總評、回後總評等，可以對小說的總體進行美學概括；又有眉批、正文下雙行小字批、行間批等，可以對作品的細部進行具體的藝術分析。換言之，它既可對小說作一整體評論，又可針對部分情節進行具體的分析；它既可隨取一個完整的情節或人物來評論，又可針對某句話、某個字來加以詮釋批評。因此它可容納各個角度的議論，不受限制。此外，它又以圈點的方式鋪陳於字裡行間，表示褒揚嘉許，兼具提醒、鼓舞作用。

再者，小說評點完全從作品本身出發。評點家們念茲在茲，全力以赴的課題便是如何對作品本身作最精確的分析與闡釋，他們的態度認真，心細如髮，往往逐字逐句推敲，以探求作者原意及文章妙處，因此小說評點可說是一種極為徹底的研讀！若評點者本身具有高度的文學修養與鑑賞能力，以他們本人對作品的審美感受與鑑賞為基礎，反覆閱讀、揣摩、品味、分析與研究，則在評點之際自然會流露出相當可貴的真知灼見，對小說理論的建樹居功厥偉。由是可以對作家的創作經驗進行總結，刺激他人創作慾，並指導創作；又可以對讀者的閱讀欣賞進行指導，幫助讀者了解作品。

評點之所以能隨小說的刊行而流傳於世，除其語言淺顯明爽、通俗易曉，能為大眾接受外，它可以幫助讀者閱讀亦是原因之一。讀者在閱讀小說的過程中，隨時都會聽到評點家的聲音，提醒讀者注意欣賞一些容易忽略的細微情節，或標示作品的深層含義，使讀者在捲入小說故事情節的起伏波浪中時，能抽身乍出，放慢閱讀速度，增加品味和思索的成分，同時又可無形中將讀者由對作品的感受提昇到理論的層次，使讀者於欣賞品味之際，在小說美學理論方面也能有所進益。因此評點雖有意將讀者的注意力從故事情節發展中暫時拉出，致割斷故事情節的連貫性，減弱閱讀的興味，但卻助於讀者對作品更好的欣賞。胡適之先生主張讓讀書的人直接去看作品，讓讀書的人自己去研究作品，不必受評點的左右，固然是尊重個人的心領神會，但是對於一般文學素養及賞鑑能力不高的讀者，恐怕還是得靠評點的佐讀方能領略透

書中主要論述李贄、葉畫、馮夢龍、金聖嘆、毛宗崗、張竹坡、脂硯齋等古典小說美學家的成就及以梁啟超為首的近代小說美學。由里仁書局於 1987 年6 月出版。

徹，鞭辟入裡了。

　　關於小說評點學，我們自應揚其長，但也不宜掩其短。小說評點有其正面的價值，也有其負面的弊失。例如評點家在從事評點工作時，常隨己意割裂原文，刪改原文，刪改後的作品，其實已是評點家的再創造了。這種以批點家的見解為主，小說正文為副的批點態度，無疑是對原作者版權的輕視。即使批點小說得以流傳，已非原作全貌，此又是對讀者的欺瞞，因此這種評點態度是不對的。此外，小說評點大多瑣碎，無系統可言，批語中有的意思重複，有的語意不明，有的無關宏旨，甚至有的平庸低劣，因此需要後人汰蕪存精。

第三章　王希廉評點的版本及其流傳

　　王雪香以「評點」的方式研究《紅樓》，其研究成果多表現在他的評點本上，而隨著王評本的付梓刊印，百二十回白文本的流傳遂告結束，王評本乃成為當時炙手可熱的本子，影響所及，各家評點本紛紛出籠，蔚為大觀，[註1] 形成舊紅學時期的獨特現象。此種現象雖在胡適先生竭力詆毀之下慘遭腰斬，不似索隱，考證之流勢力猶存，但宏觀整個紅學發展史，評點本實有其存在意義與價值。今擢取當時最富盛名的王評本予以考察，自不難援例以窺全豹。而在考究之際，仍有必要對王評本的刊刻流傳作一番回顧式的論述。上一章論及「評點」的評紅方式時已啓端緒，今則詳述其始末。

第一節　王希廉評點的版本

　　王評本的祖本是程甲本。程甲本在《紅樓夢》版本史上佔有舉足輕重的地位，它標幟著傳抄時期的終結，開啓刊印時代的扉頁。日後《紅樓夢》之所以能普及民間，廣為流傳，程甲本實扮演相當重要的中介角色。若非程甲本出現，僅憑少數鈔本《石頭記》，是否會在時間的洪流中湮沒無聞，或如曇花一現般從此絕傳，尚難論斷。因此儘管程刻本一再為人詬病，或指其僞續，或責其竄改，但它以百二十回全璧的面貌滿足多數讀者的願望，[註2] 並加上

〔註1〕　《妙復軒石頭記》中「附銘東屏書」有云：「《紅樓夢》批點，向來不下數十家」即道出當時評點之盛況。

〔註2〕　儘管有王蒙之輩從創作的角度認爲《紅樓》具有一種無窮性，不可結束性（詳王蒙《作爲小說的紅樓夢》一文，刊於「新地文學」雙月刊一卷一期，頁120～143，1990年4月5日），但是對《紅樓》結局的好奇心卻是大多數讀者所

繡像圖贊等來吸引讀者，以刺激銷路，對《紅樓夢》的推廣確有裨益。不過程甲本所採木活字排印，一則所費不貲，再者所印不多，所行不廣。〔註3〕為滿足讀者們的需求，同時基於價格及數量上的考量，遂有東觀閣翻印之舉。東觀閣本取程甲本為底本，再經一番校正釐定的功夫，而以木刻巾箱問世，便於放置和拿在手頭閱讀。〔註4〕其後又有嘉慶十六年（1811）、二十三年（1818）及道光二年（1822）重刊印行。〔註5〕而在嘉慶十六年東觀閣重刊本中，便已打破二十年來白文本的發行市場，出現圈點及行間批，這是繼脂批之後，首次出現的評點本。不過此一帶評的本子，無論其質量或數量均無足觀，須賴王雪香批點一出，評點本方能大行其道。王評本是王雪香根據東觀閣本增批並附他文刊刻而成。〔註6〕此本一出，其他各本皆避席讓位。〔註7〕

共有，古今皆然，因此當程刻本以百二十回足本的面目出現時，自然引起熱烈的迴響。

〔註3〕由於木活字排印所費不貲，所以索價甚高，常令人興嘆不得。嘉慶四年，尤鳳真於《瑤華集序》中即云：「今所流傳者皆係聚珍板印刷（按：即木活字印刷。清乾隆年間刻《四庫全書》時董武英殿事金簡因以活字法為請，使用力省而程功速，以活字名不雅馴也，特名之曰聚珍板。詳葉德輝《書林雜話》，頁3，台北：世界書局，1983年10月四版），故索價甚昂，自非酸子低裏中物可能羅致，每深神往。」又其所印數量有限，推行不廣，東觀閣主人便曾說明東觀閣翻刻程本的原因：「……原刻係用活字擺成，勘對較難，書中顛倒錯落，幾不成文；且所印不多，則所行不廣。爰細加釐定，訂訛正舛，壽諸梨棗，庶幾公諸海內，且無魯魚亥豕之誤，亦閱者之快事也。」（見東觀閣本東觀閣主人題記），關於木活字排印的作業方式，王三慶先生於《紅樓夢版本研究》中述之甚詳（台北：石門圖書公司，頁596～611，此為王氏博士論文，於1980年提出），於此即知東觀閣主人所言不謬。

〔註4〕葉德輝《書林清話》中記載：「南史，齊衡陽王鈞手自細書寫五經，部為一卷，置於巾箱中，以備遺忘。諸王聞而爭效為巾箱五經。此蓋小裘，便於隨行之本。南宋書坊始以刻本之小者為巾箱本。」（台北：世界書局，頁31，1983年10月四版）這種小型巾箱本頗利於放置，亦方便拿在手中閱讀。東觀閣本即屬此類。又東觀閣初刻本無年月可考，依徐仁存，徐有為兄弟的推測，大抵不會早於乾隆五十七年（見徐氏書《程刻本紅樓夢新考》，台北：國立編譯館，頁20，1982年10月版）。

〔註5〕孫殿起《販書偶記》卷十二小說家類演義之屬有云：「《紅樓夢》一百二十回，圖像一卷。（曹霑撰，鐵嶺高鶚、程偉元同刪定。乾隆間刊巾箱本：嘉慶間重刊……」（見同第二章第一節註4，頁45所引），其所言嘉慶間重刊，當即指嘉慶十六年，二十三年重刊本。

〔註6〕王評本是王希廉根據東觀閣本增批而成，而東觀閣本又據程甲本翻印，所以王評本的祖本是程甲本。另有一說，謂當時南北二地均有覆刻程甲本，北為「東觀閣本」，南則為「繡像紅樓夢全傳本」，而王希廉的籍貫在吳縣，恰為

自此以後，王雪香評點或以單評本印行，或以合評本梓刊，均能暢行於世。
以下即分別敘述其刊刻情形。

一、單評本

　　道光十二年，雙清仙館刊印王雪香評本《新評繡像紅樓夢全傳》，扉頁背
面題「道光壬辰歲之暮春上浣開雕」。其後有京都聚珍堂、翰苑樓、廣東芸居
樓等於光緒二、三年間據以翻刻。今則有台北廣文書局於 1977 年 4 月翻印，
冠以《王希廉評本新鐫全部繡像紅樓夢》，共精裝八冊，頗得其原貌。

　　此書書弁以王希廉《紅樓夢批序》一文，末有「雙清仙館」的章印字
樣。卷首有程偉元《原序》、繡像六十四頁（以警幻始，以劉老老終，各配《西
廂》語及花名，前人後花）、目錄（一百二十卷）。目錄之後附有他文，如讀
花人戲編《紅樓夢論贊》七十四首與《紅樓夢問答》二十三則，前者始於賈
寶玉，終於甄寶玉，每首末多有梅閣（按：即古潭州何炳麟）評，有贊無論，
非全文。讀花人，即涂瀛。字鐵繡，號香雨，一號讀花人，桂林人，[註8] 其
論贊「新見超解，多可悅人，筆勢亦殊兀奡」，[註9] 後由養餘精舍於道光二
十二年刊行單本。繼涂瀛文後，又收有《大觀園圖說》及《紅樓夢題詞》十
首，前者有說無圖，不知出於何人之手；[註10] 後者乃雪香妻周綺所作，末
有其師蔣伯生（燕園）及雪香為之評。其後方接續雪香《紅樓夢總評》（以《紅
樓夢》結構層次之分析為始，以摘誤十九條作結）並其《音釋》（舉書中眼生
之字詳為明其音、釋其義）。正文每面十行，行二十二字，每卷首題「洞庭王
希廉雪香評」，卷末有分評條列之。

全傳本流佈的範圍，所以王希廉當取此加評，而沿用「全傳」之名（王三慶
先生在其博士論文《紅樓夢版本研究》中即根據日人伊藤漱文的南北覆刻之
說而作此推測，見頁 616～623）。

〔註7〕當時除東觀閣本外，尚有抱青閣本（1799）、藤花榭本（1818），三讓堂本（1829）
　　　等版本系統的刊行，而東觀閣重刊本及三讓堂本均已出現行間批及圈點。王
　　　評本一出，這些本子率皆避席讓位。

〔註8〕《石頭記集評》卷下云：「江寧徐子儀鐫曰：『紅樓夢論贊』並『紅樓夢問答』，
　　　為臨桂涂香雨孝廉所撰。香雨，名鐵繡，別號讀花人」（見同第二章第一節註
　　　4，頁 205 所引）

〔註9〕語見姚燮《讀紅樓夢綱領》，（見同前註）。

〔註10〕《石頭記集評》卷下云：「雪薌所批刻本，前列大觀園圖說一則，然只有說無
　　　圖，不知誰人之筆」，吳克岐《懺玉樓叢書提要》亦曰大觀園圖說，「不知何
　　　人所作」，並謂其「既無剪裁之工，又鮮組織之筆，僅將原書敷衍而為之，殊
　　　不足觀也」（均見同註8，頁 323 所引）

　　自道光十二年首刊王雪香評點本後，歷經咸豐、同治兩朝，均未再見王評本發行，其時雪香之評點得以繼續流傳，端賴《石頭記評贊》的刊行。道光二十二、三年間，有僅取王雪香評語彙集而成《石頭記評贊》刊刻行世，其中誤以讀花人《論贊》與《問答》為雪香一人手筆而收錄之。此單行本一出，購者仍多。咸豐間一度毀於兵燹，幾不可見，幸賴同治十三年（1874）金陵吳耀年重刊，始得再行於世。其間過程，張盛藻跋中述之甚詳：

　　　　道光壬寅（1842）、癸卯（1843）間鋟板行世，人爭購之，咸豐間毀
　　　　於兵燹，見者遂罕。予在京師，曾從友人處借鈔評語，茲來養疴白
　　　　門，偶出以示明好，咸詫為奇文妙論，因慫恿付梓，亦實不敢以豐
　　　　城寶劍祕之匣中耳。

雪香《石頭記評贊》得以繼評點本之後，在民間風行不輟，不致因戰火摧殘而告淹滅，張盛藻實居功厥偉！光緒二年夏天，又於上海重刻此本。同年，京都聚珍堂重刊《繡像紅樓夢》，王雪香評紅才又恢復評點本的面目繼續傳世。

二、合評本

　　光緒以後，王希廉評點每與張新之（太平閒人）、姚燮（大某山民）、蝶薌仙史等人的評點合刊問世：

（一）王、姚合評本

　　雖曰王、姚合評，其實是姚燮於王雪香評本之上再增評加註而成。其間盡刪「紅樓夢」字樣，多以「石頭記」代之。約有三種版本：

1. 上海廣百宋齋鉛印本

　　光緒年間，徐潤設立的廣百宋齋鉛印了王雪香、姚燮二人合評的《增評補圖石頭記》。〔註11〕儘管姚燮之評多取重於年月歲時之考證，無甚精義，但因此本紙墨精良、校對精審，故頗為膾炙人口，是以光緒十二年（1886）有書賈牟利仿印，改名為《增評繪圖大觀瑣錄》，脫誤不少。〔註12〕其後又有古

〔註11〕廣百宋齋是徐潤繼同文書局之後再設，而同文書局初設於光緒七年，因此廣百宋齋鉛印的王姚評本《增評補圖石頭記》，時間當在光緒七年以後。

〔註12〕吳克岐《懺玉樓叢書提要》云：「清光緒間，廣東徐雨之觀察（潤）創廣百宋齋於上海，鑄鉛字排印書籍，爰取家藏此本付印，以公同好。紙墨精良，校對精審，世頗稱之。後書賈仿印，改名《大觀瑣錄》，脫誤甚多。考《紅樓夢》最流行世代，初為程小泉本，繼則王雪香評本，逮此本出現而諸本幾廢矣。山民評無甚精義，惟年月歲時考證綦詳。山民殆譜錄家也。」（同註8，頁69所引）

越誦芬閣重刊本（光緒十八年），今則有北京中國書店據此影印（1988 年 2 月，平裝五冊），不過已失原貌。

原本扉頁題「增評補圖石頭記」（中國書店影印本則增題「清・護花主人評、清・大某山民加評」、「中國書店影印」等字樣，實有礙眞本之流傳），內容依次爲程偉元《原序》、護花主人《批序》、太平閒人《讀法》附補遺、訂誤各一條，護花主人《總評》、《摘誤》、大某山民《總評》、明齋主人《總評》、《或問》（即涂瀛《紅樓夢問答》）、讀花人《論贊》、周綺《題詞》、《大觀園影事十二詠》、大觀園圖及《圖說》（仿印本缺大觀園圖，中國書店影印本爲求便於排版，將大觀園圖割裂成兩面，實傷眞本面目）、《音釋》、《總目》（中國書店影印本則按今人編書習慣，將《總目》置於書首，又傷其眞），繡像十九頁，前圖後贊，贊文有篆、隸、楷、行、草等書，字體不一。每回前有回目畫一頁二幅（仿印本則改爲每二回有回目畫一頁二幅），每卷首題「悼紅軒原本，東洞庭護花主人評，蛟川大某山民加評」，總目末有「ケイケイキヨョウサウ、ゲソワヨウシユソケイ同校字」一行。正文每面十四行，行三十一字（古越誦芬閣重刊本則每面十五行，行四十字）。文中有圈點、行間夾批及眉批，回末又有護花主人及大某山民評。

2. 上海石印本

光緒二十四年（1898）海角居士校正石印王、姚評本《增評補圖石頭記》。內容同前，但將回目畫集中於繡像之後，共一百二十頁。每回首題「悼紅軒原本，東洞庭護花主人評，蛟川大某山民加評，海角居士校正」，總目前亦題「悼紅軒原本，海角居士校正」。正文每面十六行，行四十字，並改行間夾批爲雙行批註。二年後，又重刊此本，更名爲《繡像全圖增批石頭記》，但繡像已由十九面增爲二十四面，除首二面外，均各配《西廂》及花名。

光緒三十一年（1905），鑄記書局鉛印王、姚合評本，名爲《原本重刊大字全圖石頭記》。今有台北廣文書局翻印，封面題「精校全圖足本鉛印金玉緣」，共線裝八冊，頗近原貌。此本扉頁題「精校全圖鉛印評註金玉緣，蟄道人題」，內容與廣百宋齋本同，惟太平閒人《讀法》後無補遺、訂誤，總目後亦少「ケイケイキヨョウサウ、ゲソワヨウシユソケイ同校字」一行，而在《或問》之前多了劉家銘《雜說》九條。正文每面十五行，行二十九字。文中有圈點、雙行批註、眉批等，回末有護花主人及大某山民二人評。此本中縫又出現「紅樓夢」字樣。

（二）王、張、姚三家評本

由於禁書之例，王、張、姚三家評本多改《紅樓夢》、《石頭記》爲《金玉緣》，〔註13〕約有五種版本：

1. 光緒十年（1884）上海同文書局石印本

光緒七年，粤人徐鴻甫、徐潤二人於上海創設同文書局，十年，首將王雪香、張新之、姚燮等三人之評合刊石印而成《增評補像全圖金玉緣》。此本內容依次爲華陽仙裔序、目錄、太平閒人《讀法》、護花主人《批序》、《摘誤》、《總評》、明齋主人《總評》、大某山民《總評》、讀花人《論贊》、《或問》、《大觀園影事十二詠》、周綺《題詞》、護花主人《音釋》、大觀園圖及《圖說》。正文前有繡像共一百二十頁，除第一頁上「願天下有情人都成了眷屬」字，第一百二十頁下警幻仙姑像外，均下圖上贊。每回前有回目畫一頁二幅。正文每面十七行，行三十九字。文中有圈點及太平閒人雙行批註，回末有太平閒人分評，而護花主人，大某山民分評附之，因此此本實際是以太平閒人評爲主。〔註14〕

當三家評本刊行之際，社會上已盛行廣百宋齋的王、姚合評本，此本雖出，卻未能取代廣百宋齋本的流行地位。其後又有光緒十四年（1888）、十五年（1889）、十八年（1892）出現的上海石印本，這三個本子的內容、版式與同文書局本皆同，當屬同一系統（或即據同文書局本重刊）。

2. 光緒十五年（1889）上海同文書局石印本

此本封裡題「鐵城廣百宋齋藏本，上海同文書局石印」，扉頁背面題「己

〔註13〕海淫之書，在前清時懸爲屬禁。早在順治、康熙、雍正、乾隆朝鼎盛時期，便有禁淫詞瑣語的律令，將水滸、西廂等書一律視爲海淫海盜之書而加以禁絕，《紅樓夢》出，亦受波及。自《紅樓夢》流衍至江、浙，加以王評本的付梓刊行，致江蘇等地方法令公布禁毀淫詞小說書目，《紅樓夢》每每榜上有名。此等禁書之議，可參詳《元明清三代禁毀小說戲曲史料》（台北：河洛圖書出版社，1980年1月版）。在此一禁絕風氣下，爲便於流通、遂將《紅樓夢》、《石頭記》改爲《金玉緣》，以蔽人眼目。《紅樓夢訟案》一文中記載光緒十八年上海萬選書局之繪圖石印本《金玉緣》的訴訟案件，即可考見當時改名的苦衷（文載1947年10月29日上海「中央日報」「上海通」副刊二四六期，前書亦收錄此文，見「地方法令」「紅樓夢因禁改名金玉緣印行」一則。頁137～138）

〔註14〕吳克岐《懺玉樓叢書提要》云：「（光緒十年上海同文書局《增評補像全圖金玉緣》）每卷前有圖，卷中有太平閒人夾評，無眉評、旁評，卷末有太平閒人分評，而護花主人，大某山民分評附焉。蓋是本以太平閒人評爲主者。」（見同註8，頁74所引）

丑仲夏上海同文書局石印」。繡像由一百二十頁減爲四十二頁。正文每面十八行，行三十九字。餘同前。

3. 光緒二十四年（1898）上海書局石印本

此本扉頁題「繡像全圖金玉緣」，背面題「光緒戊戌孟夏上海書局石印」，繡像共四十二面，圖贊同面，每二回有回目畫一頁二幅。正文每面二十二行，行五十字。

4. 光緒三十四年（1908）求不負齋石印本

此本扉頁題「增評全圖足本金玉緣」，背面題「光緒戊申九月求不負齋印行」。此本多《評論》六則（按：即節錄話石主人《紅樓夢本義約編》，一粟亦曾收入《紅樓夢卷》中，兩相對照，文有出入），繡像則安排不一，除青埂峰石、絳珠仙草一頁（前圖後贊），通靈寶玉、辟邪金鎖二面（圖贊同面），及寶玉、黛玉二頁（前贊後圖）外，又有二、三人錯亂同面者十八面。每回前有回目畫一頁二幅。正文每面十八行，行四十字。

5. 光緒三十四年（1908）上海舒屋山人本

此本於 1974 年 12 月由台北鳳凰出版社影印出版，名曰《評註金玉緣》，共平裝四冊。扉頁題「大字足本連環圖畫評註金玉緣，上海舒屋山人署」，中縫則題「評註全圖金玉緣」。依其總目，內容多與同文書局本同，獨少大觀園圖。不過深按其文，則無太平閒人《讀法》，而代之以《評論》六則，又缺《音釋》。正文前有繡像共四面（均三、四人同一面），每回有回目畫一幅，插於正文內。正文每面十八行，行三十七字。

此外，上海古籍出版社於 1988 年 2 月出版《紅樓夢》三家評本，以光緒十五年上海石印本爲底本，光緒十四年上海石印本、光緒十年、十五年同文書局本、及求不負齋本爲校本鉛印而成。此本僅取寶玉、金陵十二釵等繡像十三面弁之書首，又有魏同賢前言及校點凡例等。正文每面十七行，採新式標點，並取消圈點以利排版，回內太平閒人雙行批註則改排單行。本文下章論述雪香評點之內容時，即根據此本。

（三）王、蝶合評本

光緒三十二年（1906）上海桐蔭軒石印王雪香、蝶薌仙史合評的《增評加批金玉緣圖說》，扉頁題「全圖增評金玉緣，光緒丙午九秋石薌」（一本題「足本全圖金玉緣」），背面題「光緒丙午菊秋月上海桐蔭軒石印」，但書前均

題「增評加批金玉緣圖說，蝶薌仙史評訂」。此本與同文書局所印三家評本內容幾同，惟繡像，回目畫及行款有異，而回末則取消太平閒人、大某山民二人之評，獨存護花主人評。其後又有宣統元年（1908）上海阜記書局石印本、民國三年（1914）上海石印本等，均據此翻印。〔註15〕

第二節　王希廉評點的流傳

　　王雪香評點不論是以單評本的面貌示人，或以合評本的姿態問世，均令當時讀者神思嚮往，欲一睹其書而後快。何以王雪香能在當時成爲眾多評點者中的佼佼者？何以在當時屬行禁書之際，王評本猶能激起讀者的熱烈迴響？周汝昌先生認爲，王雪香評點之所以能風靡一世，並非王評眞有獨特的價值優點，只不過是他有辦法刊印出來罷了。〔註16〕其實所謂「獨特的價值優點」，必須相應於時代環境而言，王評本能擁有廣大的讀者群，絕非偶然，若脫離了時代背景而遽判優劣，是不甚公允的。況且「有辦法刊印出來」便頗耐人尋味。除非雪香是個評點家兼出版商，否則雪香之評點如要刊印，必得通過出版商的鑒定。關於雪香的生平，我們僅能從清代蔣寶齡《墨林今話》中記敘雪香妻周綺的生平事蹟一則裡約略得知：

> 閨秀周綺，字綠君，小字琴孃，吾邑（即昭文縣）王氏遺腹女，母夢蔡邕授焦尾琴而生，隨母依舅氏，舅無子，愛之如己出，遂姓周氏。及長，工韻語，解音律，能篆刻，兼習山水花鳥，尤精小蘆雁，得蕭遠生動之致。……年二十許適吳縣王雪薌希濂。王工書法，亦能詩。題秋海棠畫幅云：『西府春風易過時，瘦紅劇愛逞幽姿。露涼恐不成秋睡，碧海青天夜夜思。』〔註17〕

〔註15〕以上所述版本資料來源於田于《紅樓夢敘錄》（同第二章第一節，註4）及宋隆發《紅樓夢研究文獻目錄》（台北：學生書局，1982年6月版），復參酌王三慶《紅樓夢版本研究》（同註3）。

〔註16〕周汝昌先生的主張見於其所著《紅樓夢版本常談》一文中，收于朱一玄編《古典小說版本資料選編》一書（山西：人民出版社，1986年8月版），頁600～601。

〔註17〕文見《墨林今話》卷十六（周駿富輯《清代傳記叢刊》藝林類九，台北：明文書局，頁480～481）。蔣寶齡合乾、嘉、道三朝中能畫者，兼采及詩撰成《墨林今話》，以爲張瓜田《畫徵錄》之續。換言之，此書即輯《畫徵錄》之佚者。幸雪香妻周綺精畫藝，又幸蔣寶齡有輯佚之舉，否則雪香之面目將無緣得見。

王雪香擅詩工書，有文人的素養，並非泛泛之輩，於此知之。至於雪香是否一如程偉元般是個雅擅書畫的出版商，〔註18〕則無從判定。假若雪香是以出版商的身份從事評點，那麼以一個出版商的職業眼光，其評點勢必要迎合多數讀者的興味，可是對頗有文人素養的雪香而言，又未必肯屈就迎人。與其製造文人與出版商雙重身份的相詆矛盾，無寧認為雪香只是個文人，是個情不自禁投身於評點行列的紅學家，〔註19〕經由出版商的鑒定合格，認為其評點一出，必然廣受歡迎，於是在可能成為大眾暢銷書籍的前提下斥資出版。果然出版商頗能掌握市場的需求，此本一經板行，人人爭購，銷售一空。而王評本的流行年代適逢中國歷史上迭變困窘的晚清時期，於是市場的資訊便源自於社會思潮的反應，王評本的意義與價值也就與整個時代環境密不可分了。

　　王評本首刊後八年，便發生了鴉片戰爭，挑起資本主義國家軍事、經濟和文化的侵略，喪權辱國的條約接踵而至，列強的鯨吞蠶食紛沓而來。面對此一鉅變，道光朝的士人，有感於鴉片戰爭所暴露的積弊，遂在自覺地承擔救亡圖存的使命感之下，開始講求經世實用之學，期能一抒抱負。〔註20〕於是清代正統學術便由乾、嘉「漢學專制」之局的考證學一變而為經世之學，重新發揚了清初學者倡行的經世致用思想，主張對社會各方面進行改良和揭露。不僅正統士人如此，一般文人亦往往藉小說創作表達對時代強烈的譴責與諷刺。〔註21〕至於無能力創作的多數人民，則紛紛索讀此類作品，以寄託

〔註18〕程偉元每被誣為作偽牟利的書商，後經周汝昌購得程偉元繪的一面摺扇，及張壽平在台北今日畫廊發現程偉元的一幅松、柏交纏而成的「壽」字畫，乃得以平反。程偉元實是一位雅擅書畫的出版商，（詳見張壽平《程偉元的畫－有關紅樓夢的新發現》及潘重規《紅學史上一公案－程偉元偽書牟利的檢討》二文，均附錄於高陽《紅樓一家言》一書中，頁149～158，台北：聯經出版事業公司，1977年版）

〔註19〕王雪香於其評點批序中即自言其動機：「余之於《紅樓夢》，愛而讀之，讀之而批之，固有情不禁者矣。」

〔註20〕關於清學由考證學蛻變為經世之學的關鍵及因素，可詳見梁啟超《清代學術概論》（台灣：商務印書館，1985年2月二版），頁114～118。

〔註21〕光緒三十三年（1907）天僇生於《月月小說》第一卷第十一期發表《中國歷代小說史論》一文中即指出當時作小說者，乃「有所不能言，不敢言，而又不忍不言者，則姑婉篤詭譎以言之」，並謂小說創作的動機不外是「憤政治之壓制」、「痛社會之混濁」與「哀婚姻之不自由」三者（見同第二章第三節，註57）。又根據阿英（錢杏邨）的統計，晚清小說所表現的內容有反映晚清社會現狀者、有反映庚子事變者、有反映華工生活者、有反買辦階級者、有反

感時傷事的憤意。而雪香評點《紅樓》，語多寓含勸懲，並揭發世情，頗能順合當時社會人心之歸趨，於是王評本自然也成為眾人寓懷寄憤的對象了。

咸豐、同治年間，因不平等條約的屈辱而舉事的太平天國之亂，更添內憂，以江、浙受禍最烈，導致王評本在咸、同年間形同斷層，直到光緒時方重又流行。當此之際，除了雪香所賦予《紅樓》的教化實用功能依然深植民心外，都市化的發展與出版事業的發達亦助長了王評本的流傳。光緒間王評本的刊行多集中於上海一帶，而當時江蘇和浙江兩省，正是都市化最盛的省份。〔註22〕都市化崛起的市民，識字率高，有閑暇得以閱讀，〔註23〕頗利王評本的推廣，而城市對外接觸頻繁的結果，鉛印、石印等各種先進的印刷術紛紛傳入。〔註24〕印刷業的發達，是任何出版品得以流行的先決條件，鉛印、石印的傳入盛行，使王評本的傳播更為便利。

此外，光緒間雖多以王、姚合評或王、張、姚三家評見世，但不管是大某山民的加評，抑太平閒人的主評，多不能捨王評而各自流傳，〔註25〕其受歡迎程度更可想見。至於王雪香評點何以能牽動當時讀者的心情，其真實內容為何，便是下一章的課題了。

映立憲運動者、有反映種族革命者、有反映婦女問題者、有反對迷信運動者、有反映晚清官場生活者，皆與時代息息相關（詳見阿英《晚清小說史》，台北：天宇出版社，1988 年 9 月版）

〔註22〕張玉法先生引王樹槐、李國祁二人對江蘇及閩浙台的區域研究資料說明江蘇和浙江兩省，是近代中國都市化最盛的省份。（見張氏《晚清的歷史動向及其與小說發展的關係》一文，收于政大中文系、中研所主編《漢學論文集》第三集「晚清小說討論會專號」中，台北：文史哲出版社，1984 年 12 月版，頁22～23）

〔註23〕張玉法先生指出，清末的市民階層，有三種特色：一、識字率較農村高，一般出版品的讀者群較大。二、識見較廣闊，對國家和社會較為關心。三、有相當多人有閒暇，需要以閱讀消磨時間。這三種特色，都是小說市場的有利條件。（同前註，頁22）

〔註24〕關於鉛印、石印等印刷術的傳入及發展，可詳見葉德輝《書林雜話》中淨雨《清代印刷史小記》一卷（同註18），頁15～19。

〔註25〕太平閒人張新之的評點，初以抄本的形式見人（道光三十年），後則於光緒七年由湖南臥雲山館刊刻行世，這是張新之評點唯一刊行問世的一本單評本。至於姚燮，則更無有脫離王雪香評點而單評刊刻者。

第四章　王希廉評點的內容分析

　　王雪香評點的內容約可分爲三類：即站在作者的立場闡明《紅樓夢》的「創作手法」；以讀者的身份對《紅樓夢》進行「藝術鑒賞」，並推測作者所欲表達的「主題寓意」。以下分節言之。

第一節　關於紅樓夢的創作手法

　　有八股選家遺風的小說評點，自然對作品的寫作技巧耕耘最力，斬獲最多。雪香的紅學也不例外地於《紅樓夢》的創作手法用功至甚，比脂批更爲詳盡地闡發其技巧表現，其中雖大多祖述前人，卻亦不乏有其精到之處。

　　《紅樓夢》作者以精微細切的感情爲血液，以深刻獨到的見解爲靈魂，以複雜緊湊的情節爲骨架，融鑄而成具有高度藝術價值的文學作品。而如何融鑄，便是表現手法的問題。《紅樓夢》描寫社會生活的瑣細、世態人情的駁雜，其事件之繁，人物之眾，情節變化之多方，實非他書可比。因此作者在創作之初，必當先將呈諸腦海裡紛然雜陳的人物與事件加以組織安排，使它成爲一個有條不紊，秩序井然的有機整體，這便是「結構」。結構修整，骨架亭勻，方可撐起全篇故事。至於欲使故事生色，人物鮮活，並烘顯主題，則有賴「章法」的多方運用。雪香於此二者提出了他精研紅樓的心得。

一、結構的分析

　　傳統評點派學者大多只注意到書中局部的安排，而今人研究《紅樓夢》的結構，亦每先把握小說主題，再依循主題所提供的線索言其架構，於是有「多線式結構」、「網狀式結構」等說法。至於雪香對《紅樓夢》結構的探討，

則採全觀鳥瞰式的方法，重視結構層次，將書中主要情節逐回羅列出來。他以爲全書當分二十一段（《紅樓夢總評》），並將各大段的主要情節一一提挈出來，其中或有說明此段在全書中的「性質」者，或有點出此段情節的「寓意」者。而在每一大段中又分諸小段，道出每一大段的細節（分別見於一、二、四、五、十六、二十四、三十二、三十八、四十四、五十二、五十六、六十三、六十九、七十八、八十五、九十三、九十八、一百三、一百十二、一百十九、一百二十等回之回末總評中），並在小段落中指出全書情節發展的脈絡，或夾敘別事，或補敘舊事，或埋伏後文，或照應前文。茲將此二十一大段並諸小段一一整理判明，製表於后：

段落	回數	主要情節	性質	寓意	細節	脈絡
一	一	說作書之緣起	如制藝之起講、傳奇之楔子		1. 第一句─「提醒閱者之意」：說親見盛衰，因見作書之意 2. 「看官你道」─「看官請聽」：代石頭說一生親歷境界 3. 「按那石上書云」─末：提出「真」、「假」二字	以甄士隱之夢境出家，引起賈玉；以英蓮引起十二金釵；以賈雨村引起全部敘述
二	二	敘寧、榮二府家世及林、甄、王、史各親戚	如制藝中之起股、點清題目眉眼，才可發揮意義		1. 起句─「不曾上學」：敘賈雨村得官娶嬌杏及罷官處館 2. 「雨村閒居無聊」─末：敘寧、榮家世、賈玉性情	1. 補敘前事，引出林黛玉 2. 趁勢逗出甄寶玉
三	三、四	敘寶釵黛玉與寶玉聚會之因由			1. 三回首句─「不任話下」：敘賈雨村送黛玉進京，復得官到任 2. 「且說黛玉」─三回末：敘黛玉進榮府與賈玉初見諸人相見，及賈玉情事 3. 四回首句─充發小沙彌：了結薛蟠命案 4. 四回末─四回末：敘賈同母兄往往梨香院緣由	

			是一部《石頭記》之綱領	寶玉初次幻夢將正冊十二金釵及副冊、又副冊二、三姿婢點明	全部情事俱已籠罩在內，而寶玉之情事亦從此而開，此一部書之大綱領
四	五		是一部《石頭記》之綱領	寶玉初次幻夢將正冊十二金釵及副冊、又副冊二、三姿婢點明	全部情事俱已籠罩在內，而寶玉之情事亦從此而開，此一部書之大綱領
五	六～十六	結秦氏讚淫喪身之公案，敘熙鳳作威造孽之開端	賈府之敗造釁開端，實起於寧	1. 六回：敘劉老老進榮府之始 2. 七回：敘寶玉見秦鍾之初 3. 八回：敘金玉之緣 4. 九、十回：敘秦鍾與寶玉相厚，為眾人所妒，及秦氏病中加氣，病勢愈增 5. 十一、十二回：敘賈瑞以淫喪命，鳳姐毒端設圈套公案 6. 十二～二十六回：了結秦氏姊弟公案，及鳳姐之弄權造孽，中間帶敘林黛玉回京、北靜王等事	（帶敘部分）為後文引線
六	十七～二十四	敘元妃沐恩省親、寶玉姊妹等移住大觀園	為榮府正盛之時	1. 十七、八回：敘大觀園告竣、元妃省親大事 2. 十九～二十一回：寫黛玉深情，及寶玉、襲人、平兒之靈慧	

	回目	內容概要	分段說明	附註
			三、二十二～二十四回：寫寶玉禪機發動、各人燈謎讖語、黛玉之因曲傷情、及初聚園中、栽種花果之盛	
七	二十五～三十二	寶玉第一次受魔幾死，雖遇雙真持誦通靈，而色孽情迷，惹出無限是非	一、二十五回：敘趙姨娘魘魔、通靈寫寶玉，是第一次災難 二、二十六～二十八回：敘性情舉動迥然各別，是主。中間帶敘小紅私情、將伶份夙緣、是賓 三、二十九～三十二回：借元妃離醮事、描寫黛玉妒忌、寶玉獸迷、中間夾敘晴雯、金釧作陪	
八	三十三～三十八	寶玉第二次受責幾死，雖有嚴父慈甚，而凝情益甚，又值賈政出差，更無拘束	一、三十三回：敘寶玉受災難，是第二次災難 二、三十四～三十六回：寫寶玉雖受痛責、而情迷如故、中間夾敘釵、黛、襲人、玉釧、金鶯、傅秋芳及「夢兆」「情悟」等事、俱足描寫寶玉凝獃 三、三十七～三十八回：敘園中結社之始盛	反照將末之漸次離散

王希廉的紅學研究

	回數				
九	三十九～四十四	敘劉老老、王鳳姐得賈母歡心		1. 三十九～四十一回：敘劉老老得賈母歡心，可以不時走動，及王夫人等各相賓助，從此家中漸漸覓餘。	為後來巧姐避難地步
				2. 四十二回：既寫黛玉服賈心服寶釵，又帶敘畫圖等事。	是上三回餘波
				3. 四十三、四十四回：寫鳳姐盛時慶壽	伏日後失時之兆
十	四十五～五十二	於詩酒賞心時，忽敘秋窗風雨、積雪冰寒；又於情深濃中，忽寫無情情絕情，變幻不測	隱寓「泰極必否、盛極必衰」之意	1. 四十五回：寫黛玉之多病、寶釵之多情	
				2. 四十六回：寫賈赦之漁色、鴛鴦之列性	
				3. 四十七、四十八回：敘薛蟠之出門，香菱之進園	
				4. 四十九～五十一回：寫園中閨秀之多，詩社之盛	
				5. 五十一下～五十二回：寫晴雯之氣病甚重	
十一	五十三～五十六	敘寧、榮二府祭祠家宴，探春整頓大觀園，氣象一新	是極盛之時	1. 五十三、五十四回：極寫寧、榮二府祭祠賞燈之盛	反照後來之衰敗
				2. 五十五、五十六回：寫探春、寶釵之才識，整理大觀園	引起後文園中生事
				3. 五十六下回：夾敘甄、賈兩寶玉	暗藏後事

十二	五十七～六十三上	寫園中人多，又生出許多唇舌事件	所謂「興一利即有一弊」也	1. 五十七回：寫寶、黛兩人之疑情 2. 五十八回：敘園中人多，漸生口舌是非 3. 六十、六十一回：寫趙姨、女伶等不安本分、乘間生事 4. 六十二、六十三回上：寫賈母、王夫人出門；寶玉、平兒生日，放膽宴會	
十三	六十三下～六十九	敘賈敬物故，賈璉縱慾，鳳姐陰毒，了結尤二姐三姐公案		1. 六十三下回：敘賈敬暴亡 2. 六十四、六十五上回：敘賈璉之偷娶尤二姐 3. 六十五下、六十六回：敘尤三姐自刎、柳湘蓮出家 4. 六十七～六十九回：敘王鳳姐設計陰毒、尤二姐落洛吞金、中間夾敘黛玉悲吟思鄉	為接尤老娘母女、暫住寧府之由 了結兩人因果 了結二姐公案。(夾敘部分)是借作反襯引線
十四	七十～七十八	敘大觀園中風波疊起、賈氏宗祠先靈悲歎	寧、榮二府將衰之兆	1. 七十回：寫詩社之不能再盛、人將離散之機 2. 七十一、七十二回：敘鳳姐之招怨多病、司棋之私情敗露	

章	回次	內容	分項	說明
			3. 七十三、七十四回：敘園中姦盜	有查抄之兆
			4. 七十五、七十六回：寫寧府之夜宴兒數、榮府之賞月淒清	為將衰之象
			5. 七十七回：丁結晴雯、芳官等終身	
			6. 七十八回：寫寶玉凝情	為詩社聯句餘音
十五	七十九～八十五	敘薛蟠悔娶、迎春誤嫁、一嫁，均受共映，及寶玉再入家塾，賈環又結仇怨，伏後文中舉串賈等事	1. 七十九、八十回：薛蟠娶妻不賢、迎春遇人不淑	為犯案、瘧死之由
			2. 八十一、八十二回：敘寶玉再入家塾	伏中舉之根
			3. 八十三～八十五回：敘賈環又結仇怨、薛蟠復遭人命、中間夾敘寶玉惡夢、元妃夾染志、及寶玉提親、釣魚占兆、賈政陞官，均係敘現在事跡	伏將來串賈巧姐、金桂淫毒自害等事。（夾敘部分）伏後文根線
十六	八十六～九十三	寫薛家悍婦、賈府匪人，俱呂敗家之禍	1. 八十六、八十七回：寫薛之以賄翻案、妙玉之以色走魔、中間夾敘黛玉撫琴	（夾敘部分）引起下文
			2. 八十八回：敘佳兒悍婦	伏異時中舉、糾盜之根

	回數	大意	附註	分回內容	批語
				3. 八十九回：寫寶、黛癡情	
				4. 九十、九十一回：敘夏金桂之淫蕩、邢岫煙之涵養、薛寶釵之持重	
				5. 九十二、九十三回：寫巧姐幼慧，賈芹敗事、中間夾敘母珠聚散、甄家抄沒	（夾敘部分）引出賈府不祥諸事
十七	九十四~九十八	寫花妖異兆，通靈走失，元妃薨逝，黛玉夭亡	為榮府氣運將終之象	1. 九十四回：敘海棠復生，為妖孽見兆，並非吉徵	
				2. 九十四下、九十五回：敘元妃薨逝，寶玉瘋癲，以見花妖之響應	
				3. 九十六、九十七、九十八回：敘釵、黛二人一婚一死	了結寶玉因果，引起寶釵後事
十八	九十九~一百三	敘大觀園離散一空，賈存周官箴敗壞，並了結夏金桂公案		1. 九十九、一百回：敘賈政受家奴鮑二弄弊以致被參失察、金桂被香菱撞破私情，因而結恨謀害	為鳳姐將亡、寧、榮查抄之兆
				2. 一百一、一百二回：寫大觀園冷落無人、見鬼疑兆	
				3. 一百三回：敘毒人自毒、帶敘賈雨村遇舊	了結金桂公案（帶敘部分）為歸結《石頭記》地步

| 十九 | 一百四～一百十二 | 寫寧、榮二府一敗塗地，不可收拾，及妙玉結局 | | 1. 一百四、一百五回：敘小人布散流言，以致寧府被抄
2. 一百六～一百九回：寫賈母籌天散財及勉強尋歡，爲賈得病之由，又寫賈政復職、迎春物故
3. 一百十一～一百十二回：敘賈母壽終、趙姨三人公案、中間夾敘鳳姐患病、惜春剪髮鴦殉主、妙玉被劫此 |
| 二十 | 一百十三～一百十九 | 了結鳳姐、惜春、寶玉、巧姐諸人及寧榮二府事 | | 1. 一百十三～一百十四回：完結王鳳姐因果、中間帶敘寶玉凝情、甄府復職
2. 一百十五～一百十七上回：敘惜春決志出家、寶玉悟心幻境、夾敘出兩寶玉相會、一甄一賈、性情各別、及賈政扶柩回南、完結各葬事
3. 一百十七下～一百十八上回：寫賈璉出門、賈環等乘間串賣巧姐 |

二十一	一百二十	總結《石頭記》因緣始末		1. 賈政回家陛見，奏明寶玉情事，賞號「文妙真人」道號，爲一段一了結寶玉因果，即帶敘辭蠟贖罪回家，香菱扶正 2. 自寧府收拾齊全，至襲人緣將玉函將人因緣，一完結襲人許字，并巧姐許字 3. 自賈雨村遇見甄士隱，至土隱佛袖而起，爲一段一說明寶玉去來原委 4. 自雨村睡熟草菴至末，爲一段一作者自述作此書爲游戲筆墨，掃空一切，爲更進一層之意	4. 一百十八下、一百十九回：敘寶玉逃禪，賈府蒙恩，以便完結全部

　　將百二十回《紅樓夢》分出段落，除雪香外，尚有太平閒人張新之。他也認爲《紅樓夢》有段落可尋，「或四回爲一段，或三回爲一段，至一、二回爲一段，無不界劃分明」，不過他僅將前十二回作一概略的分段：

　　……故閒人於前十二回分作三大段：第一段結《石頭記》，第二段結《紅樓夢》，第三段結《風月寶鑑》……

同時又指出《紅樓夢》的通身大結構：

　　是書又總分三大支：自第六回『初試雲雨情』至三十六回『夢兆絳芸軒』爲第一支，以劉老老爲主宰，以元春副之，以秦鍾受之，以北靜王證之；自四十回『三宣牙牌令』至六十九回『吞生金自逝』爲第二支，以鴛鴦爲主宰，以薛寶琴副之，以尤二姐受之，以尤三姐證之；自七十一回『無意遇鴛鴦』至一百十三回『鳳姐託村嫗』爲第三支，以劉老老、鴛鴦合爲主宰，以傻大姐副之，以夏金桂受之，以包勇證之。是又通身大結構。（以上所引俱見《石頭記讀法》）

張新之的結構分析與雪香迥然不同，後者細緻的依情節發展來劃分，故層次分明；前者則粗略的以人物主副來分，不見層次之別。由此可見雪香的功力處。至於全書的「總綱」問題，張新之單拈出一「情」字，以爲《情僧錄》，『情』字爲夢之綱」（《石頭記讀法》）；姚燮則謂：「秦，情也。情可輕而不可傾，此爲全書綱領」（《大某山民總評》）。此外，話石主人又說：「開場演說，籠起全部大綱，以下逐段出題，至游幻起一波，總攝全書，筋節了如指掌」。〔註1〕張新之以「情」字爲全書之綱，姚燮以「情可輕而不可傾」爲全書綱領，話石主人則以第二回、第五回爲全書總綱。其實雪香早已開門見山的指出第五回是「一部《石頭記》之綱領」，而且至今猶爲紅學家所肯認，此又爲雪香的精到處。

　　《紅樓夢》百二十回大書，有如觀海，茫無涯涘，倘能將雪香對《紅樓夢》結構層次的分析取以觀照，則全書的結構、情節的發展將可一目了然。

二、章法的運用

　　脂硯齋稱許《石頭記》是一部「萬法俱備，毫無脫漏」的好書（庚辰本四十四回批），並逐回搜剔刴剖其創作祕法。〔註2〕雪香在精細研讀，反覆推

〔註1〕文見話石主人《紅樓夢本義約編》詳《紅卷》卷三，頁182。
〔註2〕甲戌本第一回眉批：「事則實事，然亦敍得有間架，有曲折、有順逆、有映帶、有隱有見、有正有閏，以至草蛇灰線，空谷傳聲、一擊兩鳴、明修棧道、暗

敲之後，也有不少的斬獲，其中不乏有與脂批雷同之處，但如「開展法」、「脫卸法」、「善渡法」、「下坂勒馬法」、「巨細濃淡相間法」……等，均爲雪香自立名目，以闡明《紅樓夢》的章法。其中有佈局的方式，也有描述的手法，更有筆法的運用。

（一）佈局的方式

雪香於三十六回末評云：

> 賈母若不分付小使，過了八月方許寶玉出二門，則此四、五月中，寶玉在園中諸事無從細敘。此文章開展法。

又於三十七回末評曰：

> 八月將終，賈母所限寶玉出門之期已近，乃賈政又奉差遠出，寶玉更可任意遊蕩，以便敘及結社等事。文章生波再展法。

「文章開展法」是一種佈局的方式，是展開情節的方法。賈母分付小使，過了八月方許寶玉出二門，後文寶玉在園中諸事才得以細敘，而期限一到，寶玉勢必得再受嚴父的督課，在此關鍵時刻，又安排賈政遠出，方得接敘結社等事；又元妃傳諭，令寶玉同諸姊妹移住大觀園，方有日後的許多事情（二十三回末評）；賈政放賑，不得立歸，始有眾人塡柳絮詞並放風箏等事（七十回末評）；寶玉失通靈寶玉，若不有王子騰進京及元妃薨逝二事，賈母必早知此事，無日不追尋噪鬧，寶玉亦必早移出園，則襲人、黛玉、探春、薛姨媽、寶釵等人心事便無從描寫，文章也不得開展了（九十五回末評）。此外，雪香也察覺到作者在敘述一事件時，往往會爲後文預留地步，便於後文的開展：

> 平兒要鄉間乾菜，不是閒話，是爲劉老老好不時往來地步。（四十二回末評）

> 王夫人抄檢大觀園，寶釵避嫌，告辭回家，爲將來說親、出閣地步。（七十八回末評）

層層開展，始鋪成百二十回文字。而百二十回中的所有事件若都要全盤詳實的盡入其中，則不免瑣碎繁雜，所幸作者懂得「文章脫卸法」：

> 事有做不成，話有說不完者，須用意外一事剪斷，如柳絮塡詞，議

度陳倉、雲龍霧雨，兩山對峙，烘雲托月、背面傅粉、千皴萬染諸奇。書中之祕法，亦不復少；余亦于逐回中搜剔刳剖，明白註釋，以待高明，再批示誤謬。」（見《輯評》，頁 10）

> 論紛紛，則以風箏一事剪斷（七十回）；趙姨求情，刺刺未休，則以
> 窗屜一響剪斷，是文章脫卸法。（七十二回末評）

雪香指出，若有事做不成，或話說不完之時，便尋一事脫卸，如趙姨求彩霞
事不成，借窗屜一響脫卸；邢夫人替賈赦求鴛鴦一事不成，借賈母鬥牌撤開
（四十七回末評）；寶玉、寶釵同議金鎖、靈玉，說話一時難以截住，遂借黛
玉走來剪斷（八回末評）；於香菱講詩時安插岫煙、李紋、李綺等人到來，否
則香菱講詩幾無了結之時（四十九回末評）；柳絮填詞，議論難息，遂以風箏
一事截斷。又有情節發展至難以了結之時，作者亦深得脫卸之法：

> 劉老老才說女兒抽柴，即用馬棚火起截住，妙極，若向賈母細說，
> 萬一賈母亦信以為真，遣人尋廟，其事難于收拾。今將賈母撤開，
> 卻入寶玉細問，方易於了結誑語。（三十九回末評）

> 此菴不燒，賈雨村必重來尋訪，或遣丁接請，不但筆墨煩冗，且亦
> 難于了結。付之一火，脫化簡淨。（一○四回末評）

此二則評語道出作者善於脫卸省事，可收「脫化簡淨」之效。

　　《紅樓夢》作者不但精於製造高潮，同時也善於脫卸了事，頗得「隨起
隨落」之法：

> 金榮大鬧書房一節，若竟不再提，則第九回書直可刪卻半回。若從
> 賈璜之妻告訴發覺，便難于收拾。今借秦氏病中，秦鐘訴知，秦氏
> 氣惱，轉從尤氏口中告知金氏，令金氏不敢聲言，隨即掃開，真是
> 指揮如意。（十回末評）

> 寶玉、襲人哭，黛玉走來沖散。黛玉去後，薛蟠請酒醉歸。隨起隨
> 落，緊湊超脫。（三十一回末評）

又雪香基本上認為《紅樓夢》是部醒人勸世之書（此容第三節再敘），因此他
指出作者每於情節發展將有不堪之時登時利住，尋事截斷：

> 黛玉同寶玉，雖是兩個枕頭，卻是對面同睡。又看見寶玉左腮紅點，
> 湊近手撫，用帕揩拭，兩人恣意戲謔，若非寶釵走來，恐有不堪問
> 處。作者借寶釵截住，又借李嬤嬤噪鬧走散，是以藏蓄筆作截斷筆。（十
> 九回末評）

雪香認為寶、黛戲謔有淫亂之嫌，所以作者借寶釵截住；又湘雲道說陰陽，
末以翠縷主僕分陰陽截住，不致說破男女，雪香以為脫卸得「尤為得體」（三
十一回末評）。

此外，又有「文章善渡法」：

> 王子騰若不出京，薛蟠一家自應相依王宅，不便即住梨香院。如此
> 安頓，是文章善渡法。（四回末評）

《紅樓夢》既「專爲寶玉、黛玉、寶釵三人而作」（《紅樓夢總評》），則必當令其共居一處。第三回作者已將黛玉送進賈府，寶釵亦即安排入都。而薛家有母舅王子騰居都中，按情理自當投奔王家，然如此便無法接續後事，故安排王子騰外升出都，使寶釵順理成章地入居賈府，寶、黛、釵三人間事亦得以展開，是善渡法。又另有「文章下坂勒馬法」：

> 惜春出家，因寶玉病重，暫時擱起。若此時即辦，賈政、賈璉在家，
> 殊難安頓，是文章下坂勒馬法。（一一五回末評）

爲兼顧情理，乃不得不將發展中的情節暫時擱下，是謂「下坂勒馬」之法。凡此皆爲情節安排的方法。

（二）描述的手法

雪香指出《紅樓夢》的敘述手法有善用引線、帶敘法、因賓及主法、趁勢法、剪裁法、併疊類敘法、巨細濃淡相間法、斟酌先後，變動安閒法；描寫的方法則有暗深一層法、由淺入深法、烘雲托月法、事後追神法等。

1. 在敘述上

《紅樓夢》在敘述時善於用引線：

> 寶玉若非厭看熱鬧戲，何由一人走至小書房；若非撞見茗煙與卍兒
> 偷情，何由尋至襲人家。文章善于引線。（十九回末評）

此種由此人此事引出彼人彼事，且二者之間有因果關係者，我們姑且稱爲「連引法」。[註3] 雪香指出此類用引極多，如鳳姐設計賈瑞，以賈敬的生日爲引線，引起賈瑞淫心，蓋非慶壽，鳳姐何由同秦氏細談衷曲，賈瑞何由撞見鳳姐？（十一回末評）；搜檢大觀園一事，乃因司棋的私情敗露，而引出繡春囊、纍金鳳，遂有搜檢大觀園，攆逐晴雯等事（七十一回末評）；賈母求親，是於賈政試寶玉文藝後，即接寫門客王爾調說親一事，引起鳳姐言寶釵金鎖而起（八十四回末評）；八十六回送蘭花引出《猗蘭操》，又因《猗蘭操》引出下文寶釵歌詞、

〔註3〕　「連引法」一詞見於賈文昭、徐召勛所著《中國古典小說藝術欣賞》（台北：里仁書局，1983 年 3 月版），頁 213。不過賈、徐二人所謂的「連引法」，只是像捲棉絮似的，一層層捲下去，不必有因果關係，此處則前後相引，有因有果。

黛玉和韻，「血脈一氣貫注」（八十六回末評）；金桂施毒計一案，早於九十一回即有引線：寶蟾設計教金桂勾引薛蝌，金桂才肯安靜。因金桂安靜，薛姨媽歡喜，才到金桂房中去。因到金桂房中，才看見夏三，因夏三時常走動，將來買毒藥有人。（九十一回末評）至於金桂因何起毒念？蓋薛蟠命案部駁，而引出夏金桂勾引薛蝌，因勾引薛蝌，而引出妒忌香菱，因妒忌香菱，方引出毒人自毒（九十九回末評）。文情層層相因、環環相扣、節節貫注。

除了有前後因果關係的引線外，又有作為先聲的「引子」，如賈璉私通多兒，為後來私通鮑二妻及私娶尤二姐引子（二十一回末評）；老太妃薨，及後文周妃薨，皆為元妃薨逝引子（五十八回末評）；甄士隱，柳湘蓮出家，俱是寶玉出家引子（六十六回末評）；彩霞放出，為司棋、晴雯等被逐出引子（七十二回末評）；甄府抄沒，是賈府抄家引子（七十五回末評）；芳官等出家，是將來惜春、紫鵑出家引子（七十七回末評）等等。此類用引即金聖嘆所謂的「弄引法」。〔註4〕用次要的人物、情節引出主要的人物、情節。亦即在寫一主要人物、事件之前，先用另外的次要人物、事件作引子，使文不鶻突。

前既有先聲，則後必有餘波，方能令人蕩氣迴腸，如湘雲搖扇、襲人迷扇，是撕扇餘波（三十二回末評）；補寫周瑞之子於鳳姐生日酒醉無禮一層，為是日鳳姐潑醋鬧事餘波（四十五回末評）；《白海棠》詩，湘雲一人補題二首為餘波；《紅梅花》詩，岫煙、李紋、寶琴等三人各詠一首，又寶玉另作《乞梅》一首，為聯句餘波（五十回末評）；鳳姐要細細追求，平兒勸解，是「判冤決獄平兒行權」一回餘波等等。此類文後餘波，金聖嘆名曰「獺尾法」。〔註5〕若文前有先聲，文後復有餘勢，則通篇絕無冷場，《紅樓夢》作者即善用此法！

又《紅樓夢》人物眾多，情節複雜，因此作者在敘述時，多以拈連手法帶出，如借採辦小尼，帶出妙玉（十七回末評）；借平兒說謊帶出薛蟠收香菱為妾（十六回末評）；於雨村判薛蟠案時，帶敘賈、王、史、薛四家親戚（四

〔註4〕 金聖嘆解釋弄引法是「有一段大文字，不好突然便起，且先作一段小文字在前引之」（《讀第五才子書法》，詳《金聖嘆全集》第一冊，台北：長安出版社，1986年9月版，頁22）又毛宗崗亦指出：「將有一段正文在後，必先有一閑文以為之引；將有一段大文在後，必先有一段小文以為之端」（《讀三國志法》），此種弄引法，有「將雪見霰，將雨聞雷」之妙。

〔註5〕 金聖嘆謂：「有獺尾法。謂一段字後，不好寂然便住，更作餘波演漾之」（《讀第五才子書法》同前註頁23）毛宗崗亦云：「凡文字奇者，文前必有先聲，文後亦必有餘勢」（《讀三國志法》）

回末評）等等。「帶敘法」的好處在於不必另起頭緒，可以省卻不少筆墨。此外，「帶敘法」亦可用於人物的對比，如寫黛玉戔戔小器，必帶敘寶釵落落大方；寫寶釵事事寬厚，必帶敘黛玉處處猜忌（三十二回末評），以方便比較二人性情。

此外，情節之敘述復有「因賓及主」、「因主及賓」之法。《紅樓夢》情節的安排有賓有主，如第九回專寫寶玉與秦鍾相厚是主，其餘皆是賓，而香憐、玉愛又是賓中賓（九回末評）；賈瑞死于淫，秦氏亦死于淫，賈瑞是賓，秦氏是主（十二回末評）；第十四回寫秦氏喪事正文是主，中間夾敘「林如海捐館」，為黛玉久住大觀園之根，又夾敘北靜王要見寶玉是賓，而林黛玉是賓中主，北靜王是賓中賓（十四回末評）；二十七回寫小紅與賈芸情事，是賓，寫黛玉、寶玉兩人心事，是主（二十七回末評）。而在敘述時，若先敘主、後敘賓，則為「因主及賓」法，如第三回先寫黛玉形貌神情，中間再帶敘鳳姐、迎春、探春、惜春等人，是「因主及賓」（三回末評）；若先敘賓，後敘主，則為「因賓及主」法，如第四回先敘英蓮，後敘寶釵便是（四回末評）。

除上述諸法外，在敘述方面尚有「趁勢法」，如賈芸等串賣巧姐之事發，邢夫人罵看門者，惹得眾人索性說破賈芸等平日胡為，使賈芸、邢夫人頓口無言，是文章趁勢法（一一九回末評）；有「剪裁法」，如五十九回平兒說「三、四日內出了八、九件事」，六十、六十一回便即補敘兩三件與園內上房有關的事件，與園內上房無干者則略而不敘，此即文章剪裁法（六十回末評）；有「併疊類敘法」，如薛、李、邢、王四家親戚，路遇齊來，併疊類敘，省卻許多筆墨（四十九回末評）；有「巨細濃淡相間法」，如十八、十九兩回敘過元妃省親大事、寧府演戲熱鬧場面後，於二十回接敘新正瑣碎細事（二十回末評）；有「斟酌先後，變動安閒法」，如寶釵出閣成禮時，便是黛玉魂歸太虛日，但若一回並敘，未免筆墨繁瑣，描寫不盡，故分作兩回，九十七回只寫黛玉病危，單寫寶釵成婚光景，復於九十八回用補筆細敘黛玉身故情形，此即「文章斟酌先後，變動安閒法」（九十七回末評）。

2. 在描寫上

雪香指出，《紅樓夢》在描寫上運用了四種手法，即「暗深一層法」、「由淺入深法」、「烘雲托月法」、「事後追神法」。其中「烘雲托月法」的運用已見於脂批。

二十二回寶釵引語錄，是不要寶玉談禪，但以冰阻水，冰消水長，寶玉

之禪心因此更深，不止是《寄生草》一曲誤了寶玉，此即「暗深一層法」（二十二回末評）；於刻畫寶玉性情上，先令其到上房內間，一見畫、對，便不肯安歇，然後再由秦氏引入自己臥房，是「由淺入深法」（五回末評），又欲描寶玉痴迷，先令紫鵑正言拒寶玉，使寶玉發獃，復誆言試寶玉，致寶玉痰迷，「由淺入深，文有層次」（五十七回末評）；黛玉亡後，若寶玉一哭之後絕不提起，未免與生前情意不相關照，然因寶釵之故，又不便時時哀思黛玉，遂借賈政歎傷，觸動前情，想起紫鵑。但若竟叫紫鵑，未必肯來，即來亦不肯細說，寶玉心事，便無從傾吐，因借央懇襲人請她，復以誄祭晴雯相比，方可描出寶玉深情。此即「烘雲托月法」（一○四回末評）；湘雲心直口快，直言小旦像黛玉，黛玉自然著惱，但若于席間露出，則與賈母特辦戲酒面上不好收拾，故當下不提黛玉惱怒，直至人散後方說破，而黛玉惱湘雲光景，已活現紙上，此文章「於事後追神法」（二十二回末評）。

　　上述諸法雖備，但若一例鋪敘，便是印板文字，須得各種筆法交互使用，文法方能變換不板。因此，筆法的運用是除佈局方式、描述手法之外另一項值得追索的問題。

（三）筆法的運用

　　雪香於十六回末總評曾指出：「造省親園，規模宏大，一切安插擺佈，寫來甚不費力，若窘才俗筆，非兩三回不能盡」。究竟《紅樓夢》作者如何用其不凡之筆營造出撼人心弦的情節？關於筆法的運用，脂批已先為闡發，而雪香《紅樓夢總評》中有云：

> 《紅樓夢》一書，有正筆、有反筆，有襯筆，有借筆，有明筆，有暗筆，有先伏筆，有照應筆，有著色筆，有淡描筆，各樣筆法，無所不備。

由於雪香所言，大抵不出前人的說法，故下文僅對其於各回所評示的各樣筆法作一簡單的歸納介紹：

1. 伏筆

　　對即將出現的人物、故事預作提示，先露消息，使文情逐漸隱隆而起，自然而不鶻突，此種筆法，便是「伏筆」。其中有一事而有「連鎖伏筆」者，如賈芸等串賣巧姐事，八十四回賈環因巧姐而結怨，已為將來串賣之根由，後至八十八回敘巧姐一見賈芸便哭、一○一回敘李嬤挫磨巧姐，鳳姐囑託平兒，及王仁為人不端、一一四回寫王仁向巧姐的一番說話，皆是預伏將來串

賣，巧姐逃離情事。又有「遠遠生根，伏線千里」者，如二十七回黛玉葬花，寶玉聞哭慟倒，預伏後來得知黛玉凶信情狀；四十二回劉老老取名巧姐，說「逢凶化吉，遇難成祥」，直伏一一八回險遭串賣，轉危爲安之事。此外，也有「預伏人物結局」者，如第一回甄士隱出家、十九回寶玉說等我化成輕煙，被風吹散，憑你們去、三十六回寶玉夢中說「木石姻緣」等，皆伏寶玉後來出家走散；九十一回黛玉、寶玉，一問一答，後黛玉說到水止珠沈，寶玉則說到有如三寶，二人之結局已可預見；七回惜春同小姑子戲說剃頭，伏後來出家；十五回寫鄉村女子紡紗，直伏巧姐終身等等。

2. 照應筆

　　照，即映照，有正照、反照之別，如五十二回賈母言鳳姐「太伶俐了不是好事」，是正照；十九回寫襲人一心跟定寶玉、五十三回寫祭祠之盛，賞燈之樂俱是反照。應，即呼應。通常所謂的「照應」，主要是指對前面埋下的伏筆的呼應。有伏有應，方得使全篇文字血脈一貫，發展合理，如十六回趙奶媽細說省親原委，與四回「護官符」內所言遙遙照應；十七回說玉石牌坊，寶玉心中忽若見過，直射五回夢中所見太虛幻境牌坊，前後照應；九十七回鳳姐試寶玉，寶玉說有一顆心已交給林妹妹了，與八十二回黛玉夢境及寶玉心疼遙遙呼應。凡此皆是照應筆的運用。

3. 反跌筆

　　爲了使小說具跌宕之姿，所以有反跌筆的運用。伏筆可使讀者預知後事發展，並增加故事的合理性與眞實感，而反跌筆則欲出人意外，使讀者產生驚奇感。如九十二回賈政言甄家被抄，是正伏後文，賈赦言我家斷無此事，是反跌後文；一一三回鳳姐託劉老老帶去巧姐，願與莊家結姻，是正伏下文，劉老老言鄉間無物可頑、無物可吃，且太太們亦不肯給，是反跌下文；一一○回鳳姐心想賈母喪事比寧府易辦、一一五回寶玉一見甄寶玉，以爲必是同心知己、一一八回襲人也願跟惜春出家等等，亦俱是反跌筆。此外，另有所謂「反挑筆」，與此相似，如五十二回鳳姐言「我活一千歲」、六十七回尤二姐說三姐與寶玉已情投意合，興兒說寶玉一定配林姑娘，都是反挑筆。

4. 襯筆

　　《紅樓夢》中，有正襯、有反襯、有旁襯，而以反襯運用較多。如一○九回北靜王之玉，是正襯通靈；無賴之假玉，是反襯通靈；賈母之玉玦，是旁襯通靈。又如六十六回尤三姐冷眼看寶玉，是旁襯熱心嫁湘蓮；一一五回

敘賈蘭卻是甄寶玉知己，是旁襯法；而五十二回寫寶玉出門，僕從簇擁，眾人請安、五十七回紫鵑深信寶玉必娶黛玉，薛姨媽逆料黛玉必配寶玉等，皆為反襯後文。此外，反襯筆可用於心理描寫，如二十八回寫黛玉不睬寶玉，反越顯其鍾情寶玉，「一筆兜轉，正面已透」，頗類脂批的「背面傅粉法」（庚辰本二十四回批），反襯筆又可用以塑造人物，如九十回寫岫煙之涵養，反襯金桂之淫蕩即是。除此之外，情節的安排有賓有主，而通常都是以賓襯主，如三十六回齡官畫薔，為黛玉陪襯；雀兒串戲，為鸚鵡念詩陪襯；八十八回欲寫寶玉稱讚賈蘭，先寫賈環不長進作襯。又有些情節無分賓主，互相映襯對比，其中有正對、有反對、有同一回中之對稱，也有遙相對稱。如五十二回敘藥氣花香，黛、釵房中亦復相同，是同一回中的正對；一一九回中巧姐、平兒同走，是假走，寶玉一人獨走，是真走，一單一雙，一真一假，是同一回中的反對；三十三回寶玉因在紫英家私同琪官互換腰巾，致受痛責，與四十七回薛蟠因在賴大家誤認湘蓮，致遭毒毆，是遙相正對；五十八回藕官與菂官燒紙，是假鳳虛凰，寶玉替金釧焚香（四十三回）、為晴雯製誄（七十八回），是真情實意，前後文遙相反對。

5. 補筆

敘事時，因每回所敘之事各有重心，不能事事全寫，但事件本身的前因後果又必須連貫，故必得於後文尋隙補足，稱為「補筆」，亦即「此篇所缺者，補之于彼篇，上卷所多者，勻之于下卷」，此法「不但使前文不拖沓，亦使後文不寂寞；不但使前事無遺漏，而又使後事增渲染」。〔註6〕因此補筆可使前後布局平衡，並收簡淨細密之效。如五十七回借紫鵑問話，補出賈母每日送燕窩，以了結前文、八十七回補敘柳五兒耽遲不進園緣故，周匝無遺，一絲不漏。又如十七回賈政遊大觀園時，忽想起帳簾陳設等事，一一八回借王夫人說話中補明寶琴已嫁，湘雲已寡，率皆簡淨便利。

6. 借筆

《紅樓夢》中借筆的運用極廣，有人物不便自說，而借他人之口者，如五十七回紫鵑自言自語，恰是黛玉心事，不便自己說，故借紫鵑代說，「如畫正午牡丹，借貓眼一線畫出」。有借以塑造人物者，如二十回借李嬤嬤嗦罵，寫襲人之能忍；借賈環之稚蠢，寫趙姨之妒忌。有借以為伏筆者，如二十回借史湘雲之來，寫黛玉之賭氣，說出「倒不如死了」為伏筆；五十三回借莊頭

〔註6〕二條引文俱見毛宗崗《讀三國志法》十八則。

問答，寫出榮府費用浩繁，入不敷出，爲後來虧乏作伏。有借以爲補筆者，如二回借冷子興之口補敘賈府家世；七十七回借周瑞家口中，補出邢夫人嗔王善保家多事，受責裝病，以便王夫人遣逐司棋。又有借以爲引線者，如六十七回借薛姨媽口中，逗起薛蟠娶親；借鶯兒口中，引起鳳姐聞風。

7. 插筆

金聖嘆首言敘事之法有「夾寫」法，不過他所謂的「夾寫」，是將說話者一句話截成二半，中間夾入他人之言。〔註7〕後來在毛宗崗、脂硯齋等人的批語中，「夾敘」、「夾寫」一詞便成爲行文中隨時進行的小插筆，雪香的評語亦然。雪香指出，《紅樓夢》作者運用插筆已達巧妙自如之境：「百忙中夾敘賈蘭攻書，寶玉孩氣，及賈環惡狀，鴛鴦氣性，文心閒暇，文筆周密，毫無手忙腳亂，顧此失彼之病」（一一○回末評）。插筆的運用，不但可充當補筆，使情事周匝細密，如一○六回於哭聲嘈亂時，插敘史家人來，補說湘雲即日出閣不來探望，情事周匝無遺；而且也使文生機趣，如四十四回「平兒理妝」一節，于極氣惱時夾寫極憐愛，有「忽然狂風暴雨，忽然風和花媚」之景。插筆如能做到自然巧妙，不見針線之跡，則應是一種絕妙的筆法。

8. 明筆、暗筆

一樣事，有明、暗兩種不同的寫法，如三十七回王夫人給襲人碗菜、月錢，是明寫，而給衣服在眾丫頭口中說出，是暗寫。六十二回黛玉說給桂花油恐打竊盜官司，是暗刺彩雲；襲人說補雀裘，是明誚晴雯。此即金聖嘆、毛宗崗等人所說的「犯」、「避」手法。〔註8〕此外，文章有不便明寫者，當暗寫，如寶玉於秦氏房中夢教雲雨；不必暗寫者，即明寫，如寶玉與襲人初試雲雨（六回末評）。此一暗寫，亦即「藏筆」。藏筆的運用，可以爲讀者的想像活動和理智活動開闢廣闊的天地，讓讀者自己推想未知情節。二十四回小紅不見手帕，於秋紋、碧痕查問時說出，不露芸兒拾得痕跡，「善用藏筆法」。又六十二回黛玉獨與寶玉花下密語，只寫不知說些什麼，「藏筆最爲蘊藉」。

〔註7〕 金批《水滸傳》有云：「有夾敘法。謂急切裡兩個人一齊說話，須不是一個說完了，又一個說，必要一筆夾寫出來」（《讀第五才子書法》，同註4）

〔註8〕 金聖嘆《水滸傳》四十二回夾批曰：「前有武松打虎，此又有李逵殺虎，看他一樣題目，寫出兩樣文字，曾無一筆相近，豈非異才」同註4，第二冊，頁136，其後毛宗崗更指出：「作者以善避爲能，又以善犯爲能，不犯之而求避之，無所見其避也，唯犯之而後避之，乃見其能避也」（《讀三國志法》）所謂「犯」，即指敘同一類事件，「避」，則避其同一筆法。雖情節相類，但求其一筆相犯而不可得。

運用藏筆，讀者得以想像馳騁其間，又可領略含蓄蘊藉之美，難怪《紅樓夢》令人愛不釋手了。

此外，又有正筆、旁筆、著色筆等。雪香謂十八回元妃省親，是第一大事，是第一曠典，所以全用正筆細寫（十八回末評）；又六十五回敘尤三姐之剛僻是正筆，而王鳳姐的陰妒則是旁筆寫（六十五回末評），其實所謂「旁筆」，亦即借旁人之口說事道人，與「借筆」無異。六十五回鳳姐的陰妒，便是借尤三姐口中描出；三十五回焙茗代祝，並婉勸寶玉回家，雪香也指出作者是用旁筆寫出寶玉獃痴，竟忘鳳姐生日（四十三回末評）。至於作者敘述到某個重要角色或事件時，往往用十分引人注目的筆調特別地予以描寫，這便是「著色筆」，例如第八回「賈寶玉奇緣識金鎖，薛寶釵巧合認通靈」是專敘金玉配合之緣，因此將寶釵面貌衣飾及寶玉的裝束，又極力描寫一番（八回末評），以醒人耳目！

小說結構層層有秩的安排，與章法，筆法流利而不呆滯的運用，是成就一偉大藝術作品的重要因素，《紅樓夢》的寫作技巧便符合上述要求，故能引發讀者審美的感受，達到審美的效果。下節即接敘雪香對《紅樓夢》的藝術鑒賞。

第二節　紅樓夢的藝術鑒賞

當批評家從作者的觀點討論文學作品，而規範出作文的法則，他可說是在闡揚技巧理論。上節對《紅樓夢》創作手法的歸納整理，即是雪香對《紅樓夢》寫作技巧的闡發。此外，雪香復還原成讀者的身份，通過某個細節或局部，對其巧妙的藝術構思與豐富的語言表現作一番品味與賞鑒，藉以觀照全書藝術的整體美。又人物塑造的成功，也是《紅樓夢》高度藝術的表現，因此在審美品鑑的同時，也不忘循其舊例，對紅樓人物進行解析與論評。本節即針對《紅樓夢》的審美風格與人物評鑒二方面略探王雪香的紅學世界。

一、紅樓夢的審美風格

雪香對《紅樓夢》的審美觀照，仍與脂批無二，惟後者僅聊聊數語，而前者則運用較多筆墨，詳加闡述。二者均不脫傳統小說美學的範疇。一個熟稔中國小說美學的批評家，才不致僅限於個人的美感經驗，而有更全面深刻的品賞審鑑。考雪香批語，得見《紅樓夢》是一部富含真切、神肖、簡潔、細密、起伏、含蓄、映襯之美的文學鉅著：

（一）真切之美：「元妃初見賈母、王夫人，三人執手，一句話說不出，只是嗚咽對泣，情景真切。」（十八回末評）

鳳姐大觀園月夜驚魂，起於料理探春妝奩而欲前去探視，恰在人情之內，並非無端想起。又因日間事忙，黃昏後賈璉在家，無法分身，適值黃昏人靜，賈璉未回，遂到園中去。其後主婢四人同行，礙難見鬼，故依次遣去，獨留鳳姐，秦氏幽魂方可出現，其「情事逼眞」、「一路寫來，令人毛髮森然」（一○一回末評）。此回之所以成功地營造出怖慄氛圍，即因「逼眞」之故！

早在明代萬曆年間，李贄、葉晝等人便將原屬中國傳統繪畫美學範疇的「逼眞」一詞，引進小說美學的領域，〔註9〕以爲小說藝術生命力的泉源就在於它的眞實性。然其所強調的眞實性並非「眞而可考」的歷史實錄，而是「人情物理」〔註10〕——要求小說要寫出社會生活、社會關係的情理，寫出普通的，常見的人情世態，而不必實有其人，實有其事。這種對小說眞實性的要求，不僅象徵他們已敏銳地把握了中國古典小說從英雄傳奇轉向人情小說的歷史趨勢，同時使「合情合理」成爲評價中國古典小說的一個最基本、最重要的美學標準。其後的金聖嘆、張竹坡、脂硯齋等人均在其評點小說的崗位上承繼並發展這個美學標準。王雪香評紅樓，雖不若諸先輩的恢弘創發，倒也如實地指出《紅樓夢》的眞切之美：

> 寶玉砸玉，黛玉吐藥，寶、黛、襲、紫四人無言對泣，描寫噪鬧情形，既眞切又有孩子氣。（二十九回末評）
> 賈政復職，親友都來賀喜，世態如斯，不足爲怪。獨邢夫人、尤氏暗地悲傷，又不便露出，寫得周到眞切。（一○七回末評）
> 湘雲說到『有了』二字便臉紅住口，活是新婦光景。（一○八回末評）
> 李紈、探春、惜春及家人焙茗等議論寶玉說話，各有不同，各有道理；惟寶釵、襲人心中無限苦楚，一字說不出來，情事逼眞。（一一九回末評）

〔註9〕　葉晝「《水滸傳》一百回文字優劣」云：「……若富安，若陸謙，情狀逼眞，笑語欲活，非世上先有是事，即令文人面壁九年，嘔血十石，亦何能至此哉！亦何能至此哉！」強調小說反映現實生活的眞實性。
李贄在他的《水滸傳》評點中，也多體現了「逼眞」這一美學標準，如「語與事俱畢眞」、「妙處只是個情事逼眞」、「小小情事都逼眞」等批語。
〔註10〕　語出葉晝《水滸》九十七回末總評：「《水滸傳》文字不好處只在說夢，說怪、說陣處，其妙處都在人情物理上，人亦知之否？」

事眞而能言切，若事不眞，則下筆未免有隔靴騷癢之病，《紅樓夢》敍一人、道一事，無不情事逼眞，所言甚切，故能入木三分，予人眞切的美感享受。

（二）神肖之美：「寫薛蟠識別字，活畫一個獸霸王。」（二十六回末評）

《紅樓夢》的神肖之美早爲永忠、脂硯齋等人道破。永忠「因墨香得觀紅樓夢小說弔雪芹三絕句」首句云：「傳神文筆足千秋」；〔註11〕脂硯齋亦屢以「神情宛肖」、「傳神之筆」、「酷肖之極」等語批其細節。〔註12〕蓋情事既眞，所言既切，則其描繪人物亦必窮形盡神。通過描寫，筆透紙背，將人物形象浮雕般凸現眼前，令人聽其言，便似臨其境，見其形，得其神。此一「傳神寫照」，亦源自畫論，《紅樓夢》本身，就是一幅精美絕倫的圖畫，且看看雪香如何掘發《紅樓夢》的神肖之美。

《紅樓夢》往往通過語言、行動來塑造人物個性。對於賈寶玉這個集三千寵愛於一身的膏粱公子，作者如何塑造其痰迷獃癡的形象：

> 不許別人姓林，抱住自行船，描寫痰迷人如畫。（五十七回末評）
>
> 敍寶玉想出主意，要接迎春來家，不放回去，描寫獃公子說話入神。（八十一回末評）
>
> 寫寶玉溫理舊書，無從溫起，又時時刻刻分心在丫頭身上，妙景如畫。（七十三回末評）

所謂「如畫」、「入神」，皆是神肖之辭。至於掌理榮府家計大事的鳳姐，作者又如何描述一個「鳳辣子」的形象呢？

> 王熙鳳出來，另用一副筆墨，細細描畫，其風流能幹、有權陰薄氣象，已活跳紙上。眞是寫生妙手。（三回末評）
>
> 寫鳳姐怒詰興兒，先後回話，將一副兇惡面孔，一副畏懼形狀，描畫入神，丹青不及。（六十七回末評）

一個活生生的鳳姐躍然紙上，從來小說中無有寫形追像至此者。〔註13〕又賈璉欲向賈母借金當銀一事，敍賈璉畏懼鳳姐，胸中全無主意，「描畫入神」（七十二回末評）；賈府獲罪抄家後，賈政查看家人名冊及出入帳簿，竟無法可想，唯有踱步而已，其描寫不能理家人「情形如畫」（一〇六回末評）；

〔註11〕見《紅卷》卷一，頁10。

〔註12〕分別見於王府本六回夾批、甲戌本六回眉批、王府本九回批。詳同第二章第一節註5，頁151、153、209。

〔註13〕甲戌本第三回於敍鳳姐形象時有批云：「試問諸公：從來小說中可有寫形追像至此者？」，詳同前註，頁68。

一一八回將邢夫人勢利薰心，毫無主見的不堪，描繪得相當傳神，「如見其
人」（一一八回末評）。此外，寫薛蟠不識「唐寅」（二十六回），寫小紅傳平
兒話瑣碎明白（二十七回），寫芳官無知恃寵（六十回）等，均活畫出其神
情氣象。

　　作者除神態活現地塑造人物形象外，更兼以心理描寫，剖白紅樓人物的
心靈世界，同樣出神入化，如二十八回寶玉說：「理他呢，過一會子就好了」，
卻被黛玉聽見，隨後即借端譏誚，可見黛玉先走，卻未逕走，原有心等寶玉
同行，將黛玉眷愛之情描繪得更為傳神（二十八回末評）；敘傻大姐洩機關，
令已迷失本性的黛玉與早瘋顛有病的寶玉相見時，只是對著臉傻笑，將黛玉
悲慘難名與寶玉失玉惛憒之狀，「描畫入神」（九十六回末評）；黛玉臨終光景，
寫得慘澹可憐，更妙在連呼寶玉，只說得「你好」二字，便咽住氣絕，其絕
望痛心，直可想見，「真描神之筆」（九十八回末評）；賈母臨終與寶釵並無一
言，唯有嘆氣，心中是疼護寶玉，又憐寶釵所嫁不偶，有說不出的心事，描
寫賈母心情，「形容入神」（一一○回末評）；一一六回王夫人說到「生也是這
塊玉」，料想下句必是「死也是這塊玉」，忽然止住不說，流下淚來，「神情如
畫」（一一六回末評）。

　　此外，《紅樓夢》寫夢境亦能傳神入妙，如八十二回寫黛玉夢境，恍恍惚
惚，迷迷離離，的是夢中境象，「真傳神入妙之筆」（八十二回末評）；又如九
十八回寫寶玉夢中迷路，忽聽有人叫喚，回首一看，卻是親人，自己身子依
舊躺在床上，「寫夢境入神」（九十八回末評）

（三）簡潔之美：「寶玉不待賈政傳喚，而適相撞見，省略多少閒筆。」
##　　　　（十七回末評）

　　中國的詩歌、繪畫等傳統文學藝術均以崇尚簡潔著稱，如唐詩中有「吟
安一個字，捻斷數莖鬚」、「二句三年得，一吟雙淚流」〔註14〕等追求語言簡
潔的詩句，而在畫壇上，多一致認為「作畫用墨最難」，要求「惜墨如金」，
〔註15〕「筆不用煩，要取煩中之簡；墨須用淡，要取淡中之濃」。〔註16〕唐
代史學家劉知幾亦曾言：「夫國史之美者，以敘事為工，而敘事之功者，以簡

〔註14〕詩句分別見於盧延讓《苦吟》及賈島《題詩後》。
〔註15〕見《溪山臥遊錄》，卷二，此處轉引自周中明《紅樓夢的語言藝術》（台北：
　　　　木鐸出版社，1985 年元月版）頁 258。
〔註16〕文見清、王原祁《麓台題畫稿》，轉引自郭繼生《王原祁的山水畫藝術》（台
　　　　北：國立故宮博物院）頁 43。

要為主。簡之時義大矣哉！」「然則文約而事豐，此述作之尤美者也」。〔註17〕此一傳統自然也影響了古典小說的創作與評價。在創作上欲達到「文約而事豐」的美學要求，除了在情節結構上作一番巧手安排，以省閑文枝節，避免不必要的鋪陳、渲染與重複外，當具「語言的豐富性」，一筆寫出數層涵意。脂硯齋等人便時以「惜墨如金」、「簡捷之至」、「簡淨之至」等語給予《紅樓夢》極高的評價。〔註18〕王雪香則更進一步闡述其簡潔之美。

寶釵輩時見機勸導，惟黛玉自幼即不勸寶玉立身揚名，「只用閒筆一寫，以省絮煩，而黛玉之一味情癡，不知正道，已顯然可見」（三十六回末評）；趙姨娘因茉莉粉一事噪鬧，探春氣命查誰人挑唆，若竟查出，便難處分，隨手抹殺，「省卻無數枝節」（六十回末評）；水月庵一案，若待賈政回家問出沁香、鶴仙等同賈芹私通情事，礙難發落，今趁賈政上班從寬完結，「省卻無數累筆」，且元妃將薨，無須留此女尼女道，早為遣去，又省後來再辦，「最為簡淨得體」（九十四回末評）；黛玉病危，賈府竟無一聞問，紫鵑悲憤已極，欲尋至新房，若竟找著新房，看見寶玉，便恐生出枝節，今因墨雨口說，紫鵑即便哭回，「既省累筆，文更緊湊」（九十七回末評）；一〇二回探春臨行，與眾人作別，不復細敘，「簡省無數閒筆」（一〇二回末評）；一一二回賈政叫綑起周瑞送官，至下回則由劉老老口中得知被攆，如何並不送官，如何逐出，必是王夫人之力，若是細細敘明，於正文無甚關係，徒浪費筆墨，「簡略處極有斟酌」（一一三回末評）；一一八回借王夫人說話中補明寶琴已嫁，湘雲已寡，「簡淨得法」（一一八回末評）。

此外，寶釵替邢岫煙贖當一事，不但寫寶釵之賢，且見迎春之愚呆，眾人之勢利，邢夫人之薄情，探春之明細，及富貴之不知窮苦，「一件極沒要緊事，寫出無數人情物理」（五十七回末評）；六十二回寫寶釵鎖門，既見其細心，是當家人舉動，又虛補所失物件，不止玫瑰露、茯苓霜，且暗描寶玉的不懂事、寶釵的涵養。又於大觀園慶壽之時，插敘攆逐婦媳一層，是描寫奕棋神情，及探春作事得體，且以見惜春素日亦不知管束婢嫗，「一筆寫出幾層深意」（六十二回末評）；一〇五回敘寧府抄家時，薛蝌獨出力探事，此非單寫薛蝌，實寫親情之厚、薛蝌之能，及親友之勢利（一〇五回末評）。

〔註17〕語見唐劉知幾著、清浦起龍釋《史通通釋》，卷六，敘事第二十二（台北：里仁書局，1980年9月版），頁168。

〔註18〕分別見於甲戌本七回眉批、庚辰本十二回夾批、十六回夾批，詳同註12，頁159、233、294。

謝鴻申《東池草堂尺牘》卷四云：「至《紅樓夢》筆力心思，一時無兩。人謂其繁處不可及，不知其簡處尤不可及」。〔註19〕雪香正深知其簡處者。

（四）細密之美：「敘吃蟹情事，細密周到。」（三十八回末評）

無論小說中的人物、故事或主題，均須通過細節，方能具體、切實而有力地表現出來，沒有細節的安排與描寫，就無法獲致真切、神肖等美感享受。以人為喻，人物、故事好比人的骨骼、四肢，細節則好比血肉。《紅樓夢》洋洋灑灑百二十回，盡述日常瑣事與世故人情。細節雖繁，但卻簡潔而不疏漏，細密而不瑣碎。脂批中屢見「一絲不漏」、「細極」等字眼，〔註20〕雪香亦不忘批其細密周到之處。

太妃薨逝，賈母等送靈，將一切跟隨人等及看守門戶，寫得「詳細周到」（五十九回末評）；一百回中補寫薛蟠家業消磨，「周匝細密」（一百回末評）；一〇八回敘寶釵生日，並夾寫邢夫人，尤氏家業零散諸心事，「周匝細密」（一〇八回末評）；賈母垂危時念及《金剛經》，回顧前文（八十八回）寫經布施，「一絲不漏」（一一〇回末評）；賈府被盜，賈政喝令捆起周瑞送官，但並未發落，後則由劉老老口中補出周瑞家的有事被撞，「一絲不漏」（一一三回末評）；一二〇回紅樓結局，寶釵有孕，惜春住攏翠菴，巧姐許字周家，及賈赦居村靜養，俱隨筆補明，交待結果，「簡而不漏」（一二〇回末評）。

又五十八回敘寶玉拄杖而行，方是病初癒光景，而此杖枴又於藕官燒紙錢一事借以隔開婆子手，並於芳官乾娘噪鬧時打著門檻以為洩恨之用，更為細密（五十八回末評）。連此等小事，雪香都能觀察入微，指出細密中亦兼顧情理。又如寫探春展才，若非鳳姐久病，雖有正事，探春無因可管，遂借鳳姐之病寫起，而單令探春代管，斷無叫未出閣閨女料理一切的道理，故又託李紈、寶釵共同照應，頗為「穩細周到」（五十五回末評）；九十七回敘鳳姐偷梁換柱之計，於黛玉垂危之際，忽喚紫鵑，令人實不堪耐，此時平兒之來，不但見鳳姐細心，且使平兒作主叫雪雁去，借以周全此事，并可使鳳姐等俱知黛玉之不起，「文章細密，無以復加」（九十七回末評）。

寶琴作懷古十首，後二首引《西廂》、《牡丹》典故，寶釵提議另做。蓋寶釵前因黛玉行令說《西廂》、《牡丹》，而曾規勸一番（四十二回）。今若不

〔註19〕見同註11，卷四，頁385。
〔註20〕分別見於王府本四回夾批、甲戌本五回、七回、八回夾批等處，詳同註12，頁109、119、121、166。

說另做，未免偏祖，此駁必不可少，隨後則借李紈說不是看詞曲邪書爲之剖白，前後不相干礙，「鍼線細密」（五十一回末評）—寶釵之駁不可失而不寫，方是細密。然欲將「必不可少」的情節悉容於書中，則必使其自然無斧鑿之痕，方是眞正達到了細密之美。雪香亦注意到這一點：自寶玉受笞，襲人向王夫人進言後，王夫人便對襲人感愛不盡（三十四回），則王夫人厚待襲人一層不可失而不寫，逐借眾人想要金釧月錢，而引出王夫人之厚待襲人，竟與周、趙二姨娘同等，「接筍自然」（三十六回末評）；海棠詩社眾人皆取別號，湘雲後加入，若無別號，則未免疏漏，但如待題詩時增起，未免生砌，乃借賈母口中說出枕霞閣而取以爲號，便覺「自然」（三十八回末評）；香菱爲薛蟠妾，未便住大觀園，然其爲甄士隱之女，十二金釵之副，當須聚集一處，方是細密周到，故於薛蟠出門之際，入園與寶釵作伴，「絕無牽強痕跡」（四十八回末評）；紫鵑試情，必不可少，而借紫鵑問話，補出賈母每日送燕窩，順借吃燕窩，說起明年家去，「絕無有心痕跡，眞是天衣無縫」。又寶玉發獃，若非雪雁看見告知紫鵑，則紫鵑亦無由尋試寶玉，此段處必不可少，而「鬥榫處自然無跡」（五十七回末評）；邢岫煙出閣，正值賈母新喪，不便夾雜敍入，必當設法補寫，否則交待不明。但若突然補敍，便是生砌硬插，故借鳳姐病危，襲人提起夢冊，寶釵提起籤兆，引出岫煙求妙玉扶乩，寶玉見問，逐從寶釵口中略敍出閣大概，「補得毫無斧鑿痕跡」（一一四回末評）。

（五）起伏之美：「文情如疾風暴雨，忽然雲散風和」（一〇五回末評）

曲折起伏，向爲文學作品引人入勝的重要因素，而「忌直貴曲」，則爲文學創作者引爲準的主張。金聖嘆於評點《西廂記》的《賴簡》一折時曾云：「文章之妙，無過曲折」，﹝註21﹞又屢稱贊《水滸》行文「有波折」、「千曲百折」、「處處不作直筆」。﹝註22﹞脂硯齋評《紅樓》也曾說：「山無起伏，便是頑山；水無瀠洄，便是死水」、「作者……慣於擅起波瀾，又慣於故爲曲折，最是行文祕訣」。﹝註23﹞顯然曲折起伏是古典小說中頗引人注目的特點，而《紅樓夢》中情節發展的騰那跌宕，雪香也頗能領略個中況味。

﹝註21﹞金聖嘆評《西廂記》的《賴簡》一折有云：「文章之妙無過曲折。」（見《金聖嘆全集》第三冊，頁140，台北：長安出版社，1986年9月版）

﹝註22﹞金聖嘆於《水滸》評中屢明指耐庵的「曲折之筆」，稱其文「逶迤曲折之極」（一、十七、二十三等回夾評，可詳同第四章第一節註4，頁45、57、58、280、281、367等。）

﹝註23﹞分別見於有正本五十九回回前總批、甲戌本五回眉批，詳同註12，頁661、129。

敍玫瑰露、茯苓霜一案，層層脫卸到寶玉認偷，事已終了，但竟就完結，索然無味，故又寫平兒慮後，喚到玉釧、彩雲，隱隱躍躍說出原委，彩雲挺身認罪一節，然後平兒、襲人說出干礙三姑娘、彩雲依允，「波瀾忽起忽落」，方有意味（六十一回末評）；鳳姐為尤二姐事哭罵噪鬧後，忽指著賈蓉道：「今日才知道你了」，臉上眼圈一紅，及賈蓉跪下，鳳姐扭過臉去，賈蓉說「以後不真心孝順，天打雷劈」，鳳姐瞅了一眼，啐說「誰信你這……」，又咽住不說，「如金鼓震天時，忽有鶯啼燕語」（六十八回末評）；寫查抄寧府時，平西王處處用情，趙堂官處處挑撥，令人急殺，以為賈母、王夫人及寶玉房中必均遭荼毒，幸有北靜王來宣明恩旨，令人神魂稍定，「文情如疾風暴雨起，忽然雲散風和」（一○五回末評）。情節的波瀾起伏予人「優美」與「壯美」互換的美感享受，〔註24〕而敍事的曲折紆迴亦令人無限低徊。如敍寶玉受笞撻時夾寫聾嫗一段，「文情曲折可愛」（三十三回末評）；五十八回描寶玉杏子樹下痴獃樣，「文情曲折，令人無限低徊」（五十八回末評）；黛玉夭亡，雖是意中事，但若竟絕粒而死，不但文情徑直無味，且轉覺鍾情尚未至深，死亦死得糊塗，今因聽訛言而覓死，又因聽密語而復生，委曲纏綿，「文愈曲而情愈深」（九十回末評）。六十六回已了結尤三姐公案，自當接敍尤二姐，但竟接連直寫，文情便少波折，故先敍薛蟠酬客，次寫寶釵送物，及黛玉思鄉，徐徐接入鳳姐聞風，「紆迴曲折，引人入勝」（六十七回末評）。金聖嘆、毛宗崗等人所提的「橫雲斷山法」，便是造成文勢曲折紆徐的重要手法。〔註25〕

〔註24〕葉朗《中國小說美學》云：「壯美的形象使我們心境開闊，心情振奮，鼓舞、激動、使我們激昂慷慨；而優美的形象則使我們的心境平和，使我們心情寧靜、輕鬆、愉悅，使我們尋味不盡。這兩種心理狀態，單獨來看，都是美感享受，但是這種美感享受是比較片面的，因之是比較有限的，而且也不能持久。……如果藝術家創造的藝術作品能同時引起（或先後引起）這兩種心理狀態，使之互相補充，互相滲透，互相調劑，那麼，它就能使欣賞者獲得更大、更深、更持久的美感享受。」（同第二章第三節，註56，頁185）

〔註25〕金聖嘆《讀第五才子書法》：「有橫雲斷山法：……只為文字太長了，便恐累墜，故從半腰間暫時閃出，以間隔之。」（詳第四章第一節註4，頁24）毛宗崗《讀三國志法》：「文有宜於連者，有宜於斷者。……蓋文之短者不連敍則不貫串，文之長者連敍則懼其累墜，故必敍別事以間之，而後文勢乃錯綜盡變。」起初只為了怕文字太長、有累贅之虞而設此法，後來則逐漸引發曲折紆迴的美學效果。雪香於六十五回回末總評云：「尤三姐心許柳湘蓮，若一問便說，率直無味，今止說五年前想，又即截住，留為下回尤二姐夜間盤問。如正要操勝尋幽，忽被白雲遮斷、文勢曲折紆徐。」此即「橫雲斷山」之法。

（六）含蓄之美：「寶、黛兩人各有說不出話，含蓄有味。」（五十二回末評）

寶玉在大觀園題詞時，批評「秦人舊舍」過露，讚揚「沁芳」比「瀉玉」「蘊藉含蓄」（十七回），而李紈也因寶釵海棠詩「含蓄渾厚」，擢爲第一（三十七回），皆反映紅樓作者在語言藝術上所追求的一種含蓄之美的境界。脂批中即間有「含蓄不吐」、「便有含蓄」、「有無限含蓄」、「細讀細嚼，方有無限神情滋味」等語。〔註26〕語言的含蓄有味，藏潛不露，並非晦澀、含糊，欲人牽強附會，牽隱抉微，而是如人飲醇酒，細嚼品味，不期而醉，並予人有想像的空間與再創造的餘地。但又有蘊藉於藝術形象之中的言外之意，弦外之音，可供讀者細玩得之。雪香評《紅樓》時，一方面時以「妙」字讚歎《紅樓》的含蓄之美，一方面又點出《紅樓》的弦外之意。

十一回鳳姐與秦氏低低話衷腸，「含蓄入妙」（十一回末評）；賈政等遊覽園景，只到了十之五六，「含蓄不盡，妙極」（十七回末評）；翠縷拾得麒麟，笑說分出陰陽來了，先拿湘雲的麒麟瞧，不說明誰陰誰陽，「含蓄得妙」（三十一回末評）；王夫人器重襲人，令襲人月例與趙、周二姨娘同，寶釵告知襲人，是在同出怡紅院一面走，一面說的，書中「藏而不露，妙極」（三十六回末評）；襲人送茶兩鍾，寶、釵、黛三人同飲，而寶玉獨吃一鍾，釵、黛合吃一鍾，「雙關在有意無意間」，可供讀者揣摩細想（六十二回末評）；寶玉赴考時，辭別王夫人及李紈、寶釵說話，句句是一去不回口氣，「在有意無意之間」。此類雙關語的運用，頗有「手揮目送」之妙（一一九回末評），亦可供讀者深玩尋思而得其真意。

（七）映襯之美：「探春札甚雅，芸兒字極俗，映襯好看。」（三十七回末評）

《紅樓夢》的藝術境界，是真實、生動而不穿鑿、刻板（真切、神肖之美）；是複雜、豐滿而不單調、淺薄（簡潔、細密之美）；是耐人尋味而非一覽無遺（含蓄之美）；是鮮明、強烈而不模糊、淡薄，具有映襯之美。藝術往往需要在對比映照中方能有鮮明突出的表現。《紅樓夢》中的人物突出，角色鮮活，即是深得此法。脂硯齋曾揭舉的「雙管齊下法」（王府本第六十五回回前總批）便是對比映照的寫作方法，而雪香則提出經由此種寫作方法所得的

〔註26〕分別見王府本五十三回回末總評、己卯本五十七回批，等處，詳同註12，頁649、656。

藝術效果。

　　同是「死」，林四娘死得慷慨激烈，晴雯死得抑鬱氣悶，一則重於泰山，一則輕若鴻毛，迥不相同，而於一回書中並寫，「有擊鼓催花之妙」（七十八回末評）；十二回寫賈瑞的痴邪及鳳姐的險詐，「眞有張藻畫松雙管齊下，一作生枒，一作枯枝之妙」（十二回末評）；又寫金桂的撒潑，越顯出寶釵的涵養，「有枯枝出幹，雙管齊下之妙」（八十三回末評）。畫論中的「雙管齊下」恰是小說映襯之美的最佳寫照。

二、紅樓夢的人物品鑒

　　人物論評是東漢以來的一項風尚與傳統，開始是基於實用的要求（如劉劭《人物志》，是漢世以察舉取士制度下的產物），其後逐漸演變爲對藝術的欣賞態度（如《世說新語》中對高士名流的品藻）。至於人物的塑造，早在先秦兩漢小說尙未成型的時代，便有《史記》的人物傳記鮮明活跳地展現出來。人物塑造的成功，使它成爲「中國小說史上第一期中的寫實的人情小說」。〔註27〕太史公對歷史人物的詮釋與評價，除了通過筆端的描摹彰顯外，更直接以「太史公曰」來表現他的史家態度與批評精神。小說評點中的人物論，多半是循此史家論贊的傳統，就書中人物的人格與風格來作一番評鑒。前者易涉及道德操守的尺度問題，難免帶有褒貶意味，後者則關乎個人的性情嗜好，美醜妍媸純爲個人的品味。

　　王雪香對《紅樓》人物的評鑒，係以「福」、「壽」、「才」、「德」四者爲標準：

> 福、壽、才、德四字，人生最難完全。寧、榮二府，只有賈母一人，其福其壽，固爲希有；其少年理家事蹟，雖不能知，然聽其臨終遺言說『心實吃虧』四字，仁厚誠實，德可概見；觀其嚴查賭博，洞悉弊端，分散餘貲，井井有條，才亦可見一斑，可稱四字兼全。此外如男則賈敬、賈赦無德無才，賈政有德無才，賈璉小有才而無德，賈珍亦無德無才，賈環無足論，寶玉才德另是一種，於事業無補。女則邢夫人、尤氏無德無才，王夫人雖似有德，而偏聽易惑，不是眞德，才亦平庸。至十二金釵：王鳳姐無德而有才，故才亦不正；元春才德固好，而壽既不永，福亦不久；迎春是無能，不是有德；

〔註27〕文見李歷城《司馬遷之人格與風格》一書九章二節《史記與中國後來的小說戲劇》（台北：漢京文化事業有限公司，1983 年 3 月版）頁 345。

> 探春有才，德非全美；惜春是偏僻之性，非才非德；黛玉一味痴情，
> 心地褊窄，德固不美，祇有文墨之才；寶釵卻是有德有才，雖壽不
> 可知，而福薄已見；妙玉才德近於怪誕，故陷身盜賊；史湘雲是曠
> 達一流，不是正經才德；巧姐才德平平；秦氏不足論；均非福壽之
> 器。此十二金釵所以俱隸薄命司也。（《紅樓夢總評》）

福、壽二者，天命已定，無庸置喙，而才、德則爲後天之養成，故爲雪香衡
量人物的主要依據。綜觀上文，雪香心目中的「德」，即指品德，而「才」，
則當爲理家之才，有助於事業之才。倘無德而有才，則才亦不正（如鳳姐輩），
故二者又以「德」爲重，由此可見雪香是從人格的角度出發，來品評紅樓人
物。以此爲評，褒貶色彩自然濃厚。文中所列舉的賈府上房中人並金陵十二
釵（獨缺李紈，恐是雪香無心漏失）中，唯寶玉、惜春、妙玉、湘雲四人不
在此種才德規範之內，而是「於事業無補」之才德，是「非才非德」、是「近
於怪誕」之才德，是「非正經才德」。其餘諸人則皆以才、德爲準繩，分別予
以評價。依筆者拙見，在雪香標準內論評的人物可分爲七品：

> 上品者「才德兼美」：賈母、元春、寶釵
> 二品者「有才、德非全美」：探春、黛玉
> 三品者「有德無才」：賈政
> 四品者「無德有才」：鳳姐、賈璉
> 五品者「才德平平」：王夫人、巧姐
> 六品者「無才無德」：迎春、邢夫人、尤氏、賈敬、賈赦、賈珍
> 下品者「不足論」：秦氏、賈環

雪香的論評標準既以「德」爲首要，則寶釵自在黛玉之上，鳳姐、賈璉亦較
賈政遜色。而王夫人、巧姐之所以位居五品，乃因二人之「德」未如賈政的
眞德，而其才較諸鳳姐、賈璉更顯平庸。至於邢夫人等人，雪香則否定其有
才德，而最下品的秦氏、賈環二人，雪香認爲根本不值得評論，鄙極！貶極！
下文即分品第詳說之。

（一）上品—賈母、元春、寶釵

　　賈母在《紅樓夢》中的地位有如「宗法家庭的寶塔頂」。〔註28〕雪香在九
十二回回末即評云：「賈母如一顆母珠，在則兒孫繞聚，死則家業消亡。」在

〔註28〕語見王昆崙（太愚）《紅樓夢人物論》（台北：金川出版社，1986年2月版），
　　　　頁102。

粉墨登場的四百餘人中，獨賈母得福、壽、才、德四者兼全。《紅樓夢》作者曾借鳳姐之口說出「老祖宗從小兒的福壽就不小」（三十八回），又自劉老老眼中看出賈母「生來是享福的」（三十九回），七、八十歲猶得子孫繞膝承歡，此等福壽，固爲稀有。至其晚年，雖因子孫不肖，致罹禍患，但卻因而得見其理家之才：

> 觀其嚴查賭博，洞悉弊端，分散餘貲，井井有條，才亦可見一斑。（《紅樓夢總評》）

一○七回寫賈母分散餘資，安頓眷口度日，送回黛玉棺木，減省男女奴僕，及送還甄家銀兩等諸事俱明斷分晰，「寬嚴得體，出入有經」（一○七回末評），足見其理家之才。至於賈母的「德」，雪香以其遺言「心實吃虧」判定賈母「仁厚誠實」（《總評》）。賈母最引人非議的莫過於對黛玉的無情、支持鳳姐用掉包計一事，雪香則以爲「賈母因知黛玉心病，疼愛之心頓減」是正理（九十七回末評）。其實關於賈母的此番行徑，可經由時代的透視，對賈母所處的環境與地位作一同情的了解。賈母扮演著當時宗法家庭的維繫者，代表著從榮、寧二公以來的傳統與威望，擔負著維持傳統綱紀的責任，因此不容有男女私情以壞風俗自是可以理解，且看五十四回賈母對才子佳人一見鍾情式的嚴峻批判，便不難想像賈母聞知黛玉心病時的無情了。而雪香謂其「道理甚正」，則仍不免囿限於傳統的道德觀了。

　　關於元春，除《總評》中聊聊數語外，並無他論。

　　至於寶釵，雪香許其賢德，如替邢岫煙贖當（五十七回）及黛玉的剖白（四十五回）；又寶釵眼見黛玉替寶玉戴斗笠卻默無一語（八回），寶釵自過門後至移花接木之計始得如魚得水、恩愛纏綿（一○九回），足見其平日之「大方端莊」（見八回、一○九回回末評），因此雪香特贊李紈以寶釵詩含蓄渾厚爲第一是「眼力見識甚高」（三十七回末評）。雪香對寶釵人格的推崇，可自其與黛玉相提並論的對比中概見（此留待論黛玉時再敘）。寶釵除贏得雪香賢德的美譽外，更兼有理家之才：於大觀園興利剔弊時提出恩威並濟的方法（五十六回末評），處理夏金桂命案時的老到細密，及對寶蟾的開導實供（一○三回末評），皆是才女的見識。此等賢德才女一發言立論，自然獲得雪香的青睞，如寶玉受笞後，寶釵既勸寶玉改過又爲乃兄排解的一番話（三十四回），與寶釵規勸黛玉勿看才子佳人諸書的言論（四十二回），均被許以「正大光明」（三十四、四十二回末評），不過雪香也承認寶釵除涵養靈巧外，其尖利處亦不讓

黛玉（三十回末評）。在道學之眼的仲裁下，寶釵幾已達無懈可擊的完美境界了。﹝註29﹞至於深爲後人訾議的滴翠亭嫁禍案，雪香則以爲避嫌之故，而「善於避嫌，是寶釵一生得力處」（二十七回末評），將此舉歸於寶釵善於處世的表現，而非有心嫁禍。

（二）二品—探春、黛玉

探春與黛玉，德皆不（全）美，而一有理家之才，一有文墨之才，以雪香標準來看，探春似略勝一籌！

鳳姐不能理事，王夫人命探春與李紈同裁諸事，自此探春逐漸顯露理家之才。五十五回即寫探春才能見識超出諸姊妹之上，其精細處不讓鳳姐（五十五回末評），又以粉代硝一事，趙姨娘的愚惡、夏婆的挑唆，及芳官等人的縱放，若非探春鎮之以正靜，幾至不可收拾（六十回末評）。與迎春的懦弱可憐相較，愈顯出探春的「鋒利可畏」（七十三回末評），且看抄檢大觀園，探春的主意便極「老辣」（七十四回末評）。此外，通靈寶玉遺失，李紈欲搜眾人身上，探春乃嗔言其非，其識見實高出李紈，但卻疑心環兒使促狹，又惹出趙姨娘噪鬧，似屬多事（九十四回末評），此或爲探春才德不全美之處。

雪香對黛玉的評價，可從與寶釵的對比中得來。釵、黛二人懷一般心事，卻是兩樣做人：黛玉是「處處不放寶釵」，寶釵則「處處留心黛玉」（二十八回末評）；二十九回黛玉說寶釵專留心人帶的東西，是「有意尖刻」，而寶釵裝沒聽見，則是「渾含不露」（二十九回末評），釵、黛二人皆鍾情於寶玉，三十四回黛玉潛泣，寶釵氣哭，總因寶玉一人而起，然二人對寶玉的態度迥異：

> 黛玉與寶玉處處不避嫌疑，密語私言。寶釵與寶玉往往正言相勸，毫無褻狎。
>
> 寶釵勸寶玉說：『早聽人一句話，也不至有今日。』又說：『你這樣細心，何不在大事上做工夫？』理正而言直。黛玉勸寶玉，只說：『你從此可都改了罷！』言婉而情深，亦迥然各別。（三十四回末評）

寶玉受笞，一以理勸，一以情感，而黛玉乃趁無人時探視，復從後院出去，較之寶釵堂皇明正的探望送藥，其「行蹤詭密，殊有涇渭之分」（三十四回末

﹝註29﹞雪香甚至謂寶釵連病都病得「光明正大」：九十一回末總評：「寶玉病，黛玉病，寶釵亦當患病，才是一路人。然寶玉之病，或因魔魘，或因癡獃，或係假粧；黛玉之病本係氣體單弱，又因疑多情切，均非正病，惟寶釵因勞所致，病得光明正大，人口不同，病亦各異。」雪香推崇寶釵人品，連病痛之來源都成了佐證的資料了！

評）。雪香的好惡，不難想見。黛玉的情痴，在雪香眼中，決非正道。三十六回敘寶釵輩有時見機勸導，獨黛玉自幼不曾勸他立身揚名，雪香即指責黛玉「一味情癡，不知正道」（三十六回末評）。不知經濟仕途之正道，是雪香爲黛玉下的一道針砭，而由情痴所引發的褊妒多疑，復爲雪香所評，如薛姨媽分送宮花事、眾小廝分解佩物，鬧至鉸香袋一事，均被雪香視爲「器量褊淺」、「褊妒多疑」（七、十七回末評），而三十四回黛玉譏寶釵哭，雪香更痛陳其犯了道德上「恕己責人」之病（三十四回末評）。雪香之評，不免流於道學氣了。不過雪香亦深知「妒愈深而情更深」（三十回末評），雖不喜其痴，卻也察覺黛玉的心理變化，而且仍持平地指出黛玉靈慧之處：劉老老信口開河，黛玉不但揣知村姥的胡謅，更洞悉寶玉心事（三十九回末評）；寶玉乞梅，黛玉深知妙玉爲人，遂攔住寶玉不要跟人（五十回）。此等「極靈極妒」（八回末評）的「慧心人」（五十回末評）病危，竟無人看問，人間冷暖至此，就連雪香也不免一掬同情之淚了（九十七回末評）。

「釵黛優劣論」一直是《紅樓夢》讀者議論的熱門話題。清時「擁薛」、「尊林」兩派的爭辯時有所聞。〔註 30〕雪香身處其時，亦無可豁免地捲入這場紛爭。吳克岐《懺玉樓叢書提要》中有云：

> （雪香）大致持論和平，於林薛之間，力事調停，遂使尊林者流群
>
> 起詬之，其實雪香本意並無軒輊其間也。〔註 31〕

嚴格說來，雪香道學式的評鑒並不算持平之論，所以愛黛玉之性靈者自然群起攻之。不過雪香仍能察見黛玉靈慧處與寶釵尖利面，相對於當時各執偏私之見的諸紅迷而言，還算公允！

（三）三品—賈政

賈政於家業凋殘之際，仍不肯使家人的錢，是仁厚存心，是有德。然既不能選人清查，又不能親自料理，真是毫無主意人（一一四回末評）；家道中

〔註 30〕野鶴《讀紅樓夢箚記》載曰：「讀《紅樓夢》，第一不可有意辨釵、黛二人優劣。或曰：『黛玉憨媚有姿、雅謔不過結習，若寶釵則處處作僞，雖曰渾厚，便非至情，於以知黛高而釵下』或曰：『黛小有才，未聞君之大道，一味撚酸潑醋，更是蓬門小家行徑，若寶釵則步履端詳，審情入世，言色言才，均不在黛玉之下，於以知釵高而黛下。』野鶴曰：都是笑話。作是說者，便非能真讀《紅樓夢》。」（《紅卷》卷三，頁 286）從野鶴之言，便可見出當時揚抑釵、黛之盛況，鄒弢《三借廬筆談》卷十一，則更指出與友人論釵、黛優劣，一言不合，遂相齟齬，幾揮老拳的經過。（《紅卷》卷四，頁 390）

〔註 31〕吳克岐語蓋轉引自田于編著《紅樓夢敍錄》（同第二章第一節註 4），頁 56。

落，賈政查看家人名冊及出入帳簿，竟只有踱來踱去，別無他法（一〇六回末評）；又因有功不賞，不能有心腹家人以爲佐助（一一二回末評）。有德而無才，猶不能擔大任也。

（四）四品—鳳姐、賈璉

鳳姐、賈璉二人俱無德，而前者有理家治事長才，後者則「小有才」，顯然賈璉較遜於鳳姐。

鳳姐協理寧府秦氏之喪，既見其才，又見其權，一開始即洞見寧府的五大弊端，遂對症下藥，加以整治，爲鳳姐發揮能力，樹立權威的開始（十三回末評）。可惜過分恃勢弄權與貪利：周家女兒爲婿求情，周瑞家的全不在意，已概見鳳姐平日之弄權（七回末評）；二十九回寫鳳姐打小道士，賈母安慰小道士，與賈母之厚道相比，鳳姐實恃勢拿大（二十九回末評）；又鐵檻寺弄權，更暴露鳳姐的貪污（十五回末評）。過分弄權與貪利的個性，帶來殘酷陰險的心機和縱欲的私生活：毒設相思局是「誘人犯法，置之死地而後已」（十二回末評），鐵檻寺弄權，致張金哥自縊、守備子投河（十五、六回）；弄小巧借劍殺人，致尤二姐吞生金自逝（六十九回），此二事爲最惡最險者，作者「細寫原委，以包括諸惡孽」（十五回末評）。鳳姐夫婦白晝宣淫，已見其私生活之不端（七回末評）；賈蓉借玻璃炕屏，作者著意描寫眉眼、身材、衣服冠帶，又見鳳姐神情閃爍、飄蕩，慧眼人必當看破二人私情（六回末評）；又十六回中賈蓉聽見賈璉說賈薔可能在行，即悄拉鳳姐衣襟，鳳姐亦即會意幫襯，三人情況不難知之。正因鳳姐刁刻險惡、淫欲無德，故雖有才，亦不正，難怪賈母喪時力詘失人心，不得善終了。

至於賈璉，老太太上房遭竊，賈璉開失單，頗有斟酌（一一二回末評），然一一七回賈璉臨行前，竟託王仁、賈芸、賈薔等照管家事，殊欠知人之哲（一一七回末評），因此雖稍有才而猶不足堪大任。賈璉有一大罪狀，即偷娶尤二姐，「尤二姐、尤三姐之死於非命，禍胎皆種於珍、璉二人」（六十五回末評），足見其淫惡無德。

（五）五品—王夫人、巧姐

王夫人嚴正持家，固是正理，然未免性急偏聽，致令金釧投井、晴雯屈死、司棋殞命、芳官出家，此皆肇端於王夫人，故「一味嚴峻，亦非和氣致祥之道」（七十七回末評），而偏聽易惑，亦非眞德，才亦平庸。

至於巧姐，雪香除於《總評》中以「才德平平」四字批之外，餘未述及。

（六）六品—迎春、邢夫人、尤氏、賈敬、賈赦、賈珍

六品諸人，皆無德無才。迎春遇事懦弱可憐，不能約束老嬤丫鬟，致姦與盜俱在迎春房中敗露，可知「一味忠厚，不能正率下人。所謂『忠厚者，無用之別名』也」（七十七回末評），其不能持家，受婿折磨，已可預見，所以迎春是無理家才能者，非真有德之人。邢夫人的「見小貪利」（七十四回末評）及對岫煙的薄情（五十七回末評）深為雪香所不齒，其勢利薰心、毫無主見，實在不堪（一一八回末評）。而尤氏、賈敬、賈赦、賈珍等人雖不見於雪香之分評，[註32] 其無才德自可想見。

（七）下品—秦氏、賈環

賈環頑劣，固不足論，而於秦氏，雪香則每欲揭開籠罩在秦氏身上不聖潔的雲霧。他指出作者著意描寫秦氏房中的畫聯陳設，非專侈華麗，而實象徵其人，是對秦氏品格的貶斥，而寶玉神遊太虛時，秦氏理應出陪賈母等人，然書中竟不敘及，是作者深筆（五回末評）；張友士細說秦氏病因，其實是「描出一副色慾虛怯情狀」（十回末評）；秦氏之亡，是「誨淫喪身」（《總評》），至於秦氏之喪，單寫賈珍痛媳，治喪奢盛，則又是作者深文隱意（十三回末評）。因此雪香視秦氏為罪魁，寶玉男、女二途色障，實皆兆始於秦（九回末評）。

另外，在《紅樓夢總評》中漏失的李紈，仍可於各分評中考見其人。雪香謂李紈厭妙玉癖潔，是為「正經人」（五十回末評），又李紈處事的「忠厚老實」（五十五回末評），史太君之喪，獨李紈有憐憫之心，「宜其有賈蘭之佳兒也」（一一○回末評）。在雪香眼中，李紈的是有德之人，因此善有善報。至於在標準之外的寶玉、惜春、湘雲、妙玉等人，雪香又如何評斷呢？

《紅樓夢》讀者對賈寶玉這一情痴情種人物評價不一，脂硯齋以情榜中的「情不情」肯定寶玉的價值，[註33] 涂瀛推崇寶玉為「聖之情者」，[註34]

[註32] 雪香謂尤二姐、尤三姐之死於非命，皆種於珍、璉二人（六五回末評），而私娶尤二姐一事，說合籌畫，俱是賈蓉主見，尤為禍首罪魁（六四回末評），至於尤氏、賈赦、賈敬等人，雪香於分評中並未論及，恐亦不屑。

[註33] 自甲戌本八回眉批、庚辰本十九回批中，可以得知原作末回情榜以「情不情」論定賈寶玉，又於王府本十九回夾批、庚辰本二十三、二十五回批及三十一回回前總批中援以批寶玉諸行為（分別見於陳慶浩《輯評》（同註12），頁199、367、354、455、477、551）。而關於「情不情」的意涵，可參見陳萬益《說賈寶玉的「意淫」和「情不情」》一文（載《中外文學》第十二卷第九期1984年2月），所論甚精。

二知道人亦喜寶玉專一，﹝註35﹞而雪香則以為寶玉是一典型的紈袴公子：「秦鍾與寶玉一見便彼此胡思亂想，冶容富貴，俱易動人，如此紈袴公子，慎之思之」（七回末評）。此一紈袴公子的淫亂行為，乃始於秦氏房中一睡：

> 寶玉於女色，自幼親近，且自秦氏房中一睡，襲人試演一番，已深知其味。而于男色尚未沈溺，又有秦鍾同學，從此男、女二色，皆迷入骨髓矣。（九回末評）

按現代說法，雪香直把寶玉當成雙性戀者了。雪香既秉傳統禮教，不許私情存在，又豈能容雙性戀者呢？是以將寶玉的行為斥為淫亂，為情欲所蔽、纏綿於色魔中之人。此外，雪香對寶玉的文墨之才也提出質疑。十七回大觀園試才題對額，雪香以為寶玉遊園已多日，各處景致俱已熟稔，且眾清客心中早知賈政欲試寶玉才，寶玉亦已知此意，則賈政令寶玉擬題聯匾早露消息，非臨時起意，故「其處處議論，安知不有宿構？」（十七回末評）

至於妙玉，為僻潔之人，由四十一回劉老老用過的茶杯便覺腌臢可知，不過雪香卻以為劉老老的村俗恰在人情之內，而妙玉的僻潔之性反在人情之外，故「寧為老老，毋為妙玉」（四十一回末評）。人情之外的怪誕之性，使雪香對其出身頗多質疑：妙玉父母既亡，不知何姓，其師亦不知姓氏籍貫，又已圓寂，不知她一應吃穿用度、老嬤丫頭如何得來？（十七回末評）；又出家的妙玉，何以有許多古玩茶器？五年前又在玄墓住，形跡可疑（四十一回末評）。此外，雪香復對凡心未淨的妙玉與寶玉間的曖昧情事指證歷歷：「妙玉拉寶釵、黛玉衣襟，心中非無寶玉，只是不好拉耳」（四十一回末評）、「妙玉心中愛寶玉殊甚，前說『不給茶吃』是假撇清，此番分送紅梅亦是假掩飾」（五十回末評）、「妙玉一見寶玉，臉便一紅，又看一眼，臉即漸漸紅暈，可見平日鍾情不淺」（八十七回末評），凡此皆作者皮裡陽秋。

妙玉性癖潔，惜春亦「孤介性癖」（七十四回末評）。其出家之念，則與入了空門的妙玉迥異。觀惜春聞妙玉走火入魔後口占一偈云：「大造本無方，云何是應住？既從空中來，應向空中去」，真是無所住而生其心也，較之妙玉眼界未淨，即生意識界，遂致心有罣礙恐怖、顛倒夢想，實有霄淵之別（八

﹝註34﹞涂瀛謂：「寶玉之情，人情也，為天地古今男女共有之情，為天地古今男女所不能盡之情。……惟聖人為能盡性，惟寶玉為能盡情。負情者多矣，微寶玉其誰與歸！……讀花人曰：『寶玉，聖之情者也』」（《紅卷》卷三，頁127）

﹝註35﹞二知道人《紅樓夢說夢》：「寶玉之癡情於黛玉，刻刻求黛玉知其癡情，是其癡到極處，是其情到極處。寶玉，人皆笑其癡，吾獨愛其專一。」（《紅卷》卷三，頁91）

十七回末評）。

大體而言，雪香對標準之外的寶玉諸人實無好評，至於曠達一流的湘雲，雪香雖少論評，卻可想見非正經才德的湘雲仍不爲雪香所喜。

除賈府上房中人及金陵十二釵外，雪香對襲人、晴雯、平兒、鴛鴦、司棋等婢亦復有評。

《紅樓夢》作者刻意塑造了以寶釵爲主的正統派功利主義者與以黛玉爲首的反正統派情感主義者二類型人物，又拈出了襲人、晴雯二人以爲釵、黛影子。〔註36〕雪香既贊寶釵，許以「賢德才女」，自然對與寶釵同風的襲人也給予極高的評價，謂襲人「能忍」（二十、三十回末評）、「善排解」（十九回末評）、「立言得體」、「善於乘機進言，卻又省無數是非」（三十四回末評），又「慈厚存心」（五十九回末評），六十四回襲人獨留心扇縧，寶釵獨說女子無才便是德，總以貞靜爲主，在雪香眼中，「的是賢妻好妾」（六十四回末評）；七十七回寫寶釵換參一節，顯出寶釵的精細，非膏粱閨閣中不諳世務者之流，又寫晴雯遭撵、襲人解勸一層，實描出襲人的涵養，與輕浮婦女全無斟酌迥異（七十七回末評）。襲人最終不爲殉情而反得情，即因存慈厚之心，所以結果不同。而雪香亦對襲人懷必死之心，卻又無決念之意提出說明，謂襲人與蔣玉函乃天定姻緣，即果眞要死，亦斷不能死，況襲人未必有死意，否則自當如司棋、鴛鴦般登時可死，至於作者說襲人懷必死之心，實乃憐愛襲人、欲爲庇護之故（一二○回末評）。雪香對襲人眞極盡維護之能事，而對於性情酷似黛玉的晴雯，則不假辭色的予以抨擊。他認爲晴雯遭讒被逐殞命是善惡報施的結果，並不寄予同情：晴雯教寶玉裝病，故意亂鬧，因此惹出金鳳、香囊等事，以致司棋及迎春乳母等人或逐或死，均受其害，而晴雯亦即被逐殞命，「害人即以自害，報施甚速」（七十三回末評）。

鴛鴦與司棋，俱殉於情：前者死於絕情，後者死於多情，其實二人皆是「深於情者」（七十一回末評）。然深情之人若不循正途，雪香便毫不客氣地加以指責：「司棋之死，與尤三姐激烈相似，但三姐是明受柳湘蓮之聘，司棋

〔註36〕甲戌本八回脂批已指出「晴有林風，襲乃釵副」（同註 12，頁 198），其後涂瀛《紅樓夢問答》直謂「襲人，寶釵之影子也。寫襲人，所以寫寶釵也」、「晴雯，黛玉之影子也。寫晴雯，所以寫黛玉也」（《紅卷》卷三，頁 143），又太平閒人張新之亦云：「是書釵、黛爲比肩，襲人、晴雯，乃二人影子也」（《石頭記》讀法），顯見襲爲釵影，晴爲林副之說已允定。

是私與潘又安相訂，正邪不同」（九十二回末評）。雪香之視司棋私情爲邪，正如視賈母知黛玉心情便轉冷淡是正理一般。總之，「私訂終身後花園」的愛戀是爲雪香所不許的！

此外，在眾婢中，與襲人同享雪香讚譽的，唯有平兒。處於賈璉之俗，鳳姐之威中的平兒，卻是個「居心行事，明白仁厚」之人（五十二回末評），從遮掩墜兒偷鐲（五十二回）、婆子噪鬧，平兒以「得饒人處且饒人」息事（五十九回），及待尤二姐慈心（六十九回）與看出相看巧姐的人有異樣（一一八回末評）等事可知。巧姐遭串賣，又可見平兒是個「不負恩義」（一一四回末評），可以「扶危救急」（一一九回末評）的人，宜其後來扶正，如同李紈宜有佳子賈蘭，皆「善有善報」之意。

第三節　關於紅樓夢的主題寓意

小說的構成要素，不外乎人物、故事、主題三者─人物用以扮演故事，故事用以烘托人物，而人物與故事共同的任務則是爲表現主題。主題，即主旨，亦即作者的創作意圖，作者所欲表達的思想感情。作品一出，讀者也可經由剖析分解故事的途徑揣摩作者的用意。《紅樓夢》的主題寓意向來是紅學家念茲在茲，亟欲追索的問題。王雪香在從事《紅樓夢》的創作分析與藝術鑒賞之暇，亦不忘點明書中主旨，並掘發其寓意。

一、主題的認定

對讀者而言，索尋紅樓夢創作的主題實屬不易。《紅樓夢》作者雖自言「大旨談情」、「實錄其事」，卻又明以「夢」、「幻」等字爲此書立意本旨，於是後世讀者乃紛紛墮入夢幻的漩流中，遍尋可行的路徑加以詮釋，一套套詮釋系統便隨之成形出籠，欲在紅學論壇上一爭短長。這是歷來紅學論戰的焦點之一。而在眾多詮釋系統中，大致不脫「主情」、「主悟」兩條路線，雪香即屬「主悟」一線，謂《紅樓夢》是懺情的悟書。

中國文學發展自古即有「言志」、「緣情」兩系統，從先秦具有儒家政治、教化意義的「詩言志」，〔註37〕經魏晉陸機、劉勰等人「詩緣情」〔註

〔註37〕語出尚書・堯典：「詩言志，歌永言」，此外，《左傳・襄公二十七年》亦云：「詩以言志。」《荀子儒效》言：「詩言是其志也」。這些記載大抵反映了先秦儒家學派對文藝特性的認識。

38）的轉化，到明代馮夢龍的「情教說」、清代袁枚的「性靈論」，循次演變，成爲中國古典文藝美學的主要範疇。〔註39〕或許基於此一歷史淵源，在清代紅學領域中，也出現「主悟」或「重情」的爭議。清人娜嬛山樵《補紅樓夢序》：

> 雪芹先生之書，情也，夢也；文生於情，情生於文者也。〔註40〕

花月痴人《紅樓幻夢自序》：

> 作是書者，蓋生於情，發於情；鍾於情，篤於情；深於情，戀於情；縱於情，圖於情；癖於情，痴於情；樂於情，苦於情；失於情，斷於情；至極乎情，終不能忘乎情。惟不忘乎情，凡一言一事，一舉一動，無在而不用其情，此之謂情書。〔註41〕

汪大可《淚珠緣書後》：

> 《紅樓》以前無情書，《紅樓》以後無情書，曠觀古今，《紅樓》其矯矯獨立矣。〔註42〕

樂鈞《耳食錄》卷八：

> 《紅樓夢》悟書也，非也，而實情書。其悟也，乃情之窮極而無所復之，至於死而猶不可已，無可奈何而姑託於悟，而愈見其情之眞而至。〔註43〕

上述諸人率皆以爲《紅樓夢》是一部不折不扣的「情書」，其中容或有「悟」的成份，亦只是假託之辭而已！的確，《紅樓夢》一出，多少人爲它痴狂迷醉，杭州有女酷嗜成疾，竟至於死；〔註44〕蘇州金氏好讀成痴，致神思恍惚；

〔註38〕語出陸機‧文賦：「詩緣情而綺靡，賦體物而瀏亮」，此時文藝已由政治、教化的工具轉向了審美的領域，至劉勰則綜合先秦兩漢的說法，不僅要「爲情而造文」，也須以「述志」爲本，所以其著作《文心雕龍》中有「情志」篇，專論情與志之間的平衡問題，是情與理結合時期。

〔註39〕曾祖蔭先生曾以「理」與「情」二相對概念，將中國文學發展中的「言志」、「緣情」二系統作一番全面的探討。詳見曾氏所著《中國古代文藝美學範疇》（台北：文津出版社，1987年8月版）第一章「情理論」，頁1～69。

〔註40〕文見《紅卷》卷二，頁53。

〔註41〕見《紅卷》卷二，頁54。

〔註42〕見《紅卷》卷二，頁63。

〔註43〕見《紅卷》卷四，頁347。

〔註44〕清陳其元《庸閒齋筆記》中曾記載：「余弱冠時讀書杭州，聞有貴人女明豔工詩，以酷嗜《紅樓夢》致成瘵疾。當綿惙時，父母以是書貽禍，取投諸火。女在床，乃大哭曰：『奈何燒殺我寶玉！』遂死。揚州人傳以爲笑。」見《紅卷》卷四，頁382。

〔註45〕洛中潘生每以寶玉自居,日尋林妹妹,而有鷓鴣之怨。〔註46〕因此時人或以「邪淫之書」視之,而有禁絕之議。〔註47〕

在一片至情、迷情的聲浪中,也出現了理性的呼喚。與《紅樓夢》同步出現的脂批早已指出此書有託言寓意之旨,非獨寄興于一「情」字。〔註48〕此外,江順怡《讀紅樓夢雜記》云:

> 《紅樓夢》,悟書也。不知者徒豔其紛華靡麗,有心人視之皆縷縷血痕也。……纏綿悱惻於始,涕泣悲歌於後,至無可奈何之時,安得不悟!〔註49〕

又張其信《紅樓夢偶評》曰:

> 因空見色之十六字可作釋教心傳之學,全書宗旨如是。〔註50〕

〔註45〕鄒弢《三借廬筆談》中除記前述杭州貫人女之事外,又記曰:「蘇州金姓某,吾友紀友梅之戚也,喜讀《紅樓夢》,設林黛玉木主,日夕祭之。讀至黛玉絕粒焚稿數回,則嗚咽失聲。中夜常為隱泣,遂得顛癇疾。一日,炷香凝跪,良久,起拔爐中香,出門,家人問何之,曰:『往警幻天,見瀟湘妃子耳!』家人雖禁之,而或迷或悟,哭笑無常,卒於夜深逸去,尋數月始獲。」見,《紅卷》卷四,頁388。

〔註46〕天憤生《世界叢談新說林》卷二記載洛中富家子潘生,喜讀紅樓,因而神思恍惚,悉屏舊業,最初不過命人以寶二爺呼己,繼之更迫母以尊障呼己,又迫其父以尊畜呼己。一次,強屏外出尋林妹妹,至一樹海棠花,青竹小籬前,見一女郎徘徊海棠花下,若有所詠,遂認為林妹妹,女錯愕而退,扇然而逝,生遂大哭引針鑿十五字於樹曰:「怡紅主人訪前緣於海棠花下,歸遂死」,不久生墜地而亡。而女郎見十五字,亦竟憂傷以終。二人雙葬於海棠花前,每歲寒食野祭時,時有鷓鴣一雙集海棠上,鳴聲悽悒。行人聞之,每為淚下。故人多稱鷓鴣墳。詳見《紅卷》卷四,頁416~419。

〔註47〕清‧梁拱辰《勸戒四錄》云:「《紅樓夢》一書,誨淫之甚者也。……摹寫柔情,婉變萬狀,啟人淫竇,導人邪機。」(見《紅卷》卷四,頁366),清‧陳其元《庸閒齋筆記》曰:「淫書以《紅樓夢》為最,處處描摹痴男女情性,其字面絕不露一淫字,令人目想神游,而意為之移,所謂大盜不操干矛也」,並謂《紅樓夢》作者曹雪芹之曾孫曹勛「以貧故,入林清天理教,林為逆,勛被誅,覆其宗,世以為撰是書之果報焉。」(見《紅卷》卷四,頁382)既被視為淫書,因而遭清廷的禁黜。《紅樓夢訟案》一文指出:「誨淫之書,在前清時懸為厲禁,不但『倭袍』、『玉蒲團』等認為禁書,即『紅樓夢』也未能幸免。」(見同第三章註13)《紅樓夢》的浩劫實因情而起。

〔註48〕甲戌本第一回說英蓮「有命無運,累及爹娘」時批:「看他所寫開卷之第一個女子便用此二語以訂終身,則知託言寓意之旨,誰謂獨寄興于一情字耶!」(見《輯評》,頁22)

〔註49〕見《紅卷》卷三,頁205。

〔註50〕見《紅卷》卷三,頁215。

納山人《增補紅樓夢序》言：

> 其書則反覆開導，曲盡形容，爲子弟輩作戒，誠忠厚悱惻，有關於
> 世道人心者也。顧其旨深而詞微，具中下之資者，鮮能望見涯岸，
> 不免墮入雲霧中，久而久之，直曰情書而已。〔註51〕

觀鑑我齋《兒女英雄傳序》：

> 《水滸傳》、《金瓶梅》、《紅樓夢》同爲治人之書：……一則曹雪芹
> 見簪纓鉅族、喬木世臣之不知修德載福，承恩衍慶，託假言以談眞
> 事，意在教之以禮與義，本齊家以立言也。〔註52〕

上述四人大抵皆以《紅樓夢》爲悟書，而悟者有二：一爲悟仙佛之道，如江
順怡、張其信等人，以「因空見色，由色生情，傳情入色，自色悟空」爲全
書宗旨，隱寓仙佛思想，示以浮生若夢、萬般皆空之境；另一則爲悟儒家之
理，如納山人、觀鑑我齋等，謂《紅樓夢》寓有關於世道人心的深意，是一
部具有禮義教化的目的書。在晚清流行的三家評本中，主張「演性理之書」
的張新之應屬後者；而以眞、假二字爲全書關鍵的王雪香，則二者兼有，以
喝醒痴迷爲主題，兼寓垂誡之言。

王雪香《紅樓夢總評》有云：

> 《紅樓夢》一書，全部最要關鍵是『眞』、『假』二字。讀者須知，
> 眞即是假，假即是眞；眞中有假，假中有眞；眞不是眞，假不是假。
> 明此數意，則甄寶玉、賈寶玉是一是二，便心目了然，不爲作者冷
> 齒，亦知作者匠心。

又曰：

> 《紅樓夢》雖是說賈府盛衰情事，其實專爲寶玉、黛玉、寶釵三人
> 而作。……若就寶玉、黛玉、寶釵三人而論，寶玉爲主，釵、黛爲
> 賓……

雪香以爲，《紅樓夢》的主題並非專述一個大家族的興衰史，亦非纏繞寶、黛、
釵三人間的愛戀情結，而是藉寶玉以演眞假，其最終目的是要警醒痴迷，所
以茶名「千紅一窟」，酒名「萬豔同杯」，不是贊仙家茶酒，而是意謂眼前雖
有千紅萬豔，日後總歸坏土一穴（第五回末評），意要點化世人，莫痴莫迷，
書中第一回所敘跛道人《好了歌》及甄士隱注解，眞是一部《紅樓》影子（第

〔註51〕見《紅卷》卷三，頁53。
〔註52〕見《紅卷》卷三，頁62。

一回末評）。至於主題如何表現？紅樓作者乃通過假語村言及夢境的投影來突出主題：

> 甄士隱、賈雨村爲是書傳述之人，然與茫茫大士、空空道人、警幻
> 仙子等，俱是平空撰出，並非實有其人，不過借以敍述盛衰，警醒
> 癡迷。劉老老爲歸結巧姐之人，其人在若有若無之間，蓋全書既假
> 託村言，必須有村嫗貫串其中，故發端結局，皆用此人。所以名劉
> 老老者，若云家運衰落，平日之愛子嬌妻，美婢歌童，以親朋族黨，
> 幕賓門客，豪奴健僕，無不雲散風流，惟剩此老嫗收拾殘碁則局。
> 滄海桑田，言之酸鼻，聞者寒心。

作者虛捻出甄士隱、賈雨村、茫茫大士、空空道人、警幻仙姑等人並劉老老，
以見其繁華散盡、盛筵不再的境況，借以醒迷警痴。此外，作者又以夢襯托
主題：

> 從來傳奇小說，多託言於夢，如《西廂》之草橋驚夢，《水滸》之英
> 雄惡夢，則一夢而止，全部俱歸夢境。《還魂》之因夢而死，死而復
> 生，《紫釵》彷彿似之，而情事迴別。《南柯》、《邯鄲》，功名事業，
> 俱在夢中，各有不同，各有妙處。《紅樓夢》也是說夢，而立意作法，
> 另開生面。前後兩大夢，皆遊太虛幻境，而一是眞夢，雖閱冊聽歌，
> 茫然不解；一是神遊，因緣定數，了然記得。且有甄士隱夢得一半
> 幻境、絳芸軒夢語含糊，甄寶玉一夢而頓改前非，林黛玉一夢而情
> 癡愈錮。又有柳湘蓮夢醒出家、香菱夢裡作詩、寶玉夢與甄寶玉相
> 合、妙玉走魔惡夢、小紅私情癡夢、尤二姐夢妹勸斬妒婦、王鳳姐
> 夢人強奪錦匹、寶玉夢至陰司、襲人夢見寶玉、秦氏、元妃等託夢、
> 寶玉想夢無夢等事，穿插其中。與別部小說傳奇說夢不同。（《紅樓
> 夢總評》）

此段評文不僅道出《紅樓夢》打破傳統「夢境」的作法，同時一一指陳書中
各夢，迴環映照。浮生若夢、幻境皆虛之旨昭然若揭。夢幻人生，何須執迷？
雪香洞察了「假作眞時眞亦假」的題旨，以致連此一評批紅樓之舉，都認定
是荒唐的行爲了。〔註53〕

〔註53〕 雪香自云：「《石頭記》一書，已全是夢境，余又從而批之，眞是夢中說夢，
　　　　 更屬荒唐。然三千大千世界，古往今來事物，何處非夢？何人非夢？以余夢
　　　　 夢之人，夢中說夢，亦無不可」（《紅樓夢總評》）

二、寓意的掘發

《紅樓夢》爲醒人之書，惟智者能通曉此書之意。〔註54〕雪香便以智者
的姿態，展開書中寓意的掘發，並指導讀者閱讀。他首先對《紅樓夢》起講
地點—「葫蘆廟」一名詞展開探索：

> 葫蘆廟有二義：葫蘆雖小，其中日月甚長，可以藏三千大千世界，
> 喻此書雖是小說，而包羅萬象，離合悲歡，盛衰善惡，有無數感慨
> 勸懲，此一義也；此書雖是荒唐，卻是實錄其事，並非捏飾，所謂
> 依樣葫蘆，此又一義也。故甄士隱必住在廟旁，賈雨村必住在廟內。
> 或曰：『尚有一義。』余問何義，答曰：『葫蘆音同胡盧。人生若夢，
> 幻境皆虛，離合盛衰，生老病死，不過如泡影電光。書雖實錄其事，
> 而隱藏眞蹟，假託姓名，演爲小說，以供胡盧一笑耳。此亦一義也。』
> （第一回末評）

設問之辭，正爲突顯其主題所在。既是表現浮生若夢的出世思想，則書中必
有悟生死津迷之道；既是實錄其事，則必寓含世態人情之理；既是「警醒」
之書，則亦必含勸懲垂誡之言。以下分別言之：

（一）悟生死津迷之道

凡人莫不以情欲生死爲重，致陷津迷。第五回賈寶玉神遊太虛，警幻指
迷津有萬丈千里，中無舟楫可通，唯賴木居士掌柁、灰侍者撐篙以木筏專渡
有緣者，雪香評曰：

> 迷津難渡，只有心如槁木死灰，方免沈溺。

貪嗔痴愛如寶玉者，豈能安渡迷津？至於如何方致槁木死灰？《紅樓夢》首
示人以「色空」觀念：

> 背面是骷髏，正面是鳳姐，美人即骷髏，骷髏即美人，所謂『色即
> 是空，空即是色』也。（十二回末評）

第十二回「賈天祥正照風月鑑」提出色空觀念，但是欲斬斷凡塵念動之心究
非易事。一一六回寶玉再度歷幻境，已悟仙緣，而至一一八回，寶釵怕寶玉
舊性復發，派鶯兒服侍，豈料因鶯兒重提往事，寶玉險些塵心復動，足見斬
塵斷緣之非易（一一八回末評）。

再者，妙玉走魔，下回即接敘惜春寫「心經」，乃揭示「心定自靜，心明
自慧」之妙諦（八十七回末評）；賈寶玉因與甄寶玉冰炭不投，導致他連自己

〔註54〕雪香于第二回回末總評云：「智通寺者，言惟智者能通此書之義也」。

相貌都不願要，此已深合釋氏「我相非相」之妙義，無怪乎寶玉一病幾死，病好便要超凡了（一一五回末評）。此皆暗合仙佛之道，為津渡之門。

此外，一一七回寶玉問和尚來路，和尚說：「你自己的來路還不知，便來問我！」不僅為早把紅塵看破的寶玉當頭一棒，而且點醒世人痴迷：

> 凡人眷戀妻兒名利，至死依依不捨，皆是不知自己來路；若曉得來
> 路便是去路，有何可戀處。（一一七回末評）

「好了歌」已道盡世人對名利妻兒之執迷眷戀，其所以如此，乃不知自己來路之故，若曉得來路便是去路，則無可戀處，方是「了」。

又「玉」為寶玉的命根──「病也是這塊玉，好也是這塊玉；生也是這塊玉，死也是這塊玉」，因此寶玉欲還玉，襲人、紫鵑等皆驚恐，死命護玉，雪香批曰：

> 凡人所見，不過生死為重，豈知佛門另有不死不生一義？（一一七
> 回末評）

苟能明「不死不生」之義，並「我相非相」、「心定自靜，心明自慧」之旨，又能了悟色空觀念，且知來時路，便可渡脫生死津迷了。

（二）通世態人情之理

魯迅《中國小說史略》將《紅樓夢》劃歸「人情小說」一類，蓋《紅樓夢》中描繪世情頗為複雜深刻，雪香首先指出此書說盡社會上趨炎附勢之態：

> 葫蘆廟小沙彌斷案，說盡仕路趨炎情態。（第四回末評）
> 寶玉繞路至梨香院，偏遇見清客、家人，兩番問安索字，固是文筆
> 曲折，亦寫盡趨奉公子情態。（第八回末評）

其後又言三姑六婆之可畏：

> 淨虛說『倒像府裡沒手段』，深得激將法。三姑六婆，真可畏哉！（十
> 五回末評）
> 鳳姐之鐵檻寺弄權，是淨虛尼說合；趙姨之給衣物魘魔，是馬道婆
> 作法。三姑六婆，為害不淺。（二十五回末評）

此外，有描繪為官者之受欺，有明錢、權之受用：

> 寫李十兒設法慫恿情事，描畫長隨家人，串通書役，簸弄主人伎倆，
> 明透如鏡。凡做官者安得不墮其術中？（第九十九回末評）
> 寫裡頭人心不齊，外頭呼應不靈，總因銀錢不應手，鳳姐沒權柄，
> 遂至諸事雜亂。（第一百一十回末評）

敘趨炎附勢之情態、三姑六婆之可畏，爲宦作官者之見欺與辦事利器之錢與權等，均是通曉世態人情之理。

（三）諭勸懲垂誡之言

雪香於批序中肯定小說的價值，以爲小說亦有載道之功。〔註55〕而《紅樓夢》所載之道，即「善惡報施」、「勸懲垂誡」之道。雪香指出，《紅樓夢》描寫賈府由盛至衰的過程，恰足以示人持盈保泰之道：

> 外人説寧、榮二府富豪氣象，實在謠言可怕。至鳳姐亦頗有見識，
> 惜其貪利忘害，不能思患預防，遂至合著謠言『算來總是一場空』
> 之末句。可見富貴人，均須於極盛時仔細留心，爲持盈保泰之道。
> 作者借此警人，莫作閒話看。（第八十三回末評）

富貴之家當於極盛時仔細留心，以防微杜漸。賈府之所以由盛轉衰，實非抄家之故，乃緣自家門始。雪香又指出，五十九回荇葉渚邊婆子與鶯兒、春燕等人之噪鬧，與平兒說出「三、四日工夫出了八、九件事」，已是「外寇未興，內患已萌」（第五十九回末評），此時早露危機。至一○二回探春遠嫁，大觀園淒涼滿目，已呈蕭索之景，不料卻又有眾人胡說謠言，謂尤氏鬧病是園中撞鬼、吳貴媳婦病死是妖怪吸精，兼以賈赦巡查，奴僕嚇倒，眾人附會等情狀，弄得風聲鶴唳，草木皆妖，「大觀園如此疑妖見鬼，賈政安得不被參？寧府安得不被查抄？」（第一○二回末評）。而妖孽之所起，純爲謠言所惑，若謠言不生，則妖孽不存；妖孽不存，則可息眾疑，安人心，賈府自可持泰不墜，因此「聽言當以理察，庶不爲訛言搖惑」（第一○二回末評）。鳳姐於八十三回雖已洞悉謠言的可畏，可惜貪利忘害，不思防患之道，遂令賈府走向衰竭之路，自己也落到身敗名裂的地步。一○六回榮府家產悉行給還，獨抄出借券照例入官，其一生盤剝積蓄，盡化爲烏有，「貪利剝削者，讀此當亦猛省」（第一○六回末評）。又鳳姐垂危之際，囑託平兒扶養巧姐，自嘆枉費心計及尤二姐吞金事，只求速死，苛毒人忽有此慘聲痛語，「更可爲貪財妒刻者現身說法」（第一○六回末評）。

此外，雪香又藉引某段情節，發爲勸懲示儆之辭。如小沙彌勸結冤案，反被雨村尋事充發一節，可知「報應不爽，可爲小人儆戒」（第四回末評）；

〔註55〕護花主人批序：「……仁義道德，羽翼經史，言之大者也；詩賦歌詞，藝術稗官，言之小者也。言而至於小說，其小之尤小者乎？……道一而已，語小莫破，即語大莫載；語有大小，非道有大小也。……」將小說的價值視爲與神聖同功。

賈瑞正照風月鑑，「好色者當發深省」（第十二回末評）；劉老老才說嘴就打嘴的跌跤，可見「說話不可太滿，行事須防失足」（第四十回末評）；又玫瑰露引出茯苓霜一案，柳家的若不送玫瑰露給其姪，則茯苓霜無由而得，而五兒若不送茯苓霜給芳官，則玫瑰瓶亦無由搜出，此正闡明「禍福互相倚伏」之理（第六十回末評）。

雪香對寶玉的情痴並不寄予憐愛，反用以警誡世人。寶、黛初會時，作者用以批寶玉的《西江月》二詞，是「罵殺紈袴公子」（第三回末評）；第七回敘秦鍾與寶玉初見時，便彼此胡想，「冶容富貴動人如此，紈袴公子，愼之愼之！」（第七回末評）

至於寶、黛觀看《會眞記》一事，雪香復期期以爲不可：

> 寶玉一見小說傳奇，便視同珍寶。黛玉一見《西廂》，便情意纏綿。
>
> 淫詞豔曲，移人如此，可畏，可畏。（第二十三回末評）

雪香的道學氣不僅表現在人物評鑒上，同時也表現在對小說戲曲的論斷上。他雖然將小說的地位提高到與經史詩賦同等並列，卻也只限於那些富勸懲垂誡之言的小說，而對於一般古今小說及《西廂》等曲，則仍目之爲「淫詞豔曲」，勸人勿近，以免移風壞俗。

上述三節是對王雪香紅學的內容作一整體的回顧，試圖尋繹出其評紅的態度並價值所在。雪香上承評點派舊風，心細如針地說明《紅樓夢》的寫作技巧並賞鑒心得，有助於讀者的閱讀與欣賞，其間結構層次的分析雖稍嫌呆板機械，不夠科學，但在當時已屬難得，況又提出第五回爲全書綱領，一新眾人耳目，至今莫不欣然從之，其獨具雙眼的精到之處不應爲鄒弢、季新等人所淹沒。〔註56〕至於在人物的鑒賞上，雪香則以傳統社會加諸婦女的規範施之於紅樓人物的品評，隨處可見擁薛抑林的痕跡。以道德判斷代替了生命情調的抉擇，其結果是削減了《紅樓夢》的美學趣味，遂招來「學究」之譏。〔註57〕然而儘管雪香人物論評非如吳克岐所言「持論和平」，但卻能於學究之

〔註56〕 鄒弢《三借廬筆談》卷十一云：「洞庭王雪香先生取此書加以評語，亦無出色……」（《紅卷》卷四，頁389）；季新《紅樓夢新評》謂：「護花主人之意勤矣，然何其庸也」（《紅卷》卷三，頁301～302）。二者均未能覺察雪香評紅之可貴，出色處！

〔註57〕 蔡元培《石頭記索隱》有云：「當時既慮觸文網，又欲別開生面，特於本事以上加以數層障幕……最表面一層，談家政而斥風懷，尊婦德而薄文藝。其寫寶釵也，幾爲完人，而寫黛玉、妙玉，則乖痴不近人情，是學究所喜也，故有王雪香評本。進一層，則純乎言情之作，爲文士所喜，故普通評本多著眼

眼中得見寶釵之尖利與黛玉之靈慧，較諸當時紅學風氣而言，還算平實客觀。此外，雪香以《紅樓》為醒人之書，謂書中有論勸懲垂誡之言，有通人情世故之理，有悟生死津迷之道，此固為隨人所見，情、悟不同，但能以「真假」、「虛實」等把握書中題旨，道出箇中微妙，所言不致大謬，難怪雪香評註得以脫穎而出，廣受歡迎，流傳久遠了。

於此點。再進一層，則言情之中善用曲筆……此等曲筆，惟太平閒人評本能盡揭之。」（《紅卷》卷三，頁319）其貶抑雪香評註若此也！

第五章 王希廉評點的地緣意義——
兼談江南文化風貌

　　在紅學發展的歷史軌跡中，以評點見長的王雪香扮演著「承先啓後」的橋樑地位。而在紅學由北至南的流衍推廣進程上，於江南發跡的雪香評點，又具有何等意義？欲得此一問題的答案，宜先對雪香的故居有一認識與了解。

　　在王、姚諸合評本中，每回首題均有「東洞庭護花主人評」字樣，明白標示「東洞庭」乃蘊育雪香這一晚清評點派巨擘之所。我們且先看看今人對「東洞庭」一地所下的介紹詞：

> 太湖南部有兩個著名的島山，東面的那個半島叫洞庭東山，西面那個位於太湖之中，叫洞庭西山。二山風光秀美，物產豐饒，被譽為江南的『花果山』。……東山的花果四時不絕，且不說那黃燦燦的『白沙枇杷』，香梨甜桃，但只洞庭甘桔就可成為江蘇首屈一指的名貴水果。桂花飄香時節，洞庭蜜桔掛滿枝頭，遠看如霞光抹上綠色的樹梢一般。據史料記載，唐太宗每年在重陽時節，都要用新桔贈賜群臣，以慶吉利。新桔即是太湖的洞庭桔。另外，東山的碧螺春茶也是馳名中外的。〔註1〕

又：

> 江蘇歷史悠久，至今保存著大量的古代居住建築。……現存的居住建築都是明、清和其後所建。這些百年以上的建築物，因用材碩大，結構牢固，才能保存至今。他們多數是大中型府第或府第的殘存部

〔註1〕文見周邨主編《江蘇風物志》（台北：明文書局，1988 年 8 月版），頁 37～38。

> 分。蘇州地區，較爲集中，僅吳縣的東山、西山，據初步調查即有
> 一百二十二處。……東山濱臨太湖，西山爲湖中的一個島嶼，兩地
> 自然條件優越，物產豐富，歷來很多商賈達官在此落戶居住。宋朝
> 南遷後，中原的一些名門貴族隨帝南移，不少人就在此建屋隱居，
> 宅第今尚保持著原貌……〔註2〕

由此看來，雪香所居處的吳縣東洞庭（即洞庭東山）想必是一冠蓋雲集、人
文鼎盛、熱鬧非凡的場所。儘管雪香的家世不見載於任何籍冊方志之中，但
因與洞庭東山的地緣關係，故不排除其爲名門貴族之後的可能性，再加上雪
香評語中又有一則隱約道出其家世之不凡：

> 寶玉不識琴譜，最爲確切。曾憶予八、九歲時，偶於書架上見琴譜
> 一本，翻閱一遍，一字不識，遂細查字典，《正字通》、《海篇》、《六
> 書》等，並無譜中一字，疑爲異書，又疑爲仙符，不知作何用處，
> 三、四日尋思不得。既而照寫幾字，請問嚴君，方知是彈琴手法。
> 今讀此書，恍如昔年光陰，不禁爲之啞然。（八十六回末評）

雪香因讀至「寶玉不識琴譜」處而勾憶起幼時相同的際遇，無意中流露出當
年的光景。此則評語，不但得見雪香自幼求知之心切，也可概見雪香若非達
官貴族之後，亦必出身於江南書香之家。其精於書畫，自不難想見。而雪香
的評紅成就，正是在江南文化圈中培養薰陶的結果。

　　江南向爲人文薈萃之區，除因自然環境的得天獨厚，而吸引達官商賈來
此落戶居住以外，又有其歷史淵源。一則緣於政治因素，例如宋高宗遷都臨
安，帶來一批中原名門貴族入戶江南；另一則爲科舉制度下所衍生的風氣使
然，科考落第的文人紛紛遠邇江南，以「市隱」的型態寄情於山水詩畫之中，
〔註3〕江南儼然成爲落第士子托寓抒懷的桃花源地。日本學者吉川幸次郎便曾

〔註2〕同前註，頁267。
〔註3〕明末清初夏基《隱居放言》中有云：「大隱隱跡，市隱隱心。二者非有異同。
　　　客曰：何謂隱心？予曰：人之心不澹，則生豔想；人之欲不靜，則生競心。
　　　二者非隱心也。心喜榮華，即思美其田宅，庇其妻子，盛其服食玩好，澹則
　　　無之矣；心喜奔競，即思廣其交遊，炫其學問，逞其博辨雄談，靜則泯之矣。
　　　好靜者，心若枯禪，情同止水，燎之無炎，激之不氾，隨緣而已；好澹者，
　　　竹几藤床，疏梅澹石，茶灶藥爐，衲衣襆被，安分而已，安分隨緣，悅情適
　　　性，是曰心隱。若必買山而居，築室而處，志在林泉，心遊魏闕，則終南有
　　　捷徑之譏，北山多移文之誚，吾恐慕爲隱者之非隱也。」（《客牕閒話·問隱
　　　士》）大抵文人寄居江南多爲「市隱」的形態，而夏氏則強調市隱隱心，即安
　　　分隨緣，以素樸恬澹的事物爲寄託，達到悅情適性的目的。

指出元末明初文人活動的情形：

> 元末在蒙古統治下的江南，產生了無數的新型『文人』。他們以楊維
> 楨、倪瓚等人為代表，到處呼朋喚友，成群結社，互相切磋，從事
> 於文學藝術的創作活動。〔註4〕

又說：

> 他們既然與政治無緣，便只好專心致力於文學或藝術的創作。他們
> 甚至要求自己不進官場，以便保持平民的身份。而且為了做『文人』
> 藝術家，他們在日常生活裡，往往故意矯情任性，顯示與眾不同，
> 所以在言行上，難免有不合常理常情的荒誕作風。〔註5〕

到了明朝中葉，蘇州一帶出現了沈周、徐禎卿、祝允明、唐寅、文徵明、桑
悅等以狂放不拘、倜儻風流自居的文人名士。〔註6〕尤以沈、文二人以布衣庶
士的身份贏得才名，每以詩文書畫聞見於時，其所呈現的成就，遠非由科目
登第的翰苑諸公所能企及。〔註7〕這不僅顯示出昔日縉紳官僚舞文弄墨的專利
已逐漸為民間文學藝術所取代，〔註8〕同時也說明江南人文萃集的盛況。此種
現象一直持續到晚明，受挫於制科的文人仍不斷地湧入江南各城鎮，以為游
離寄居之所，而此時這些江南名士已逐漸成為社會的一個階層，這一階層文
人不僅躍居晚明文學界的主角，亦成為明末出版界的主要生產者和消費者，

〔註4〕 文見日人吉川幸次郎《元明詩概說》（鄭清茂譯，台北：幼獅出版社，1986）
　　　　第三章第三節「文人的產生」。
〔註5〕 同前註。
〔註6〕 《元明詩概說》中指出，沈周曾作詩云：「納納乾坤內，秋風自布衣」，充分
　　　　表現出一介平民，自由自在，獨立天地的尊嚴；桑悅則自稱「江南才子」；唐
　　　　伯虎（寅）亦以「江南第一風流才子」自居，而唐與徐禎卿、祝允明、文徵
　　　　明等人，人稱「吳中四才子」（同註4，第五章）
〔註7〕 清人趙翼在《二十二史箚記》卷三十四「明代文人不必皆翰林」一則云：「唐
　　　　宋以來，翰林尚多書畫醫卜雜流，其清華者，唯學士耳。至前明則專以處文
　　　　學之臣，宜乎一代文人，盡出於是。乃今歷數翰林中，以詩文著者，唯……；
　　　　並有不由科目而才名傾一時者：王紱、沈度、沈粲、劉溥、文徵明、……沈
　　　　周、陳繼儒、……，或諸生，或布衣山人，各以詩文書畫，表見於時，並傳
　　　　及後世，迴視詞館諸公，或轉不及焉，其有愧於翰林之官多矣。」
〔註8〕 明末謝肇淛《五雜組》卷七中曾述及：「自晉、唐及宋、元，善書畫者往往出
　　　　於縉紳士大夫，而山林隱逸之蹤，百不得一，此其故有不可曉者，豈技藝亦
　　　　附青雲以顯耶？……蓋至國朝，而布衣處士以書畫顯名者不絕，蓋由富貴者
　　　　薄文翰為不急之務，溺情仕進，不復留心，故令山林之士，得擅其美，是亦
　　　　可以觀世變也。噫！」謝氏已注意到明朝擅書畫者多為布衣處士，與前朝之
　　　　出於縉紳者大不相同。

對於明朝文化的推展，頗具舉足輕重的份量。〔註9〕不過，隨著經濟的蓬勃發展，商人從事商品經濟活動與市井文人推展民間文學藝術二者彼此激盪結合，形成明末江南文化異於往古的面貌。文人與商賈間的往來日益頻繁，文人仕宦無緣，經濟無援，遂每以詩文書畫等藝術造詣博取商賈的青睞，以求資助供養，而富商鉅子亦樂於附會風雅，並以其財貨、藝術收藏及園林等爲籌碼，吸引士大夫與之交游。這種「士商滲透」〔註10〕的現象爲晚明所特有。周暉《二續金陵瑣事》中的一則對話適足以反映當時的情形：

> 鳳洲公（即王世貞）同詹東圖在瓦官寺中，鳳洲公偶云：新安賈人見蘇州文人，如蠅聚一羶。東圖曰：蘇州文人見新安賈人，亦如蠅聚一羶。鳳洲公笑而不答。〔註11〕

籍隸江蘇的王世貞早就注意到這種士商合流的現象。此外，精於賞鑒的董其昌與陳繼儒二文人對富家子的嘲諷，更能貼切而有趣地將這種士商依存的關係呈顯出來：

> 董玄宰三楚督學歸，怡情赴宴，一舊族子驟富，倣名公家營構精舍，中藏書畫、鼎彝、琴棋、玩好之物，充物無序，又與算格、法馬、帳簿等交互錯置。因邀玄宰、眉公與張侗初輩花會談敍，飯後引入清談。主人各爲誇指某物，矜所自來，某爲的係眞蹟，某件價值多少，玄宰閉目搖首曰：太多太多，穢雜矣！主人領意，急令各去其豐，又問玄宰：眼前清曠否？仍曰：正未正未！再爲割情裁減，幾至於無，復問：如何？玄宰目眉公曰：兄意以爲暢適否？眉公曰：畢竟不潔淨。玄宰曰：曉人。主人曰：如此尚多，乞示何法？玄宰曰：更無別法，如吾兄亦去之可耳。滿堂大噱。〔註12〕

姑不論此則記載眞實與否，卻頗能如實指出當時的風尚。富人資購書畫玩物，必賴名家賞鑒品題，藉以肯定自身品味的雅俗，而文人亦得以其一技一藝求售於時。當此之際，「蘇州文人」與「新安賈人」成爲最具代表性的士商群體。

〔註 9〕 布衣文人在明代文化界的重要性，從明末徽人閔士行編輯有明三百年布衣之詩之舉可得知（閔氏此舉見載於清周亮工《書影》卷六、《四庫全書總目提要》卷一百八十，集部別集類存目七「射堂詩鈔」條，及潘介祉《明詩人小傳稿》「閔士行」條等等）。

〔註10〕 語見劉志琴《商人資本與晚明社會》一文（《中國史研究》第二期，1983）。

〔註11〕 周暉《二續金陵瑣事》，見《筆記小說大觀本》。

〔註12〕 文見《花村看行侍者・花村談往》卷二「封君公子」（大華印書館影持靜齋舊藏足本）。

在士人高蹈的江南諸城市中，向有文人淵藪之稱的蘇州，又成爲引領時代風尚的領袖，〔註 13〕舉凡文學藝術、言語行動，乃至於衣服食物，莫不成爲效尤的對象。明末范濂、周文煒、張岱等人便曾語重心長地道出時人效顰的情形：

> 學詩、學畫、學書，三者稱蘇州爲盛，近來此風沿入松江。朋輩皆結爲詩社，命題就草，其間高才美質，追蹤先輩者，豈曰盡無，而間有拾得宗子相、屠長卿涕吐，湊泊俚語，便號詩人者，抑何其多也。其他字畫，災紙災扇者，不可勝道，苟爲縉紳物色，即自列千古名家，曰：某爲米，某爲趙，某則大癡、叔明也。嗟嗟！何古人曠世一見者，而今且比比於松耶？……（范濂《雲間據目抄》卷二）

> 今人無事不蘇矣，東西相向而坐，名曰蘇坐。主尊客上，客固辭者再，久之，曰：求蘇坐。此語大可嗤，三十年前無是也。坐而蘇矣，語言舉動，安得不蘇？……（周文煒《尺牘新鈔二集·藏弆集》卷八、《與壻王荊良》文）

> ……且吾浙人極無主見，蘇人所尚，極力摹仿。如一巾幘忽高忽低；如一袍袖，忽大忽小。蘇人巾高袖大，浙人效之；俗尚未遍，而蘇人巾又變低，袖又變小矣。故蘇人常笑吾浙人爲『趕不著』，誠哉其趕不著也！不肖生平崛強，巾不高低，袖不大小，野服竹冠，人且望而知爲陶庵，何必攀附蘇人，始稱名士哉？（張岱《瑯嬛文集》卷三、《又與毅儒八弟》文）

〔註 13〕明末流行「蘇意」一詞，據薛岡《天爵堂筆餘》卷一中云：「蘇意非美談，前無此語，丙申歲（萬曆二十四年）有甫官于抗者，笞窄襪淺鞋人枷號示眾，難于書封，即書：蘇意犯。人人以爲笑柄，轉相傳播，今遂取一骹希奇鮮見，動稱蘇意，而極力效法，北人尤甚。北宋末，慕江南風景，創花石綱，內庭皆作白板黃茅，野橋材店，則蘇意之不宜效法，而宜痛禁明矣。」，另外，錢希言《蘇意》卷三《戲瑕》，則轉引華亭宋楙澄之說曰：「其同鄉許公樂善先生爲西臺御史時，方掌河南部，有新選駙馬詣臺考論一篇，此命題於外，隔三日送進，蓋國家虛設故事也。許遂於其論義復批：『大有蘇意』四字，蓋稱其文氣得三蘇意味耳。此批亦元無緊要，不虞一時爲長班傳出，傳者、聽者並誤作蘇州之蘇解；至是臺省卿守及館中諸人，無不交口稱蘇意，沿爲常談，復至聞於禁掖，至尊亦言蘇意，六宮之中無不蘇意矣。蘇意者，言吳俗脫略不拘也。……」
薛、錢二人雖對「蘇意」一詞的源起及其詞意說法不同，但都指出了此語的盛行。而以錢氏爲「蘇意」下的注解尤能符合當時「無事不蘇」一以蘇州爲一切行爲的學習對象的盛況。

從學詩與書畫的風氣由蘇州傳沿入松江和客人之執著於「蘇坐」、浙人於蘇人服飾衣著的亦步亦趨來看，均足以說明當時潮流之所趨。〔註14〕明末的蘇州，顯然已成為當時的文化中心。而士商合流的風尚，亦多起始於蘇州，而後披靡四圍城鎮，形成明末江南文化的新風貌。〔註15〕

明清鼎革，國家易主，滿漢變位，許多明末遺民文士紛紛避居於江南。他們一反過去因科場不得志而縱情都市風習，追逐藝術賞玩的生命情態，個個皆以孤臣孽子般的悲憤心情尋求反清復明的救亡之道，或積極舉幟抗清，參加起義，或消極誓死不受清廷開科徵薦式的牢籠收買，到處瀰漫著「頭可斷，髮不可薙」的民族正氣，於是江南地區遂由「去朴從豔」、「好新慕異」〔註16〕的奢靡之風一變而為群雄萃集、丹心護明的揭竿之地了。不過，清初國勢底定後，以攻心為上的懷柔政策，使江南的抗清意識逐步瓦解，儘管當時仍有如金聖嘆、倪用賓等寧死不屈、風骨凜然的士子文人，〔註17〕但是在順治、康熙帝有計劃地爭取漢族地主的支持，並開科取士，為漢族知識份子大開仕進之門，大張利祿之網的籠絡下，亡國之痛便逐漸在江南文士圈中湮消泯滅。〔註18〕不久，隨著清朝政權的穩固，及工商業的復甦和發展，〔註19〕江南社會重又回到「華侈相高」的老路上了。

道光年間，中國與西方的衝突愈演愈熾，夷夏之防的危機意識又再度升高，求新求變的圖存之道已不僅出於江南名士的患難與共，而更擴及於全國各地。不過，由於通商口岸的開放，江南各省的經濟更為發達，都市化的發展促使文人與商賈的關係更形密切，唯此時的工商合作不再只是附會風雅，而有交相求利的成份在內。王雪香身處此環境中，其與書商的關係未始不是如此！

〔註14〕 儘管范濂、周文煒、張岱諸人於文中力聲竭呼勿效蘇人，卻仍擋不住此風之盛行，可見當時競效蘇風的程度。

〔註15〕 上述所言明末江南社會狀況乃參見陳萬益《晚明小品與明季文人生活》一書（見同第二章第二節，註40，頁37～83）。

〔註16〕 語見劉志琴《晚明城市風尚初探》一文中（上海：復旦大學《中國文化研究集刊1》1984年3月）。

〔註17〕 順治十八年（1661），江蘇吳縣知縣任淮初濫施刑法，貪賄浮徵，諸生金聖嘆，倪用賓等十八人，乃借順治帝之死訊，糾結聚眾以抗之，巡撫朱國治聞訊，上報朝廷，遂將士子們凌遲處死。於小說評點學有增益之功的金聖嘆，臨死前還口賦一絕云：「天公喪母地丁憂，萬里江山盡白頭。明日太陽來作吊，家家檐下淚珠流。」滿清便是在鎮壓與籠絡雙管齊下完成滿漢一統的大業。事見「清朝史話」（台北：木鐸出版社，1988年9月版）頁84。

〔註18〕 關於清廷籠絡地主文人的政策，見同前註，頁81～84。

〔註19〕 關於清初工商業的復甦和發展情形亦可參見同註17，頁117～122。

　　江南既爲人文鼎盛之區，其藏書之豐、刻書之盛，自不待言，而蘇州又是江南重要藏書之鄉與全國刻書中心之一。以清代爲例，當時藏書之豐首推吳縣黃丕烈。葉德輝先生便曾記載當時黃氏藏書之始末：

> 國朝藏書尚宋元板之風，始於虞山錢謙益絳雲樓、毛晉汲古閣……乾嘉時，則有張金吾愛日精廬、黃丕烈士禮居，專收毛、錢二家之零餘。……黃氏時收時賣，見於士禮居藏書題跋記者，必一一注明其源流。當時久居蘇城，又値承平無事。書肆之盛，比於京師，今於記中考之，有胥門經義齋胡立群、廟前五柳居陶廷學子蘊輝、……其時書肆中人，無不以士禮居爲歸宿。晚年自開滂喜圖書籍鋪於玄妙觀西。是年八月病卒，時道光五年乙酉，年六十三歲。卒後二十餘年，赭寇亂起，大江南北，遍地劫灰，吳中二、三百年藏書之精華，掃地盡矣。幸有常熟瞿氏鐵琴銅劍樓保守其子遺，聊城楊氏海源閣收拾餘爐……〔註20〕

又清代藏書家多喜刻書，如黃丕烈刻有宋嚴州本儀禮鄭注、汪士鐘刻有宋景德本儀禮單疏及元泰定本孝經疏等。虞山藏書家張海鵬在其藏書記事詩中曾論及刻書之功云：

> 藏書不如讀書，讀書不如刻書。讀書以爲己，刻書以利人。上以壽作者之精神，下以惠後來之修學，其道更廣。〔註21〕

此說雖稍嫌偏頗，卻對當時刻書之風行頗有裨益。中國雕板印刷始於唐代，初時是基於社會大眾的迫切需要，及五代方由國子監刊刻經典而大盛。〔註22〕至宋代得到全面的發展，無論中央、地方、私人或書坊無不從事雕板印刷工作，數量多，範圍廣，出品精，而當時雕版中心除首都汴梁外，尚有浙江杭

〔註20〕文見葉德輝《書林清話》（見同第三章，註4）「吳門書坊之盛衰」條，頁254。

〔註21〕轉引自清代葉德輝《書林雜話》中淨雨《清代印刷史小說》一卷（見同第三章，註3）。

〔註22〕葉德輝先生曾指出世謂刻書始於五代馮道之非：「據唐柳玭家訓序云：中和（唐僖宗）三年癸卯夏，……余爲中書舍人，旬休，閱書於重城之東南。其書多陰陽雜記、占夢、相宅、九宮五緯之流。又有字書小學，率雕板印紙，浸染不可曉。是爲書有刻板之始。……世言雕板印書始馮道，此不然。……特當時所刻印者，非經典四部及有用之書，故世人不甚稱述耳。」（見同第三章註4「書有刻板之始」條，頁19）張舜徽先生便直接說雕板印刷的技術，「必然先流行於下層社會，印切合生活之物。凡屬社會大眾迫切需要的書籍，就首先刊印流傳」（見張氏《中國文獻學》，頁67，台北：木鐸出版社，1983年9月版）。不過至五代馮道始刊印經書，方爲人所稱述。

州、福建建陽及四川眉山等地,形成三個強而有力的文化區域,可知宋時刻書,江南已占有一席之地。北宋國子監刻經、子、史、集及醫、算等書,多在杭州開雕,宋時監本,幾乎是浙本。南宋遷都於杭州,其刻書更舍此無他處。元代杭州仍爲全國性的雕版中心。至明代,杭州雖仍爲刻書中心之一,不過其重心已移往蘇州。明胡應麟《少室山房筆叢》甲部《經籍會通四》即云:

> 凡刻之地,有三:吳也,越也,閩也。……其精,吳爲最;其多,閩爲最,越皆次之。其直重,吳爲最;其直輕,閩爲最,越皆次之。
>
> 〔註23〕

又曰:

> 葉(少蘊)又云:天下印書,以杭爲上,蜀次之,閩最下。余所見當今刻本,蘇、常爲上,金陵次之,杭又次之。〔註24〕

明時蘇州已成爲刻書重鎮,於此便可窺知。清時,書坊刻版仍盛行於江南,而亦以蘇州居首:

> 上海未開商埠前,書業盛在蘇閶,而以掃葉山房歷史最久:遠在明萬曆年間,松江席氏買下有名的毛氏汲古閣二十二史等書板,與蘇人洪、謝、陸三人合資在松江開辦掃葉山房;不久移設蘇州閶門內。
>
> 〔註25〕
>
> 清時書坊刻書之多,莫如蘇州席氏掃葉山房,如十七史、四朝別史、百家唐詩、元詩選癸集,其最著者。〔註26〕

王雪香身居刻書盛極一時的蘇州,其評點自然很容易刊行問世,再加以洋人叩關,門戶開放導致鉛印、石印等印刷術的大量傳入,其推廣當更順利無礙了。

除上述所言,雪香得地緣之便,對其文人內涵的蘊育及其評點本的出版與銷行有一定的助益外,就《紅樓夢》一書而言,假定作者爲曹雪芹,那麼曹家與江南的關係及《紅樓夢》書中所表現的南方南事,便又爲雪香評紅的流傳提供了有利的條件。

〔註23〕文見葉德輝《書林餘話》卷上(台北:世界書局,1983年10月四版),頁9所引。
〔註24〕同註22,頁11~12所引。
〔註25〕見同第三章註3,王漢章《刊印總述》一卷,頁35,所引葉九如先生語。
〔註26〕語出孫毓修《中國雕版源流考》,同前註。

　　曹雪芹的曾祖曹璽，因其妻孫氏曾爲康熙帝玄燁的幼年保母，故頗受皇室倚重。康熙二年（1663），曹璽由京出任江寧織造，從此與江蘇地方結下不解之緣。當時織造的任務除管理染織，採辦物資之外，兼有溝通滿漢，了解當地吏治民情之責，此即前述清初攻心懷柔政策的手段之一。曹璽即以江寧織造的身份在江南從事滿、漢疏通整合的工作。他於南京到任後，即廣交明末遺民、文人墨客，以詩酒相會，努力爭取漢族知識份子的認同，爲推展康熙帝籠絡滿漢民族的計畫不遺餘力。曹璽卒後，康熙帝仍命其子在江寧織造任上繼續從事滿漢一統的工作。他通過詩詞曲賦、琴棋書畫等文化媒介，廣泛聯絡漢族感情，成效相當卓著。當時曹寅「主持風雅，四方之士多歸之」，「及公轄鹽務於兩淮，金陵之士從而渡江者十八九」。〔註27〕《乾隆江都縣志·曹寅傳》中即載稱其政績云：

> 曹寅字棟亭，滿洲人。洽聞彊記，讀書能撫華尋根，詩尤精粹。時商邱宋牧仲舉撫循三吳，寅與之建幟騷壇，名譽相垺，東南才士咸樂游其門。視鹺兩淮，閱歲一更，歷四任，而善政頗著，商民多謳思之。〔註28〕

其實康熙帝雖意欲曹寅影響江南遺民文士，以達歸順一統的目的，但是日與江南名士交游的結果，反使曹寅逐漸融入江南文化的脈動中，俯仰之間，浸染已深。其後曹顒、曹頫等又祖述其職，直到雍正五年（1727）因抄家而北返，方結束六十年的江南生活。〔註29〕儘管當時雪芹尚幼，但世居江南的曹家卻已早襲南風，染有南味，這對雪芹的創作不無影響，因此在《紅樓夢》中便自然而然地反映了不少江南的風貌。〔註30〕

〔註27〕語見程廷祚《青溪文集》卷十二《先考被齋府君行狀》，頁23。
〔註28〕文見乾隆八年刻本《江都縣志》卷十四《名宦傳》，頁14。
〔註29〕從曹璽於康熙二年（1663）由京出任江寧織造起，至雍正五年（1727）抄家北返止，前後共達六十五年。不過其中康熙二十四年（1685）五月曹寅扶父柩返北京，在京滯留五年，直到康熙二十九年出任蘇州織造，始回到江南，因此曹家實際在江南生活了六十年。六十年中，有二年在蘇州，五十八年在江寧。上述所云曹家諸事均參見吳新雷、黃進德《曹雪芹江南家世考》一書，福建：人民出版社，1983年9月版。
〔註30〕其實《紅樓夢》中反映了不少江南風貌，除了作者家世久浸南風的影響外，可能也有京都『南風』的成份在內。亦即北京地區可能早已存在著不少江南的風俗，因此書中的南風並不完全得自家庭的薰染。而關於京都『南風』的形成，鄧雲鄉先生分別就歷史、政治、經濟、社會各方面探究其原因、分析頗切。見鄧氏《紅樓風俗譚》（台灣：中華書局，1989年12月版）頁463～466。

　　雪芹筆下的《紅樓》主要人物多出生於金陵，而黛玉、妙玉等又祖籍蘇州，大觀園十二女伶從蘇州採買得來，連男女奴僕也多是從南方帶入京都，因此《紅樓夢》中描繪了不少有關江南的生活情調和飲食風味。例如三十一回寫怡紅院乘涼情景：「只見院中早把乘涼的枕榻設下」、「起來讓我洗澡去。襲人麝月都洗了，我叫他們來」等語，均是形容江南人的生活習慣，北方則少見；七十回寫黛玉、探春等人放斷風箏，正應合江南諺語「三月放個斷線鷂」；四十九、五十回寫「白雪紅梅」，把江南二月春雪紅梅與北京十月頭場雪結合起來，用浪漫化藝術手法反映江南風物；二十七回敘「四月二十六日芒種節祭餞花神」，即用移花接木的手法，把江南花朝花神生日的風俗妝點在大觀園芒種節日中；三十五回寫夏日的瀟湘館：「只見窗外竹影映入紗窗，滿屋內陰陰翠潤，几簟生涼」、三十八回寫八月桂花樹下吃酒，均體現十足的江南情調。〔註 31〕又如大觀園中的大宗陳設、桌圍、椅披等繡貨皆來自江南，腳爐、手爐、春凳、腳踏等類均屬南方物品，五十一回晴雯提及的「湯婆子」，則是南方多令家常取暖用品。此外，黛玉的「龍井茶」（八十二回）、王夫人給寶玉吃的「花露」（三十四回）及寶玉受笞後想飲的「酸梅湯」（三十四回），均是江南的名茶良飲；二十回襲人患病吃「米湯」，是南方人一種很好的調養方式，而紫鵑替黛玉熬的「江米粥」（八十七回）、寶玉送給湘雲吃的「桂花糖蒸新栗粉糕」（三十七回）、史太君兩宴大觀園時的點心「藕粉桂糖糕」（四十一回）、賈母陪劉老老逛大觀園時丫鬟送呈的「油炸螃蟹小餃兒」（四十一回），及蘆雪庭眾人爭聯即景時李紈命人蒸送的「大芋頭」（五十回）等等，都是江南有名的粥糕點心；鳳姐給趙嬤嬤吃的「火腿燉肘子」（十六回）、薛姨媽家中的「糟鵝掌鴨信」（八回）、賈母招待劉老老的「茄鯗」（四十一回）、蘆雪庵裡賈母嚐的「糟鵪鶉」（五十回）、柳嫂子為芳官送來的「醃的胭脂鵝脯」、「蝦丸雞皮湯」、「酒釀清蒸鴨子」（六十二回），以及賈政孝敬賈母的「雞髓筍」（七十五回）等，亦為道地的江南美味菜肴；又令湘雲醉眠芍藥裀的「惠泉酒」（六十二回）、寶玉送給湘雲吃的「紅菱」（三十七回），亦屬江南名酒果品，而薛蟠生日時程日興送來的「鮮藕」（二十六回），不僅是產於江南的乾鮮果品，祝賀生日送藕，更是江南人的習俗。〔註32〕

〔註31〕關於《紅樓夢》中江南的生活情調，可詳鄧雲鄉先生《紅樓風俗譚》一書（同前註），頁 463～471。
〔註32〕上述有關《紅樓夢》中江南飲食風味乃參詳鄧氏書（同註 30，頁 473），盧興

　　《紅樓夢》故事既自姑蘇、金陵等地娓娓道來，又以賈母、鳳姐、黛玉等人魂歸故里作結，中間結合了許多江南的景物、習尚與風土人情，而人物的應談對答，也必須恰如其份地運用江南語音來表現，因此《紅樓夢》中也參雜不少南方話和南方口音。例如黛玉初見鳳姐時，賈母特以南京俗稱的「辣子」來形容鳳姐（三回）；黛玉哭吟「葬花詞」，運用吳語特有的人稱代名詞「儂」字（二十七回）；賈蓉稱鳳姐作「鳳姑娘」（十三回）、小廝趕著平兒叫「姑娘」，均是吳語區的習慣。〔註33〕又寶玉在情急之時，偏遇耳聾婆子，誤將「要緊」二字聽作「跳井」（三十三回），蓋南方話ㄥ、ㄣ不分，雪芹能想到用「緊」、「井」二字諧音來點綴故事，正表示他頗能掌握南方語音。又如，紅樓夢曲中的《終身誤》、用庚青韻的「平」、「盟」與侵尋韻的「林」、眞文韻的「信」爲韻腳，亦是基於南方崑腔而用韻。此外，如「尷尬」（四十六回）、「促狹」（二十五、四十、六十二回）等詞均是江南方言，「賣油的娘子水梳頭」（七十七回）則屬江南諺語。〔註34〕

　　太平閒人張新之曾謂《紅樓夢》「書中多有俗語巧語，皆道地北京話，不雜他處方言」，其實是他不懂得南方語音，或許這就是張新之評本不若雪香評本受歡迎的原因之一。早在脂批中便曾明白指出「此書中若干人說話語氣及動用前照飲食諸類，皆東西南北互相兼用」（庚辰三十九回批）。不過作者雖夾入一些方言俗語，卻是經過精心的選擇與錘鍊，再融入整部作品的文學語言之中，成爲不可分割的一個組成部分了。

　　　基《紅樓夢南方話考辨》（收于台北里仁書局出版的《曹雪芹與紅樓夢》中，頁431～432，1985年1月版），及秦一民《紅樓夢飲食譜》（台北：大地出版社，1990年元月版）等書。

〔註33〕《紅樓夢》三十九回「……又有兩個（小廝）跑上來趕著平兒叫『姑娘』」，庚辰本脂批云：「想這一個姑娘非下稱上之姑娘也。按北俗以姑母曰姑姑，南俗曰娘娘，此姑娘定是姑姑娘娘之稱。每見大家風俗，多有小童稱少主妾曰姑姑娘娘者。」脂批以爲「姑娘」一詞乃南北兼用之語。今人盧興基先生則提出吳語區無錫一帶即以「姑娘」稱呼姑母，因此以「娘娘」、「姑娘」稱姑母均是吳語區的習慣（見盧氏文，同前註，頁418）。

〔註34〕有關《紅樓夢》中的江南語音，則參見盧興基文（見註32，頁416～442）及周汝昌《曹雪芹和江蘇》一文（收于台北里仁書局出版的《曹雪芹與紅樓夢》，頁533～534，1985年1月版）。
　　　根據盧興基先生的說法，《紅樓夢》中的南方話，指的是南京、揚州一帶的下江官話和以蘇州爲代表的吳語方言。盧氏更引明末凌濛初《拍案驚奇》與《紅樓夢》作一比照，而輯取《紅樓夢》中之南方話共三十二詞，因前者大量使用吳語方言之故。

　　《紅樓夢》中既涵蓋許多江南風情與方言，那麼由一個土生土長的江南文士來評紅，必然獲得多數南方人的認同，這可能也是王雪香評本得以在江南文化圈中迅速流傳開來的重要因素。

第六章　結　論

　　王雪香評點是舊紅學時期的產物。由於「評點」的形式是依附於正文之內，因此比題詠、序跋、專著、雜記等評紅文字更易深入讀者心中。然自胡適施以八股瑣碎之譏後，小說評點學遂一蹶不振，乏人問津。於是原本經由徹底研讀、反覆玩味而得的某些真知灼見，乃闇而未彰，甚至連小說評點得以引起讀者共鳴的現象也被漠視了。因此研究小說評點學的正確態度，當在內容上力求「剔蕪存精」，不可一概抹殺；又應將小說評點還置於其歷史背景之中加以考察，以「知人論世」的原則研究小說評點，方能了解其時代的侷限性，並進而考見小說評點與當時讀者的互動關係。王雪香以「評點」表現他的紅學，而其紅學成就又建立在群眾基礎之上，因此若循「剔蕪存精」及「知人論世」二態度來研究王評，則其價值將不僅是紅學史上由脂批到王國維評論的過渡本而已。

　　王雪香評點之盛於一時，決非偶然，考其原因有二：一為雪香評點之內容時有精到平實之見，二為客觀環境的配合。如將全書百二十回分為二十一段，層次分明，使人一目了然，雖不夠科學，但卻頗平實，在當時猶為難得，而其視第五回為全書綱領，更是發前人所未發，是其精到之處；又如在人物品鑒上，雪香於欣賞寶釵賢德之餘，不忘記其尖利一面，而在抨擊黛玉心性之際，亦能解其靈慧之處，這在當時各執偏私之見論斷釵、黛優劣的環境中，是頗為可取的。又雪香以「真」、「假」二字作為全書關鍵，亦甚合書中旨意。此外，雪香雖對《紅樓夢》的創作手法及其審美風格推崇備至，但也進行摘誤的工作（護花主人摘誤部分，本文略而不提，蓋其多屬質疑性質），凡此皆可見雪香評點平實客觀及精到之處，故普獲認同。再加上客觀環境的配合，使王評本得以風行天下。

　　所謂「客觀環境」，即是雪香所處的歷史背景及其地緣關係。道光以後，外患頻仍，國家日益積弱不振，於是社會上彌漫著改革圖治的風氣，正統士人講求經世致用之學，主張對社會各方面進行改良和揭露，而一般善創作的文人則往往以諷刺、譴責之筆批判世情，形成晚清諷刺小說、譴責小說的盛行。當此之際，雪香掘發《紅樓夢》中的世態人情及勸懲垂誡之言，正符合多數人的希望。其與社會脈動相結合的結果，促成王評本的流行。此外，雪香居處江南文化薈萃之區的蘇州，不僅蘊育出雪香的人文素養，使他得以以其高度的藝術鑑賞力來評紅，而能通過出版商的鑑定合格，同時江南文化圈的繁榮與新印刷術的不斷輸入，更助長了王評本的流傳，加以《紅樓夢》作品中多敘南風，雪香以一個土生土長的江南文士身份來評紅，必然獲得多數南方人的認同，因此雪香評點始得以迅速地流傳開來。

　　以上均就其歷史、地理等客觀環境來推測王雪香評點得以在當時風靡天下的原因。不過本文的初探工作，因無法掌握雪香個人生平資料，不免有武斷妄臆之嫌，因此欲真正全面客觀的評述雪香紅學，致力於雪香生平資料之發掘應是當務之急。

參考書目

一、版本

1. 《王希廉評本新鐫全部繡像紅樓夢》（精裝八冊），台北廣文書局，1977 年 4 月。
2. 《增評補圖石頭記》（平裝五冊），北京中國書店，1988 年 2 月。
3. 《精校全圖足本鉛印金玉緣》（線裝八冊），台北廣文書局。
4. 《評註金玉緣》（平裝四冊），台北鳳凰出版社，1974 年 12 月。
5. 《紅樓夢》（三家評本），上海古籍出版社，1988 年 2 月。

二、專書

（一）史及史料

1. 《中國小說史》，范煙橋，台北長安出版社，1982 年 2 月再版。
2. 《中國小說史》，郭箴一，台北商務印書館，1988 年 2 月八版。
3. 《中國古代小說簡史》，談鳳梁，江蘇教育出版社，1988 年 5 月。
4. 《中國小說史略》，周樹人（魯迅），台北谷風出版社。
5. 《晚清小說史》，錢杏邨（阿英），台北天宇出版社，1988 年 9 月。
6. 《中國文學中的小說傳統》，西諦，台北木鐸出版社，1985 年 9 月。
7. 《中國文學批評史》，羅根澤，台北學海出版社，1980 年 9 月再版。
8. 《中國文學批評小史》，周勛初，台北崧高書社，1985 年 7 月。
9. 《清代文學評論史》，青木正兒著，陳淑女譯，台北開明書店，1969 年 12 月。
10. 《中國小說史論叢》，龔鵬程、張火慶，台北學生書局，1984 年 6 月。
11. 《中國文學批評新論》，郭紹虞，板橋元山書局，1985 年。

12. 《清朝史話》，台北木鐸出版社，1988 年 9 月。

13. 《中國小說史料》，孔另境，台北中華書局，1982 年 3 月四版。

14. 《元明清三代禁毀小說戲曲史料》，台北河洛圖書出版社，1980 年 1 月。

15. 《關於江寧織造曹家檔案史料》，台北九思出版有限公司，1977 年 1 月。

16. 《李煦奏摺》，台北里仁書局，1985 年 8 月。

（二）考證

1. 《彙印小說考證》，蔣瑞藻，台北商務印書館，1975 年 3 月。

2. 《紅樓夢索隱》，王夢阮、沈瓶庵，台北中華書局，1983 年 7 月三版。

3. 《紅樓夢考證》，胡適、蔡孑民、吳相湘、李玄伯等，台北遠東圖書公司，1985 年 9 月。

4. 《水滸傳與紅樓夢》，胡適，台北遠流出版公司，1986 年 4 月。

5. 《紅樓夢研究》，俞平伯，北京人民文學出版社，1973 年 8 月。

6. 《俞平伯論紅樓夢》，俞平伯，上海古籍出版社，1988 年 3 月。

7. 《高陽說曹雪芹》，許晏駢（高陽），台北聯經出版公司，1982 年。

8. 《紅樓一家言》，許晏駢（高陽），台北聯經出版公司，1977 年。

9. 《漫談紅樓夢》，趙岡，台北經世書局，1981 年 6 月。

10. 《紅樓夢研究新編》，趙岡、陳鍾毅，台北聯經出版公司，1975 年。

11. 《紅學六十年》，潘重規，台北文史哲出版社，1973 年。

12. 《紅樓夢新解》，潘重規，台北文史哲出版社，1974 年 9 月。

13. 《紅樓夢考論集》，皮述民，台北聯經出版社，1984 年。

14. 《程刻本紅樓夢新考》，徐仁存、徐有爲，台北國立編譯館，1982 年 10 月。

15. 《曹雪芹江南家世考》，吳新雷、黃進德，福建人民出版社，1983 年 9 月。

16. 《曹雪芹的故事》，吳恩裕，台北里仁書局，1986 年 4 月。

17. 《藝林叢考》，翁同文，台北聯經出版公司，1977 年 6 月。

18. 《紅學耦耕集》，梅節、馬力，香港三聯書店，1988 年 1 月。

19. 《紅樓夢事蹟辨證》，壽鵬飛，上海商務印書館，1927 年。

（三）文藝美學

1. 《新編石頭記脂硯齋評語輯校》，陳慶浩，台北聯經出版公司，1986 年 10 月再版。

2. 《紅樓夢藝術論》（甲編三種），王國維、林語堂等，台北里仁書局，1984 年 1 月。

3. 《曹雪芹與紅樓夢》，余英時、周策縱等，台北里仁書局，1985 年 1 月。

4. 《紅樓夢的兩個世界》，余英時，台北聯經出版公司，1988 年 1 月。

5. 《散論紅樓夢》，吳世昌等，台北蒲公英出版社，1984 年 9 月。

6. 《紅樓夢與中國舊家庭》，薩孟武，台北東大圖書公司，1988 年 1 月三版。

7. 《紅樓夢的文學價值》，羅德湛，台北東大圖書公司，1983 年 9 月再版。

8. 《紅樓夢人物論》，太愚，台南金川出版社，1986 年 2 月。

9. 《紅樓人物的人格解析》，五嶽歸來更愛山（士銘散文選）合訂本，余昭，台北書華出版公司，1989 年 6 月。

10. 《紅樓夢研究》，康師來新，台北文史哲出版社，1987 年 3 月三版。

11. 《石頭渡海──紅樓夢散論》，康師來新，台北漢光文化事業公司，1981 年 4 月。

12. 《紅樓夢的語言藝術》，周中明，台北木鐸出版社，1985 年 1 月。

13. 《紅樓夢──迷人的藝術世界》，周中明，台北貫雅文化事業公司，1989 年 10 月。

14. 《從金瓶梅到紅樓夢》，徐君慧，廣西人民出版社，1987 年 10 月。

15. 《中國古典小說藝術欣賞》，賈文昭、徐召勛，台北里仁書局，1984 年 8 月。

16. 《古典小說藝術新探》，鄭明娳，台北時報文化出版公司，1987 年 12 月。

17. 《司馬遷之人格與風格》，李歷城，台北漢京文化事業公司，1983 年 3 月。

18. 《金聖嘆全集》（四冊），台北長安出版社，1986 年 9 月。

19. 《王國維文學及文學批評》，蔣英豪，香港中文大學崇基學院華國學會，1974 年 4 月。

20. 《王國維及其文學批評》，葉嘉瑩，台北源流文化事業公司，1982 年 6 月再版。

21. 《中國文學論集》，徐復觀，台北學生書局，1985 年 1 月五版。

22. 《晚清小說理論研究》，康師來新，台北大安出版社，1986 年 6 月。

23. 《晚明小品與明季文人生活》，陳萬益，台北大安出版社，1988 年 5 月。

24. 《晚清小說研究》，林明德，台北聯經出版公司，1988 年 3 月。

25. 《神話與小說》，王孝廉，台北時報文化出版公司，1987 年 9 月。

26. 《中國文學的世界》，前野直彬著、龔霓馨譯，台北學生書局，1989 年 1 月。

27. 《中國小說美學》，葉朗，台北里仁書局，1987 年 6 月。

28. 《中國美學史大綱》，葉朗，台北滄浪出版社，1986 年 9 月。

29. 《中國古代文藝美學範疇》，曾祖蔭，台北文津出版社，1987 年 8 月。

30. 《小說結構美學》，金健人，台北木鐸出版社，1988 年 9 月。

31. 《小說二十四美》，俞汝捷，台北淑馨出版社，1989 年 3 月。

32. 《小說理論》，楊恆達編譯，五南圖書出版公司，1988 年 11 月。

33. 《中國文學理論》，劉若愚著、杜國清譯，台北聯經出版公司，1985 年 8 月。

34. 《文化、文學與美學》，龔鵬程，台北時報文化出版公司，1988 年 2 月。

35. 《文學論》，韋勒克、華倫著，王夢鷗、許國衡譯，台北志文出版公司，1985 年 5 月再版。

36. 《文學欣賞與批評》，徐進夫譯，台北幼獅文化事業公司，1986 年 9 月十版。

37. 《中國文學批評》，方孝岳，台北清流出版社。

（四）其他

1. 《紅樓夢與中華文化》，周汝昌，台北東大圖書公司，1989 年 10 月。

2. 《紅樓夢飲食譜》，秦一民，台北大地出版社，1990 年 1 月。

3. 《紅樓風俗譚》，鄧雲鄉，台北中華書局，1989 年 12 月。

4. 《江蘇風物志》，周邨，台北明文書局，1988 年 8 月。

5. 《清代學術概論》，梁啟超，台北商務印書館，1985 年 2 月二版。

6. 《書林清話・書林雜話》，葉德輝，台北世界書局，1983 年 10 月四版。

7. 《中國文獻學》，張舜徽，台北木鐸出版社，1983 年 9 月。

8. 《話本楔子彙說》，莊因，台北聯經出版公司，1978 年 6 月。

9. 《文藝社會學》，Rebert Escarpit 著，顏美婷編譯，台北南方叢書出版社，1988 年 2 月。

10. 《墨林今話》，蔣寶齡，台北明文書局。

11. 《周作人先生文集》，周作人，台北里仁書局，1982 年。

12. 《湯顯祖集》，湯顯祖，台北洪氏出版社，1975 年。

13. 《校讎通義》，章學誠，台北世界書局。

14. 《曾文正公全集》，曾國藩，台北文海出版社。

15. 《韓昌黎詩繫年集釋》，台北學海書局。

16. 《鶴山先生大全文集》，台北商務印書館。

17. 《朱子語類》，台北漢京文化事業公司。

18. 《王原祁的山水畫藝術》，郭繼生，台北國立故宮博物院。

19. 《史通通釋》，唐劉知幾著，清浦起龍釋，台北里仁書局，1980 年 9 月。

20. 《青溪文集》，程廷祚，台北世界書局。

21. 《元明詩概說》，吉川幸次郎著，鄭清茂譯，台北幼獅出版社，1986 年。

三、選集（集刊、期刊）

1. 《紅樓夢卷》，一粟（周紹良，朱南銑）編，台北里仁書局，1981 年。

2. 《晚清文學叢鈔小說戲曲研究卷》，梁啓超等著，台北新文豐出版公司，
   1989 年 4 月。

3. 《中國古典小說論集》（二），夏志清等著，台北幼獅文化事業公司，1982
   年 5 月三版。

4. 《紅樓夢研究集》，幼獅月刊社主編，台北幼獅文化事業公司，1988 年 1
   月六版。

5. 《漢學論文集（三）晚清小說討論會專號》，政大中文系、中研所主編，
   台北文史哲出版社，1984 年 12 月。

6. 《中國古典文學研究叢刊·小說之部（三）》，柯慶明、林明德主編，台北
   巨流圖書公司，1985 年 5 月。

7. 《中國近代文學論著精選》，郭紹虞、羅根澤主編，台北華正書局，1982
   年 6 月。

8. 《中國古典文學論文精選叢刊》，樂蘅軍主編、康師來新助編，台北幼獅
   文化事業公司，1985 年 4 月再版。

9. 《中國文學講話（十）清代文學》，中華文化復興運動推行委員會國家文
   藝基金管理委員會主編，台北巨流圖書公司，1987 年 11 月。

10. 《古典文學第一～七集》，中國古典文學研究會主編，台北學生書局，1980
    ～1985。

11. 《中國古典小說研究專集（一～六）》，靜宜文理學院中國古典小說研究中
    心編，台北聯經出版公司，1979～1983。

12. 《首屆國際紅樓夢研討會論文集》，周策縱編，香港中文大學出版社，1983
    年。

13. 《紅樓夢大觀—國際《紅樓夢》研討會論文選》，國際《紅樓夢》研討會
    編委，香港《百姓》半月刊編輯部合編，香港《百姓》半月刊，1987 年
    9 月。

14. 《古典小說版本資料選編》，朱一玄編，山西人民出版社，1986 年 8 月。

15. 《中國文化研究集刊》，上海復旦大學編，1984 年 3 月。

16. 《紅樓夢學刊》，中國藝術研究院紅樓夢學刊編輯委員會編。

17. 《中外文學》（十二卷三期、十五卷四期、十二期、十六卷一期、六期），
    中外文學月刊社，1983 年 8 月—1987 年 11 月。

18. 《新地文學》（雙月刊）（一卷一期），1990 年 4 月。

四、學位論文

1. 〈紅樓夢中詩詞題詠之研究〉，顏榮利，台大中文，1975 年 6 月碩士論文。
2. 〈紅樓夢劇曲三種之研究〉，許惠蓮，台大中文，1976 年 6 月碩士論文。
3. 〈乾隆抄本百二十回紅樓夢稿研究〉，王錫齡，文化中文，1976 年 6 月碩士論文。
4. 〈紅樓夢中的建築研究〉，關華山，成大中文，1978 年 4 月碩士論文。
5. 〈紅樓夢脂硯齋評語新探〉，朱鳳玉，文化中文，1979 年 6 月碩士論文。
6. 〈紅樓夢隱語之研究〉，劉榮傑，文化中文，1979 年 6 月碩士論文。
7. 〈紅樓夢版本研究〉，王三慶，文化中文，1980 年博士論文。
8. 〈紅樓夢的文學背景研究〉，崔溶澈，台大中文，1983 年 6 月碩士論文。
9. 〈紅樓夢所反映的清代社會與家庭〉，李光步，政大中文，1983 年 6 月碩士論文。
10. 〈紅樓夢的主線結構研究〉，秦英燮，台大中文，1987 年 6 月碩士論文。
11. 〈韓文藏書閣本紅樓夢研究〉，金泰範，東海中文，1988 年 4 月碩士論文。
12. 〈紅樓夢年月歲時考〉，施鐵民，台大中文，1988 年 5 月碩士論文。

五、工具書

1. 《紅樓夢敘錄》，田于編，台北漢苑出版社，1976 年 8 月。
2. 《紅樓夢研究文獻目錄》，宋隆發編，台北學生書局，1982 年 6 月。
3. 《紅樓夢鑒賞辭典》，上海古籍出版社，1988 年 5 月。
4. 《紅樓夢辭典》，周汝昌主編，廣東人民出版社，1989 年 4 月。
5. 《中國古代文學理論辭典》，趙則誠等編，吉林文史出版社，1985 年 7 月。

附錄一：清代閨閣紅學初探
——以西林春、周綺爲對象

吳盈靜 〔註1〕

摘　要

　　《紅樓夢》創作動機之一是爲「閨閣昭傳」，書中儷影翩翩、群釵逞才的繽紛熱鬧及其紅顏福薄、壽亦不永的悲涼光景處處懾人魂魄，動人心神。而在紅學世界裡，以〝閨閣〞的身份體貼《紅樓》精神，進一步訴諸筆墨者自當不少，只是研究者甚少關注於此，或雖有及於此，卻無能自閨閣才女的眼光窺視之。本文乃試圖從閨閣的角度出發，挑取西林春、周綺二才女爲對象，探討清代閨秀的閱讀反應。至於選取此二人的主要原因是他們的紅學著作均曾流傳，且其身份正好形成滿／漢對比，又可作爲鮮明的參照。結果顯示，作爲滿清貴族的西林春遠比身爲漢人文士妻的周綺有更多的發揮空間及女性意識，但同具才女特質的他們，在閱讀紅樓之後，均以其纖敏的心思與審美的眼光締造出迥異於傳統文士的閨閣紅學。這種紅學中的閨閣之言實應予以正視，一如曹雪芹所云「閨閣中本自歷歷有人」，而不應「使其泯滅也」。

〔註1〕作者爲臺灣嘉義大學中文系副教授。

一、前言──小說內／外的閨閣群落

曹雪芹在十八世紀創作《紅樓夢》，書中營造了大觀園的閨閣世界，這個世界建立在花柳繁華地的富貴世家之中，舉凡行令猜謎、結社酬唱、吟詩撫琴、題詞作畫，無一不效傳統文人的應酬交遊之道。只不過園裏是女性的家庭式詩社，一旦成員中有人搬遷或出閨，將無法再接續此一風雅盛事，因爲園裏園外並沒有形成一道女性的文藝網絡，與男性文人的交流結社畢竟不同，所以紅樓才女們的創作其實是內省式的，是相對孤立的。此外，作者曹雪芹一方面突破傳統，強調爲「閨閣昭傳」的用心，塑造出幾位才華洋溢的異樣女子，一方面卻又籠罩在「女紅爲要」、「內言不出」的道學氛圍中，比如薛寶釵便曾耳提面命向湘雲、黛玉勸服：

> 這裏寶釵又向湘雲道：「詩題也不要過於新巧了。……究竟這也算不得什麼，還是紡績針黹是你我的本等。……」湘雲只答應著……（三十七回）

> 黛玉道：「好姐姐，你別說與別人，我以後再不說了。」寶釵見他羞得滿臉飛紅，滿口央告，便不肯再往下追問，因拉他坐下吃茶，款款的告訴他道：「……就連作詩寫字等事，原不是你我分內之事。……你我只該作些針黹紡織的事才是，……」一席話，說得黛玉垂頭吃茶，心下暗伏，只有答應「是」的一字。（四十二回）

在寶釵與湘雲夜擬菊花題之際、賈母兩宴大觀園行令之後，寶釵均有一番道德勸說，湘雲雖「只答應著」，但此刻的他對寶姐姐是極爲欽服的；而恃才傲物如黛玉者，則亦是「心下暗伏」，從此改善了他與寶釵之間的對立關係。爾後黛玉與探春二人又在香菱學詩的當下，正經以爲閨詩不能外傳：

> ……探春黛玉都笑道：「誰不是頑？難道我們是認眞作詩呢！若說我們認眞成了詩，出了這園子，把人的牙還笑倒了呢。」寶玉道：「這也算自暴自棄了。前日我在外頭和相公們商議畫兒，他們聽見咱們起詩社，求我把稿子給他們瞧瞧。他們都抄了刻去了。」……黛玉探春聽說，都道：「你眞眞胡鬧！且別說那不成詩，便是成詩，我們的筆墨也不該傳到外頭去。」寶玉道：「這怕什麼！古來閨閣中的筆墨不要傳出去，如今也沒有人知道了。」（四十八回）

曹雪芹筆下的寶釵、黛玉、探春、湘雲等人，俱是詩社中之佼佼者，但他們

仍服膺於傳統規範，即使擁有〝男兒身，女兒心〞的寶玉試圖將閨詩外傳，
也遭到嚴正拒絕。最後，寶釵在黛玉作〈五美吟〉後，乃對此下了個總結：

> 黛玉一面讓寶釵坐，一面笑說道：「……才將做了五首，一時困倦起
> 來，擱在那裡，不想二爺來了就瞧見了，其實給他看也倒沒有什麼，
> 但只我嫌他是不是的寫給人看去。」寶玉忙道：「我多早晚給人看來
> 呢。……我豈不知閨閣中詩詞字跡是輕易往外傳誦不得的。自從你
> 說了，我總沒拿出園子去。」寶釵道：「林妹妹這慮的也是。……倘
> 或傳揚開了，反爲不美。自古道『女子無才便是德』，總以貞靜爲主，
> 女工還是第二件。其餘詩詞，不過是閨中遊戲，原可以會可以不會。
> 咱們這樣人家的姑娘，倒不要這些才華的名譽。」（六十四回）

曹雪芹安排了一個曹大家式的，既逞才，又重德輕才的女性：薛寶釵，看似
兩相矛盾，其實正反映出當時閨秀的某些複雜心思。

　　始終居於〝第二性〞的女子，儘管普遍成爲中外人類初生神話的要角，
也幾爲人類智慧與創造力的來源，但在歷史的版圖上往往被邊緣化〔註2〕，於
是注定要有一段極爲漫長的等待，等待外在條件的具足，比如有受教育的機
會、有賢父兄之襄助、有風雅夫婿爲之點綴，乃至於母以子貴，有傑出後嗣
予以表揚等等〔註3〕。故從魏晉六朝第一批有意爲詩的才女〔註4〕，到明清以

〔註2〕關於男女地位的消長與發展，其實是個有趣的議題，可參見 THE　WOMEN´
S　HISTORY　OF　THE　WORLD，Rosalind Miles（《女人的世界史》，羅莎
琳・邁爾斯著，刁筱華譯。台北：麥田出版社，2000 年 8 月）書中探討從初始
的母性社會、女神崇拜，到陽物興起、父神形成，反過來宰制女性，最後興起
女權運動的過程。其中提到許多社會規範與法律係由男性制定，而男性發明這
些規範來制約女性，說明了男性有多麼焦慮，也暗示女性向來具有反抗力量，
拒絕完全服從（頁 135）。因爲許多留名青史的才女著作不斷提醒我們，女性始
終佔有過半數的人類智慧與創造總量──比如中國的班昭（集詩人、天文學
家、數學家、教育家於一身）、羅馬的 Fabiola（第一位女性外科醫師）等等（頁
97），另外還有希臘的 Aristoclea、Diotima、Aspasia of Miletos（分別是畢達哥
拉斯、蘇格拉底、柏拉圖三人之師），以及日本的紫式部（創作《源氏物語》）
等人（頁 165～166）──所以男性必須要以各種教條體制來壓抑女性，而在大
多數男性書寫的正史中，女性的史料記載亦始終是附屬的、被邊緣化了的。
〔註3〕胡文楷《歷代婦女著作考》（上海：古籍出版社，1985 年）中曾記載，洗玉清
談及才女成名的三條件：「其一名父之女，少稟庭訓，有父兄之提倡，則成就
自易。其二才士之妻，閨房倡和，有夫婿爲之點綴，則聲氣易通。其三爲令子
之母，儕輩所尊，有後嗣爲之表揚，則流譽自廣。」（頁 951～952）尤以前二
者佔多數。另一閨秀駱其蘭亦指出，閨秀從事創作，「非有賢父兄爲之溯源流，
分正偽，不能卒其業也。」或者「幸而配風雅之士，相爲唱和，自必愛惜而流

後閨秀競妍的場面，著實經歷一番思辨醞釀的過程〔註5〕。在曹雪芹的年代裏，女性終於可以自覺又自信的發言爲詩，提筆爲文。儘管如此，仍有些滿腹才學的閨秀受制於女子不宜爲詩，內言不出於梱的觀念，於是發生父兄賢夫欲刊行閨詩，卻遭來閨閣抗拒，或才女臨終之際，將畢生所作付之一炬的憾事〔註6〕。大觀園中的釵、黛等人，即反映出現實世界的部分眞相。不過小說內的閨閣縱才，只是一個既定的物質空間所形成的小小互動，而小說外的大千世界，則已隨著文學思潮的推衍、出版業的發達，以及袁枚、陳文述等文士的提倡，使名媛才女的寫作風氣十分盛行，且互動頻繁，更有婦女作品專集、選集的出版，這是一股擋不住的時代風潮。當然，《紅樓夢》在這些閨秀間必定是歡喜捧讀的，也因此「閨閣紅學」必然存在，諸如編選《閨秀正始集》，有「女中之儒」之稱的惲珠，以及陳詩雯、徐畹蘭、宋鳴瓊、丁采芝、張秀端、孫蓀意、吳藻、汪淑娟等人，均有紅樓題詠詩的創作。但現今的紅學研究中，關於閨閣紅學的議題仍有待開發。或許閨閣中的紅學筆墨遠不及卓然有成的紅學家言，然卻代表紅樓一半讀者（也許更多）的閱讀反應，更可由此得見女性品評爲女性發言的《紅樓夢》，與男性的閱評有何差異。

　　本文挑取西林春、周綺二才女爲對象，作爲閨閣紅學研究之始，主要原因是他們的紅學著作均曾流傳，且其身份正好形成滿／漢對比，可作爲鮮明的參照。

二、才、德相成──西林春與周綺的閨秀特質

　　中國傳統才德觀往往有〝重德輕才〞的傾向，因爲以德爲本，重視內在修養是中國文化的精髓要妙，所以「君子先愼乎德」（〈大學〉）、「才過德者不

　　　傳之，不至泯滅。」（頁939）本文中所討論的西林春與周綺，其成名條件概屬第二種。

〔註4〕魏晉六朝開始重視吟詩弄文，視爲「不朽之盛事」，因此才女們逐漸受到表彰，此時的才女大多家學淵源，如謝道韞（謝安姪女）、鮑令暉（鮑照妹）、沈滿願（沈約孫女）等，她們是第一批有意爲詩的才女。參見康正果《風騷與艷情》一書，台北：雲龍出版社，1991年2月，頁354。

〔註5〕參見劉詠聰《德才色權──論中國古代女性》一書（台北：麥田出版股份有限公司，1998年6月），頁165～309。劉書從儒學典籍、歷代文論以及明清文人名媛諸作討論女性的才德問題，大抵可略窺才女從被貶抑到逐漸發聲，乃至於大放異彩的坎坷進路，其中尚可見出才德問題在閨閣心中的糾結拉扯。

〔註6〕詳見鍾慧玲《清代女詩人研究》一書（台北：里仁書局，2000年12月），頁307～315。書中臚列不少清代名媛主張婦人不以筆墨見長，並嚴守內言不出之訓的相關材料。

祥」（〈伊川先生語〉）、「德勝才謂之君子，才勝德謂之小人」（司馬光《資治通鑑・周紀・威烈王二十三年》）、「德爲才統，才以德重」（張雲璈〈黔江縣知縣李石浦先生墓誌銘〉）、「德者才之主，才者德之奴」（洪自誠《菜根譚》一三九條〈應以德御才，勿恃才敗德〉）。既以〝德本才末〞作爲儒生士子的生活準則，那麼對於閨閣女子，則更以此爲標的，甚至認爲「才藝足爲婦德之累」（王漁洋《池北偶談》卷九〈談獻五・兩蕭后〉），而進一步要求「女子無才便是德」（陳繼儒《安得長者言》葉一上）了。當然，這種嚴苛的標準已被張潮、李漁等人質疑反駁〔註7〕，才與德不一定存在必然的對立，甚且還有「德以達才，才以成德」（《女範捷錄》）的相互作用。但才女們仍必兼有德，方能贏得眞正的讚譽，而閨秀也常以「務使才與德，相成毋相妨」（張淑蓮〈孫女輩學詩書示〉）自期。西林春與周綺二人，即具有〝才德相成〞的閨秀特質。

（一）閨閣出身：滿女貴族室／漢女文人妻

　　西林春（1799～1876）與周綺（?-?）二人的出身背景各有異同。前者爲北方滿人，後者爲南方漢女；前者爲貝勒側福晉，係皇室宗親，後者爲文士妻，身處江南文化圈。他們均爲能詩善畫的閨秀，也都曾擁有夫妻唱和相隨的幸福生活，而其生命之始同樣充滿哀傷的基調，前者乃罪人之後，只能託言顧姓（故又稱顧春）；後者則爲遺腹子，隨母依舅氏。

　　關於西林春的身世，曾是一段隱晦不彰的歷史面紗，經過前人不斷的考訂修正，大抵謂其乃漢化極深的鄂爾泰家族之後，係甘肅巡撫鄂昌的孫女，姓西林覺羅氏，字梅仙，號太清，滿洲鑲藍旗人，自署名「太清西林春」〔註8〕。他系出名門，卻因祖父受文字獄獲罪自盡，而其父母又早殁，故有一段坎坷的

〔註7〕 張潮《幽夢影》卷下有曰：「昔人云婦人識字多致誨淫，予謂此非識字之過也。蓋識字則非無聞之人，其淫也人易得而知耳。」李漁《閒情偶寄》卷三〈聲容部・習技第四〉亦言：「『女子無才便是德』，言雖近理，卻非無故而云然。因聰明女子失節者多，不若無才之爲貴。……吾謂才德二字，原不相妨，有才之女，未必人人敗行；貪淫之婦，何嘗歷歷知書？但須爲之夫者，既有憐才之心，兼有馭才之術耳。」張、李二人對女子才德之論頗爲持平有見地。

〔註8〕 見金啟孮〈滿族女詞人顧太清和《東海漁歌》〉一文（《滿族文學研究》1，1982年，頁4～9），金氏乃根據《榮府家乘》與《愛新覺羅族譜》考訂得來，可信度高。另有劉素芬〈文化與家族——顧太清及其家庭生活〉（《新史學》七卷一期，1996年3月）一文則認爲西林春應作鄂春，因爲鄂爾泰家族漢化極深，都依漢人之法命名，以鄂爲姓，倘喚作西林春，則犯了漢人指姓命名之誤。他並指出，其自署「太清西林春」，實爲混淆世人耳目（頁39），但他並未進一步說明理由，故本文仍從金說。

童年。不過這段坎坷歲月，卻促成了他北人作南游的生活閱歷。

他自幼長於北京，十一歲出京南下，曾遠至閩海，十二歲時到達黛玉的故鄉揚州，前後亦曾抵浙江、廣東一帶。但不知何時北返，至二十六歲（道光四年，1824）嫁入皇室，成爲奕繪側室。能文善武的奕繪，乃乾隆曾孫，是乾隆第五子榮親王永琪之孫，榮郡王綿億之子，從此西林春終於展開眞正的貴族生活〔註9〕。而儘管是妾的身份，但感覺細膩、宅心仁厚、樂觀開朗、知所進退的特質使他得以穩定和諧的與人相處，甚至與正室妙華夫人亦極爲融洽。他的表現，正是一位大家閨秀的嫻淑氣質。〔註10〕

不僅如此，他還貌美善騎，孫靜庵《栖霞閣野乘》有云：

> 太清貌絕美，嘗與貝勒雪中并轡游西山，作内家妝，披紅斗篷，于
> 馬上撥鐵琵琶，手白如玉，見者咸謂王嬙重生。〔註11〕

將西林春比爲王昭君，可見其貌美。而其雪中披紅斗篷的模樣，不禁令人聯想起《紅樓夢》中的可人兒薛寶琴。至於他與夫君的并轡騎馬，則說明了他的滿族血統與伉儷情深。

西林春與奕繪貝勒的婚姻生活是令人稱羨的，在妙華夫人仙逝後，他們便常一起作詩、塡詞、題畫，高雅賢淑的才女配上博學多才的貝勒，確是人間仙偶。而尤爲難得的是，他們雖深處富貴之中，卻同嚮往閑適自然的生活形態，所以前者有「太清」之稱，後者則有「太素」之號；前者作《東海漁歌》，後者則著《南谷樵唱》。這清／素、東海／南谷、漁歌／樵唱的對仗，正是他們心境淡雅的表徵，也是美滿生活的見證。當然，我們更可從中明瞭奕繪體貼才女之心，他們的逞才，是平等的，沒有主從之別，所以西林春能揮灑出屬於自己的文學天空，或許如此的對待關係，正是豪邁的滿人不同於拘守禮法的漢人之處吧！可惜奕繪中年亡故，西林春哀痛之餘，又因與妙華夫人長子載鈞有庶嫡衝突而被逐出府邸〔註12〕，在外營生，撫孤育兒，倍嘗

〔註9〕 關於西林春的南游經驗，乃參考劉素芬文（同上註，頁46～49）。

〔註10〕 參見黃嫣梨〈顧太清的思想與創作〉一文，收入《妝臺與妝臺以外——中國婦女史研究論集》（黃嫣梨著，香港：哈佛大學出版社，1999年），頁87～103。

〔註11〕 見孫靜庵《栖霞閣野乘》（（四川：重慶出版社，1998年8月），頁119。

〔註12〕 劉素芬文中指出，西林春與載鈞的衝突除了庶母嫡子之不和外，尚存在滿漢文化之爭。因爲西林春出身於漢化很深的鄂爾泰家族，而載鈞之母妙華夫人係出於滿族武人之家，應保有相當的滿族文化。故漢化的西林春與擁有母文化觀念的載鈞二人便存在著文化習俗、宗教信仰及生活方式的差異性，因此衝突甚烈。（同前註，頁56～58）

艱辛，其後雖重回榮府，但勞碌於侍親奉母，課子讀書，並兒婚女嫁，終究成為一個符合於漢化價值觀的賢母了。

相較之下，周綺顯然有個幸福的童年，儘管他是一個遺腹子。關於他的出身，唯同鄉（江蘇昭文）的書畫家蔣寶齡為文說之：

> 周綺閨秀，字綠君，小字琴孃。吾邑王氏遺腹女，母夢蔡邕授焦尾琴而生。隨母依舅氏。舅無子，愛之如己出，遂姓周氏。……年二十許適吳縣王雪薌希濂。王工書法，亦能詩，題秋海棠畫幅云：西府春風易過時，瘦紅劇愛逞幽姿。露涼恐不成秋睡，碧海青天夜夜思。〔註13〕

周綠君女史的生命開始於不完美的情境，但始終被幸運之神所眷顧。原名王綺的他雖然失怙，卻擁有舅父全部的愛，所以並不曾受苦；他又係東漢那位少博學、好辭章、懂音律的蔡邕〔註14〕托夢而生，注定他將擁有妙解音律的天分。其實在舅父有心栽培下，他已然是個才學兼備的閨秀，爾後嫁給蘇州王希濂，從此過著夫唱婦和，鶼鰈情深的幸福生活，而這位工書法、善詩畫的夫婿，即是紅學史上三家評點派之一的護花主人王希濂雪香。可惜蔣書對於周綺的背景資料記載不多，無法如同西林春一般勾勒出他的神貌及生活樣態。大概在以下論述其德其才其紅學筆墨時，方能進一步略窺其思想。

（二）才德兼美

在《紅樓夢》裡有一個始終謎樣的情節，即賈府現實中的可卿與寶玉夢境中的可卿究竟是一是二。若視為一，則強化了寶玉與可卿的愛欲關係；若分而為二，那麼夢中出現的可卿，乳名兼美者，則可能兼有黛玉、寶釵、秦氏三人之才德美色，為寶玉的感情世界增添了複雜性〔註15〕。而歷來對於女

〔註13〕見蔣寶齡《墨林今話》卷十六，台北：學海出版社，1975 年 8 月，頁 638～640。

〔註14〕《後漢書》卷六十下〈蔡邕列傳〉中有云：「吳人有燒桐以爨之者，邕聞火烈之聲，知其良木，因請而裁為琴，果有美音，而其尾猶焦，故時人名曰『焦尾琴』焉。」（台北：鼎文書局，1983 年，頁 2004）

〔註15〕張錦池先生曾對寶玉夢與可卿雲雨之事提出詮釋：「黛玉的才德，是寶玉所愛者，這種"情"是高尚的；寶釵的才貌，是寶玉所羨者，這種"情"是正當的；秦氏的美色，是寶玉所悅者，這種"情"是卑下的。仙子"兼美"，實際上是黛玉、寶釵、秦氏的合影；準確地說，仙子"兼美"，實質上乃是寶玉當時這三種"情"字的幻身。寶玉夢中與之成姻，正反映了這位"混世魔王"與"富貴閒人"的內心世界的複雜性。」（《紅樓十二論》，天津：百花文藝出版社，1995 年 8 月修訂版，頁 314。）

子美色，往往視之爲禍，尤物敗家、紅顏誤國，「爲毒害者皆在好色」（王充《論衡·言毒篇》），因此「色」之一字，不若才與德具有價值意義，在文學作品中，類似《紅樓夢》般歌頌女性神貌風姿者畢竟不多，更不用說現實生活裡的文人賞鑑以色爲輕了。當然，凡人重色乃出乎本性，但要達於品賞，就必須要「既悅其色，復戀其才（德）」，否則便成爲皮膚淫濫之蠹物。西林春與周綺二位閨秀，便是以「才德兼美」的特質深獲好評。

上文已述及西林春才色雙絕，德亦甚佳。其貌比昭君，才若夫婿，德如春風，與他爲閨中密友的沈善寶便曾有云：

> 太清才氣橫溢，援筆立成，待人誠信，無驕矜習氣。倡和皆即席揮毫，不待銅鉢聲終，俱已脫稿。《天遊閣集》中諸作，全以神行，絕不拘拘繩墨。〔註16〕

上述文字透露幾點訊息：一者沈善寶先言其才，後述其德，且多言其才，可見才女論才女的角度與傳統文人〝以德爲首〞之標準不同；二者閨秀間擊鉢唱和已成風氣；三者言西林春的才華洋溢，其「援筆立成」、「即席揮毫」的聰敏靈慧令人不禁想起《紅樓夢》裡黛玉妹妹的縱才逞能，幫寶玉救急作詩是「低頭一想，早已吟成一律」（十七十八回），而眾人詠海棠詩，唯有他「提筆一揮而就」（三十七回）；四者西林春作詩重「神」，即表現內在的精神氣韻，不拘泥於詩格形式，這一點又與黛玉論詩時強調「格調規矩竟是末事」，「第一立意要緊，若意趣眞了，連詞句不用修飾，自是好的」之主張（四十八回）若合符節；五者言西林春的人格特質是「誠信」，且無驕矜習氣，可見他的才並不妨德。

西林春的才，除了表現在作詩當下的敏慧外，還有具體可觀的成果，亦即詩集《天遊閣集》與詞集《東海漁歌》的出刊，尤以後者更爲人稱頌。他的詞作，含蓄深厚，明白流暢，向來被譽爲清代女詞人之首，與納蘭性德齊名〔註17〕。可惜這般璀璨亮眼的創作生命卻隨著喪偶的悲痛逐漸抑鬱不振。道光十八年（1838）七月七日，西林春失去了旨趣相投的生命伴侶，從此，「漁

〔註16〕 文見沈善寶《名媛詩話》，收入施淑儀輯《清代閨閣詩人徵略》卷八（上海：上海書店，1987 年 5 月），頁 493～494。沈善寶，即是爲西林春《紅樓夢影》作序的西湖散人沈湘佩。

〔註17〕 徐世昌《晚晴簃詩匯》卷一八八「閨秀」條有記：「八旗論詞，有男中成容若，女中太清春之語」，見張菊玲《清代滿族作家文學概論》（北京：中央民族學院出版社，1990 年 11 月），頁 16。

樵唱和忒多情」〔註18〕的歡愉場景只能夢裡尋去，這心靈的震慟是難以撫平的，一如宋朝的李清照，在中年失侶後，從前自閨房意趣中所萌發成長的才華與激情，頓時黯淡悲涼。且看其〈昏昏天欲雪〉一詩并序：

> 自先夫子薨逝後，意不爲詩。冬窗檢點遺薰，卷中詩多唱和，觸目感懷，結習難忘，遂賦數字。非敢有所怨，聊記予生之不幸也。兼示釗、初兩兒。

> 昏昏天欲雪，圍爐作南榮。開卷讀遺編，痛極不成聲。況此衰病身，淚多眼不明。仙人自登仙，飄然歸玉京。有兒性痴頑，有女年尚嬰。斗粟與尺布，有所不能行。陋巷數椽屋，何異空谷情。嗚嗚兒女啼，哀哀搖心旌。幾欲殉泉下，此身不敢輕。賤妾豈自惜，爲君教兒成。

雪中開卷，檢視遺稿，觸目俱是往昔的快樂光景，西林春悲不可抑。而生活的重擔、不安之處境，更加深內心的悽楚。「斗粟與尺布，有所不能行」，說明了不見容於嫡子載鈞的難堪，在他另一首詩〈仙人已化雲間鶴〉的序言中便曾自道「十月二十八日奉堂上命，携釗、初兩兒，叔文、以文兩女，移居邸外，無所棲遲，賣金鳳釵，購得住宅一區」，而事實上，此時一家五口係在西城養馬營賃房數間暫居，生活環境今非昔比，他必須忍辱負重，一肩挑起養家之職，而「賤妾豈自惜，爲君教兒成」更見出這一代才女後半生的心懸意念，無怪乎夫亡四年以後，已少有詩詞創作〔註19〕，可能是忙於家務，無暇亦無心於此〔註20〕。直至年過半百，方創作《紅樓夢影》以爲戲，這已是他歷經多年滄桑變故之後的事了。

　　儘管西林春婚後用心於家庭和諧，孀居後又刻苦自勵，撫育孤兒，使之仕宦婚配，極盡賢母之能，但卻在身後出現一椿失德的傳聞八卦，亦即他與龔自珍的緋聞。孫靜庵《栖霞閣野乘》記有〈龔定庵軼事〉云：

> ……定庵以道光十九年，年四十八乞休。二十一年，五十歲歿於丹

〔註18〕伊既明爲《東海漁歌》題詞一闋〈兩同心〉：「閬苑仙葩，天潢貴族。漁樵唱和忒多情，琵琶馬上風流獨。歡愉歲月幾何時，秋風南谷。　剩者卷滄桑錄，清于片玉。宋賢心印印芳心，個中感慨留人讀。喜竹西雅振詞壇，重揚芬馥。」（頁11）。收于張鈞、孫屏編注《顧太清詩詞》，長春：吉林文史出版社，1989年。

〔註19〕根據劉素芬的估計，西林春在道光二十年以後，已無詞作；至道光二十二年，連詩作也幾乎斷絕了。見劉素芬文（同前註），頁64～65。

〔註20〕西林春〈昏昏天欲雪〉、〈仙人已化雲間鶴〉二詩見於《天游閣集》卷四，收入《顧太清詩詞》（同前註），頁122～124。

陽。其歿也，實以暴疾，外間頗有異詞。初，定庵官京曹時，常為
明善堂主人上客。主人之側福晉西林太清春，慕其才，頗有曖昧事。
人謂定庵集中游仙諸詩，及詞中〈桂殿秋〉、〈憶瑤姬〉、〈夢玉人引〉
諸闋，惝恍迷離，實皆為此事發也。後稍為主人所覺，定庵急引疾
歸，而卒不免，蓋主人陰遣客鴆之也。或又謂定庵晚年所眷靈簫，
實別有所私。……〔註21〕

將龔自珍的暴亡當作與西林春有染所導致的報復刺殺案件，這項傳聞甚囂塵
上，還被著錄於小說情節中，如晚清曾樸的《孽海花》第三、四回裡，透過
蘇州名姬褚愛林之口轉述定庵子龔孝琪言乃父與西林春之緋聞；又歷史小說
家高陽先生在其《燈火樓臺》一書中亦寫入他們的流言〔註22〕。當然，這個
傳言已被學者孟森駁斥〔註23〕，而且只要稍微披覽龔定庵的詩詞年譜，並與
西林春的成長做一對照，亦可輕易發現上述文字的不可信。考定庵游仙詩十
五首乃作於道光元年（1821），時西林春芳齡二十三，三年後他才嫁入貝勒府，
倘真與龔有情，也是婚前事，而非婚後相遇相惜於府第的曖昧出軌。另外，
定庵的〈桂殿秋〉等詞，其落筆直言係庚午六月作，庚午，乃嘉慶十五年
（1810），此時西林春年方十二，當然更不可能有婚外情了。

其實西林春之受此謠言，也許正因他才貌絕美，誠信待人，贏得不少稱
譽所致。美人往往遭忌，更何況這個美人還是才藝卓特。看在一般道學家眼
裡，如何能容受婦才光輝的事實？基於「無德有才，則才亦不正」（王希廉評
《紅》語）的傳統定見，故有這等誣陷之事，由此可見才女行路之艱難。

相對於緋聞被身的西林春，周綺則又是個幸運兒，因為他沒有失德的流
言纏身。這個幸運係說明周綺之才不若西林春？抑或其受制於閨範，只隨夫
君唱和吟咏而已，故知者不多，自然沒有盛名之累？

關於周綺之才德，蔣寶齡記曰：

……及長，工韻語，解音律，能篆刻，兼習山水花鳥，尤精小蘆雁，
得蕭遠生動之致。吾家燕園老人賞其詩畫，錄為女弟子。著有《學
繡餘事》。詩如〈初夏〉云：「小谿點點疊新荷，滿院清陰雨乍過。

〔註21〕 見孫靜庵《栖霞閣野乘》（同前註），頁 120。
〔註22〕 見高陽《燈火樓臺》（台北：聯經出版事業公司，1991 年 7 月初版七刷），頁
479～480。
〔註23〕 見孟森〈丁香花〉一文，收入《中華文史叢書》十二輯《心史叢刊三集》中。
台北：臺灣華文書局，1969 年。

閒卷疏簾尋畫本，夕陽紅在樹頭多。」〈戲寫荷花水仙一幀爲炎涼圖〉
云：「水佩風裳一種清，雨花應恨不同生。炎涼任爾輕分判，香國何
嘗有世情。」〈題畫蘆雁〉云：「傳書繫足記當年，千里飛回湘水邊。
媿煞鸎鸎和燕燕，生平只解鬥春妍。不逐繁華夢自清，怪他無故櫓
聲驚。宵深莫訝東方白，萬點蘆花月正明。」皆有清思。綠君又精
醫，承其家學。事母甚孝，嘗封股以愈母疾，斯其至行尤足稱者。

儘管他的詩畫被燕園老人蔣伯生所稱賞，但考諸閨閣詩畫史、書畫家列傳等
相關書籍，均未見其名，或許是他薄於名利，不喜展才示人，當然更可能是
其藝才僅爲夫婿的風雅生活而存在，他的詩集名爲「擘絨餘事」，便知他當十
分認同薛寶釵之立論，閨閣本務是針黹紡織，至於作詩寫字，原非分內事，
故僅在針織女紅之餘隨興玩之而已。

此外，周綺還是個精通醫術的醫女，只不知「承其家學」四字，究竟指
涉的是王氏本家，抑周氏舅家？可惜一如他的詩名不見載於書冊般，關於他
承自家學的醫術如何，亦無從進一步佐證〔註24〕。不過我們發現，西林春雖
以詞享有盛名，但「不逐繁華」的周綺卻擁有更多才藝，詩、畫、篆刻、音
律，乃至於醫學，皆熟習之。這樣的女孩若長於當代，勢必大放異彩，但可
能是個性因素，或禮教的薰染，使他有「炎涼任爾輕分判，香國何嘗有世情」
的輕安脫俗。遺憾的是，不論是鄉人蔣寶齡，或是夫君王希廉，對他最大的
稱譽卻是「事母甚孝，嘗封股以愈母疾」——這是傳統〝德重於才〞的深遠
影響。

周綺的割股療親，在王希廉《彙史》書中有詳細記載：

余婦周綺，字綠君，工詩畫，能文章，性穎悟，至孝。余時年甫十
五，其母氏病篤，不省人事，醫藥罔效。婦乃焚香對天祝曰：「予無
兄弟，孑然一身，罔極恩深，願代母死。」以礪刃刲左股肉，和藥
進之。母忽開目詫曰：「是何藥餌？有此至味。」連索湯飲而愈。在
閨閣中似爲難得，故附誌于後。〔註25〕

〔註24〕 筆者曾翻閱光緒朝地方志《常昭合志六》，這是江蘇常熟與昭文的合志，在卷
三十二人物志中設有「醫家」，臚列當地知名醫家醫術，但未見有與周綺相關
的資料。如要搜得一些相關記載，大概只能從大量的清人筆記中披沙揀金了。
這是筆者尚未來得及做的事。
〔註25〕 見王希廉《彙史》中「孝行門」葉十三～十四。台北：廣文書局。1969 年 1
月。

《彎史》一書乃王氏的讀史手記，大抵將讀過的史事分類記錄，共分四十八門，當他在記錄的同時，若聯想到時人時事，便以小字附之於後。書中闢有「賢女門」，收錄史上女尚書、女將、女學士、婦擊虎救夫等才學機智女子，但並未令他念及家中那位多才多藝的女史，反而在「孝行門・刲股療母」之後，記下了周綺的孝行，其推崇之意，不言可喻。當然，如果了解王希廉來自以孝傳家的家庭，便不難理解他的取舍：

> 先君諱仲源，字李範，號蘭水，性至孝。大母葉氏嗜蠶荳，及卒，年已八十三矣，而思慕之誠，刻不去懷。每歲荳時，則悲不食。舉家不忍言及荳者。〔註26〕

孝，德之始也。王父仲源先生的思親至孝，想必亦影響了希廉。倘再檢讀他對《紅樓》人物的鑑賞，便可發現道德隻眼盡在其中。他以「才」、「德」作爲褒貶人物的標準，德，是婦德；才，是理家治事之才（非藝文之才）。因此極力褒舉寶釵賢德端莊，「有德有才」；批評黛玉褊妒多疑，「德固不美，祇有文墨之才」；而面對與黛玉爭聯吟詩的湘雲，則認爲「不是正經才德」；至於總理賈府家務，而沒啥詩才的鳳姐被視爲「無德而有才，故才亦不正」（〈護花主人總評〉）。難怪蔡元培先生會提出批判，謂其評「談家政而斥風懷，尊婦德而薄文藝」，只是「最表面一層」，「是學究所喜也」（《石頭記索隱》）。這種道德價值重於生命情調的抉擇態度，正是多數漢族文人對待女才的方式，縱使閨房情趣可以充滿吟詩弄文的雅致，但閨房之外，必須恪守道德閨範，此一傳統觀念即使在有袁枚等人尊重提攜女弟的清代，亦難完全脫此藩籬。

三、紅學筆墨——西林春的續書與周綺的題詞

才女品讀《紅樓》，因爲比一般女性讀者擁有更豐富的美感經驗，自然體會深刻，進一步留下紅學筆墨。而西林春與周綺二人的賞評，又別具意義，蓋前者投入續作行列，爲清代紅樓續書群中的唯一女性作者，且自光緒三年（1877）北京聚珍堂活字印刷以後，開始流傳；後者雖採行閨秀慣熟的詩詞吟咏，但不似他人僅錄存於自己的詩詞集子中〔註27〕，而是因緣際會的附著

〔註26〕同上註，葉九。
〔註27〕如惲珠〈分和大觀園蘭社詩四首〉見其《紅香館詩草》，徐婉蘭〈偶書石頭記後〉見其《鬈華室詩選》，宋鳴瓊〈題紅樓夢〉七絕四首見其《味雪樓詩草》，孫蓀意〈題紅樓夢傳奇〉見其《衍波詞》，吳藻〈讀紅樓夢〉見其《花簾詞》，汪淑娟〈題石頭記〉見其《曇花集》等等（一粟《紅樓夢書錄》，上海：古籍

於王希廉評本，遂爾風行天下。

西林春的續書《紅樓夢影》作於咸豐年間，正確的日期尚不可考〔註28〕，唯知咸豐十一年（1861）友人沈善寶已閱讀此書若干回，並為之作序，此時西林春已高齡六十三。至於周綺的〈紅樓夢題詞〉，因其生卒年未見記載，生平軼事亦所知有限，故無從斷知書寫時間及年歲，但見王希廉評本於道光壬辰歲（即道光十二年，1832）暮春刊行時即已收錄其詞，可見應作於道光十一、二年間。此外，他「以香豔纏綿之筆，作銷魂動魄之言」（蔣伯生讚語），因此吟咏時若非妙齡，亦當值風華盛年，決不至於是個垂暮老人。

江南閨秀周綠君女史的〈紅樓夢題詞〉隨夫婿評點刊行於雙清仙館之際，北方的太清道人西林春正沈浸於貝勒府中，過著「玉笛閒吹翻舊譜，紅牙低拍唱新詞」（〈戲擬艷體四首〉）〔註29〕的快樂生活，只不知三十年後，當北方的太清老人創作《紅樓夢影》時，南方的綠君女史尚在人間否？而不論是北方佳麗或南方閨秀，不管是青春正好或垂垂老暮，他們都具備女性特有的細膩情感，而其紅學之筆，也均是戲擬之作。

（一）無梯樓兒難上下：西林春《紅樓夢影》

年過六十方初嘗小說創作的西林春，選擇投入紅樓續寫的行列中，一本《紅樓夢影》的完成，不僅代表他在吟詩作詞之外，還具備撰寫小說的能力，同時也呈顯他對《紅樓》的熱中著迷、品賞角度，以及自身的閱歷與思想。

如前所述，西林春的童年及中年過後，盡是坎坷淒苦，唯有二十六歲至四十歲之間駐留於詩禮簪纓之族，溫柔富貴之鄉，享受物質精神具足的生活，然這十五年越是豐饒尊貴，日後的失落與苦痛越是加深，因此我們有充分的理由相信，他晚年的心境，必定相近於那位曾受享錦衣紈袴、飫甘饜肥，而後卻窮途潦倒的紅樓作者，基於此，他「偶爾拈毫續幾回」〔註30〕，最後完

出版社，1981年7月，頁90、303、263、308、311、314）。因為閨閣詩選詩
　　集本不易流傳廣遠，故其詠紅之作往往見者少。
〔註28〕趙建忠先生以西林春〈哭湘佩三妹〉詩後自注文與沈湘佩〈紅樓夢影‧序〉
　　中所言推測《紅樓夢影》應完成於作者七十歲左右（《紅樓夢續書研究》，天
　　津：古籍出版社，1997年9月，頁99～102）。若果如此，則此書當成於同治
　　七、八年間。
〔註29〕見於《天游閣集》卷一（同前註）頁17。
〔註30〕根據趙伯陶〈《紅樓夢影》的作者及其他〉一文（《紅樓夢學刊》第三輯，1989
　　年）引日藏鈔本《天游閣集》卷七〈哭湘佩三妹〉二首之一：「紅樓幻境原無
　　據，偶爾拈毫續幾回。長序一篇承過譽，花箋頻寄索書來。」並詩後自注：「余

成二十四回便不足爲奇了，當然這其中還包括才女惜才、愛才、憐才的心情。

西林春的閨友西湖散人沈湘佩（即《名媛詩話》作者沈善寶）曾爲之作序，極力讚揚此書優於他本續書。他本續書幾「與前書本意相悖」，內容莫不是「爲絳珠吐生前之夙怨，翻薄命之舊案，將紅塵之富貴加碧落之仙妹。死者令其復生，清者揚之使濁」，這種續作是不足與論的。反觀《紅樓夢影》，則「一秉循環之理，接續前書，毫無痕跡」，其筆法「虛描實寫，傍見側出，回顧前蹤，一絲不漏」，且「諸人口吻神情，揣摹酷肖」，而其內容又是「善善惡惡，教忠作孝，不失詩人溫柔敦厚本旨」，所以當可與《紅樓夢》「並傳不朽」〔註31〕。這般過譽稱賞本係閨閣間惺惺相惜的流露，但此書的確大不同於其他續作，而自有其獨特之處。

關於此書，已有研究者指出其特色，諸如寫實風格強烈、語言樸實、觀察細緻、照應模仿原書等，且作者於其中一展詩詞長才，並透顯其半生蹤跡，烙印其個人生活，不似其他續書般充滿怪力亂神〔註32〕。而本文將進一步追索，西林春之作如何照應原書，又爲何有意模仿？並根據其情節的安排取捨，探求他閱讀《紅樓》之後的接受反應。此外，西林春在馳騁詩詞長才外，又表現了怎樣的思想深度？最後，可別忘了他身上流著滿人的血液，因此討論書中流露的滿人習俗及其進步的女性觀亦屬必要。

1. 模仿與照應原書

《紅樓夢影》大概是清代較爲晚出之續作，書中以寶玉受騙出家還俗爲始，中間極力鋪陳賈府之榮光，姊妹之結社，于歸之喜樂，雖仍不脫團圓喜

偶續《紅樓夢》數回，名曰《紅樓夢影》，湘佩爲之序，不待脫稿即索看。常責余性懶，戲謂曰：姊年近七十，如不速成此書，恐不能成其功矣。」可見此書乃西林春偶發之作，且創作期間至少有一位稱職的讀者沈善寶，不僅爲作序，還敦促他努力完成。看來西林春的續作，與曹雪芹寫《紅樓》時在未完成前即已傳於友朋頗爲相類，也與張新之完成評點乃友人催促之功相近。

〔註31〕見古本小說集成《紅樓夢影》，據復旦大學圖書館所藏聚珍堂本影印。上海：古籍出版社。此版本稱（清）西湖散人撰，乃根據每一回的回前署名而來。但西湖散人的序中明指「雲槎外史以新編《紅樓夢影》若干回見示」，因此引發西湖散人與雲槎外史身份的疑慮，後來方證實作者爲雲槎外史西林春，序者爲西湖散人沈湘佩（但猶未能解決何以回前均署名西湖散人這個問題）。其後北京大學出版社又重新排版鉛印此書（1988年1月），就直接標以〝雲槎外史撰〞了。本文所引述之相關內容，乃以古本小說集成版爲主，而參之以北大版。

〔註32〕詳趙建忠《紅樓夢續書研究》一書，同前註。

氣的窠臼，但相較之下，此書最忠於原著精神，因爲繁華過後，書末直以荒
郊白骨作結，正應了書名「影」字。「影」既與實體的「形」同質，又是實體
的相對物，故書中全寫實境，最後化「實」（形）爲「虛」（影），突顯虛無之
感，西林春安排一位酷似芳官的女先兒桂芳唱了首〈無梯樓兒〉以爲註腳：

> 無梯樓兒難上下，天上的星斗難摳難拿。畫兒上的馬空有鞍坫也難
> 騎跨。竹藍兒打水，鏡面上掐花，夢中的人兒，千留萬留也留不下。
> 【第二十三回】

一首民間詞曲，粗淺鄙俚，卻認眞道出繁華落盡，萬境歸空的眞諦，只不過
比起原書虛實相間、悲喜交錯的佈局來，此書果然是學步之作。

此外，西林春也有意模仿原書，比方添出「隱園」別墅，使眾人遊隱園
的情景【第十二回】一如原書中之大觀園攬勝；又著意描摹妝飾，如說暖閣
裡的寶釵「頭上勒著包頭，身上披著大紅綢紬白狐皮抖篷」【第四回】，述蘇
州名妓金阿四「頭上挽著雲髻，鬢上簪著一枝紅梅花，身上穿著件鸚脖色湖
綢小毛皮襖，下面是西湖色綢紬百褶裙，裙下窄窄雙灣穿著鴉青緞白綾高底
鞋」，言柳湘蓮「穿一件翠藍扣綢皮襖，加一件青蓮色洋泥綿半臂，戴一頂絳
色氈帽，登一雙薄底緞靴」【第七回】，凡此亦與原書同。當然，原書閨中兒
女的浪漫逞才，也是西林春仿效的重點，因爲心無旁鶩的切磋競秀，是閨閣
才女心神嚮往的境界，故安排有探春再邀詩社【第十回】，有探春、寶琴、寶
釵、湘雲、寶玉等人的即景聯句【第十四回】，也有蘆雪亭的消寒詩諸作【第
十九回】等等。而在模仿之餘，亦不斷的接續、回憶、呼應前書情節。

西林春當年所讀，應是百二十回紅樓，故從寶玉出家接續起，言寶玉被
妖僧所擄，賴賈政的營救與知縣甄應喜的斷案，使寶玉平安返家。此處一方
面呼應原書的賈、甄相對，同時也仿照原書命名諧音之意，「甄應喜」即爲「眞
應喜」，從此賈府由否轉泰，可喜可賀了。

寶玉歸家後的兩件大事是襲人的去而復返與寶釵生子。前者有蔣玉函的
成全，使之重返賈府，與寶釵、麝月、鶯兒三人共事一夫，這種安排顯示西
林春並不訾議襲人的告密與心計，反而深重其情，故遂其所願；後者則代表
賈府子息不輟，除寶釵生子賈芝【第四回】外，尚有平兒生子賈苓【第九回】，
湘雲生女掌珠【第四回】，香菱有女仙保【十三回】、有子佛保【十八回】。儘
管寶玉等人下一代已經出現，但所有的情節仍圍繞在原書舊有人物之間，並
不像其他續書，如《綺樓重夢》般將未圓之憾寄託於下一代身上。

　　既然不寄望於下一代，那麼西林春又該如何營造〝補恨〞的空間呢？（才女之續，當然也不脫補恨的動機）書中人物對昔日歡愉的緬懷，對逝者的追念懷想，乃至於安排寶、黛夢中相會，並一番雲雨【第八回】等，均是作者之巧思。

　　《紅樓夢影》的特點之一是不斷回憶、呼應原書情節，而透過作者選擇性的記憶，便可窺知當年他品讀紅樓，究竟有多少美麗的倩影與場景常駐心頭。仔細檢視，有寶、黛之情——故寶玉從月宮嫦娥的雕品念及黛玉【第六回】，於黛玉冥壽二十再祭花神，復聞香芋之香【第八回】，並在雨天手持當年黛玉所贈的小玻璃燈【第十九回】；有夜宴怡紅院之景——故在襲人生日時懷想昔時寶玉慶生夜宴的歡樂，並及於晴雯之驕傲、芳官之輕狂【第八回】；有詩社作詩之浪漫——故寶玉逛遊紫檀堡，因見白海棠而憶起海棠詩社【第十七回】，又由賈政教作「寒食九首」而回憶昔日競作菊花詩的熱鬧【第十九回】；有大啖鹿肉的快意事——故王夫人等商議賞雪過節所需物品時，平兒、湘雲便打趣著當年蘆雪庵割腥啖羶事【第十九回】；有寶玉乞梅——故安排惜春於冬至前一天送梅花給王夫人，並於惜春處賞紅梅時憶及妙玉【第十九回】。此外，有因賈府聽戲而回想湘雲以戲子比黛玉，致黛玉憂憤事【第四回】，有平兒之子係當年尤二姐懷胎遭墮，復重新投胎的安排【第九回】，有因制瓜燈而憶過去的柳絮填詞【第十四回】，有寶玉出城行至水仙庵而思及祭金釧事【第十七回】，也有板兒成家，想及「携蝗大嚼圖」【第二十一回】等等。這些畫面重新在西林春筆下略過，雖然技巧遠不如原書，卻呈現出他的閱讀經驗，他往往以審美的眼光欣賞《紅樓》情事，即令有鳳姐毒害尤二姐懷胎這般不堪情節，也被他慈心轉化，使成善的鳳姐，夢中送子，並解勸賈璉。而在續書最後，西林春令寶玉三游太虛幻境，此時猶如影片不斷播放般，將香菱解裙、晴雯撕扇、齡官畫薔、紫鵑拭淚、平兒理妝等畫面一一現出【二十四回】，想來是他來不及將這些美好鏡頭融入續書情節中，方有此佈局罷！

2. 個性思想的投射

　　前文曾提及西林春夫婦雖身爲貴族，卻心性淡雅，嚮往自然，從其太清／太素的名號對舉，便知他們但求恬適的生活態度。而西林春在填詞之際，更透顯其「爲人間留取真眉目」（〈金縷曲　自題聽雪小照〉）的精神追求，因此在《紅樓夢影》書中，便增設了一座真山真水的「隱園」——此一標舉〝自然〞，原是前朝公主的花園，後成了賈赦的隱居別墅【第十一回】，正體現作

者的桃源心境。而何以選擇賈赦入主隱園？大概是西林春無法隱遁於現世，而「假設」此園以爲寄託吧！只是沒有隱居經驗的他當然無法勾寫出眞正的桃花源境，於是「隱園」不隱，一如太清之心未清，都是理想與現實的落差。現實裡的太清道人固曾有安居之想，卻因撫孤存脈的壓力而不能清心如願；至於書中的隱園主人雖是隱居，卻「富在深山有遠親」，溫居祝壽的親友絡繹不絕【第十二回】，鬧賊後的探問人潮亦熱鬧不斷【第二十回】，故名爲「隱園」，實則猶溺於送往迎來的俗務，無法達到悠然自得之境，因此如果西林春乃假隱園以寓其志，那麼除非他有意點出富貴世家歸隱之不可能，否則這般描摹隱居生活並不算成功。

此外，由於西林春本性慈孝善良，故將紅樓原書中的貪鄙人性悉數淨化，比如好色的賈赦，如今是不戀名位、不貪財色，只喜含飴弄孫的老人【第十二回】。還有工於名利的賈璉可以爲親老辭官【第二十三回】，而對甚不討喜的賈環則總以側筆帶出，並停止對他的卑瑣描繪。至於夫人、女孩兒們亦和融無礙，沒有智巧心計，就中雖有蔡如玉者善於窺測逢迎，哄騙王夫人，但終究只是點到爲止，未掀起風浪【第十一回】。另外，在周綠君女史身上眞實發生的割骨療親事件也在西林春筆下搬演，只是刲肉療母多係孝子行止，今由薛家媳婦邢岫烟來勝任【第十七回】，足見現實生活裡西林春之事舅姑若何了。

總之，全書充滿祥和喜樂，雖有些許不如意事，比方探春小產、賈芝出天花、甄寶玉之母去世【第十一回】、隱園遭盜【第二十回】等等，但旋即好事連連，幾乎嗅不出一點哀傷的空氣。當然，比起原書來，這樣的寫作技巧是平面而乏善可陳的，但卻是西林春個性思想的投射。

最後，還有一點尤可注意，即西林春在夫亡後念茲於心的「兒婚女嫁何時畢」（〈六絕句〉）〔註33〕，也充分體現於續作中，故青春兒女的圓滿歸宿亦是他書中著力的安排，如襲人、麝月、鶯兒俱爲寶玉所收、秋紋嫁了焙茗、賈環收了彩雲【第三回】，另娶了才貌雙全的蔡如玉【第十回】、李紋嫁往廣西作知縣夫人【第十回】、賈蘭迎娶溫柔嫻雅的曾文淑、巧姐兒也出了閣，嫁與剛中解元的周乘龍【第十五回】、賈芸續弦，娶了小紅，又收了墜兒【第十六回】、柳湘蓮娶了蘇州名妓金阿四【第十七回】等。還有下一代的姻緣亦已放定，湘雲之女掌珠配與寶玉之子賈芝、香菱之女仙保則與平兒之子賈苓作親【第二十二回】，前者大概是西林春欲了結寶玉、湘雲未圓之金玉情緣，後

〔註33〕見《天游閣集》卷五（同前註），頁151。

者則應是他注意到與自己同爲側室身份的香菱與平兒使然。

3. 滿人習俗與女性觀

　　雖然西林春出身於漢化頗深的鄂爾泰家族，婚後也過著與漢士無二的詩畫生活，但是他的滿人特質並未完全褪去。由於滿洲係馬背上的民族，騎射出獵是生活常態，男女皆然，因此滿洲女性多有英武豪放之氣，且並無漢人傳統中強烈的男尊女卑觀念〔註 34〕，這是滿清入關之初的樣貌。但隨著一統中原，帝王有心倡導，強勢的漢文化乃躍居主流，於是滿人漢化的腳步神速，遂逐漸遺忘母文化，即使從康熙帝起已有文化存亡的危機感，而力圖獎掖騎射武藝、說滿語、寫滿文，然終究不敵風潮，唯有皇族宗室在帝王的嚴格督責下，成爲保留滿族舊俗的最後據點〔註 35〕。身處皇室中的西林春，自然也在漢化之餘，尚存部分滿族思想，從其《紅樓夢影》中便得窺知一二。如添出賈赦「家居無事，教教子侄們騎射」，又賈珍馬箭射得極好，且在父親生日當天相約親友子弟去試馬【第十二回】，而賈璉、賈環、賈蓉等人亦常以射箭爲戲【第二十回】，凡此皆爲滿人尚武習俗的表現。此外，在隱園中放有一個寶貝：大石盆，盛上水，多暖夏涼，「怪道這麼好，原來是金章宗時的東西」【第十二回】。金朝，即滿清的前身，可見其對傳統文物仍有一分眷戀與愛惜。

　　至於受滿族血統影響而產生的女性觀亦展露書中，比如生男生女一樣好的觀念，所以賈赦的僕人靳祿會因「愛個女孩兒」而收養他妹子的女兒；湘雲喪夫生女，王夫人嘆其命苦，日後無靠，但湘雲婆婆卻說「什麼小廝，女孩兒只要結實就好」，薛姨媽亦言「養不着好兒子還不及女兒呢！」【第四回】；王夫人與賈政論及平兒爲王家總管韋善之女，惜韋家兒子不中用等語，賈政便云「有個好女兒就是了」【第九回】，顯然重男輕女的漢族代言者王夫人並未受到眾人的支持。此外，西林春還打破向來男方相看女方的漢人傳統，而

〔註 34〕張菊玲《清代滿族作家文學概論》中曾論及滿／漢婦女地位的差異，謂滿族沒有漢人嚴重的男尊女卑，更沒有「三從四德」的教條規範，傳統中的滿洲女子，同樣具有北方民族英武豪放的氣質。同前註，頁 110～116。

〔註 35〕康熙二十七年曾有定例，「王貝勒以下至奉恩將軍之子，年及二十，應授封者，考試國語及馬步射。優者照例封授應得之爵，平者降一等，劣者降二等封授。」（《欽定大清會典事例》卷二〈宗人府〉，崑岡等編，台北：新文豐出版公司，1976 年，頁 31）其中之「國語」即是滿語滿文。又清宗室昭槤《嘯亭雜錄》卷一〈不忘本〉記乾隆曾言：「我國家以弧矢定天下，又何可一日廢武？」（收入《筆記小說大觀》續編，台北：新興書局，1973 年，頁 8）原來在清初滿人逐漸漢化之際，清帝已意識到保存舊有文化之迫切，於是乃訂出一套學習清語與騎射的獎勵標準，因而有效地保留滿族文化於皇室宗親中。

安排女方父親來相看賈環【第六回】，這是西林春所呈顯的滿人女性觀。

其實《紅樓夢》作者曹雪芹之所以能成功締造女兒國絢麗多彩的世界，除其本身的家學淵源、才華橫溢外，可能也得自本性中滿人文化尊重女性的傳統，而大觀園女兒的高潔與美好，自然也強烈感染了同為滿人、又是才女的西林春，因此曹雪芹尚且塑造了一位重女工婦德的薛寶釵，而西林春筆下的閨秀，則幾乎是不重針黹喜作詩，甚且安排賈政擬題，並任評審，以鼓勵閨閣創作了【第十九回】。當然，此亦極可能是受到袁枚等人推廣女才的影響。

儘管如此，但西林春的漢化色彩依舊濃厚，故《紅樓夢影》中缺少戎馬英勇的滿女形象，即連原書裡那位娓嬺將軍林四娘，亦不在他的關注之內，反而是納妾制與女內男外等漢族思想充斥其間，且比原書更不具女性反抗意識。或許因係游戲筆墨，隨興而為，沒有認真的書寫策略之故。

（三）胸中了了，筆下超超：周綺《紅樓夢題詞》

相對於西林春的小說化紅學，周綺的《紅樓夢題詞》顯然更遵守「在心為志，發言為詩」的抒情傳統，此亦閨秀慣用的表現方式。關於他的題詞動機，非常鮮明的表露於自序中：

> 余偶沾微恙，寂坐小樓，竟無消遣。計適案頭有雪香夫子所評紅樓夢書，試翻數卷，不禁失笑，蓋將人情世態寓於粉跡脂痕，較諸水滸、西廂尤為痛快。使雪芹有知，當亦引為同心也。然箇中情事淋漓盡致者固多，而未盡然者亦復不少。戲擬十律，再廣其意。雖畫蛇添足，而亦未嘗以假失真。〔註36〕

比起西林春的戲擬續作，周綺的題詠紅學有更積極的用心。雖只是病中所作、寂寥所為，並以「戲擬」言之，但其觸機卻是欣喜於夫婿評《紅》之妙，又感於其意之不足，而欲補其未盡然者，故可謂為廣義的補恨之作。至於他能夠欣賞王希廉評點的精髓，又可立時作詩「再廣其意」，足見他對《紅樓夢》的精熟程度，難怪在題詞之後，王希廉會盛讚其「以紅樓夢之實事，作詩中之三昧，故能胸中了了，筆下超超」，並將之附於評本中刊行了。不過此番吟咏，也曾導致其內心衝突不安：

> 詩甫脫稿，神倦腸枯，假寐間見一古衣冠者揖余而言曰：「子一閨秀

〔註36〕見周綺〈紅樓夢題詞·序〉，收於《王希廉評本新鐫全部繡像紅樓夢》一書（台北：廣文書局，1977年4月），頁73。本文所引《紅樓夢題詞并序》及其師蔣伯生、其夫王雪香之讚語俱出於此書（頁73～78）。

也，弄月吟風已乖姆教，而況更作紅樓夢詩乎？豈不懼吾輩貽譏
哉！」即應之曰：「君之言誠是。然樂而不淫，哀而不傷，爲國風之
始。如必以此詩爲瓜李之嫌，較之言具彬彬而行仍昧昧，奚啻相懸
天壤耶！」言未竟，人忽不見，吾夢亦醒，但聞桂香入幕，梧葉飄
風，樓頭澹月，撩人眉黛而已。古吳女史綠君周綺自序。

此段文字，頗似甄士隱炎夏夢中醒來，「只見烈日炎炎，芭蕉冉冉」的情境，
所不同的是，綠君女史乃在梧桐葉落、桂花撲鼻的秋夜氛圍中悠悠醒轉。而
夢中設問之辭，正點出清代閨秀面對才德問題的傳統壓力與渴望掙脫的決心。

周綺的題詞共十首，即〈黛玉焚詩〉、〈香菱學咏〉、〈湘雲醉眠芍藥〉、〈晴
雯死領芙蓉〉、〈青女素娥李紈悲黛玉〉、〈冰寒雪冷慧婢恨怡紅〉、〈苦尤娘遭
賺墮計〉、〈俏平兒被打含情〉、〈妙玉聽琴警悟〉、〈鴛鴦殉主全貞〉等，皆爲
七律，其中有眾人熟稔的畫面，如黛玉焚稿、香菱學詩、湘雲醉臥、計害二
姐、平兒理妝、鴛鴦殉主等情節，也有周綺個人纖敏心細的擇取，如以晴雯
之化身芙蓉、李紈之悲黛玉孤苦、紫鵑之恨寶玉無情、妙玉之聽琴而警等等
來取代眾所周知的晴雯補裘、黛玉歸天、紫鵑試玉、妙玉走魔諸場景。

雖然十首題目所示場景都不相同，但考其詩句，便知其所矚目的人物不
外乎是黛玉（〈黛玉焚詩〉、〈青女素娥李紈悲黛玉〉、〈妙玉聽琴警悟〉）、香菱
（〈香菱學咏〉）、湘雲（〈湘雲醉眠芍藥〉）、晴雯（〈晴雯死領芙蓉〉）、紫鵑（〈冰
寒雪冷慧婢恨怡紅〉）、尤二姐（〈苦尤娘遭賺墮計〉）、平兒（〈俏平兒被打含
情〉）、鴛鴦（〈鴛鴦殉主全貞〉）等，其中尤以黛玉最被關注，而從其擇取的
對象看來，可見他欣賞女子美的姿態神韻，不論是悲壯含怨，或是嬌憨認眞，
都被捕捉入詩，這大概是閨閣題《紅》的主要特色。且看第一首〈黛玉焚詩〉：

不辨啼痕與墨痕，無情火斷有情根。者宵果應燈花讖，往日空憐蜀
鳥魂。慧業已隨人遯世，癡鬟休爲竹開門。鴨鑪歐炭寒如水，剩得
心頭一縷溫。

黛玉的深情易感，造成他一生苦多樂少，每以詩情寄心，如〈葬花吟〉（二十
七回）、〈秋窗風雨夕〉（四十五回）、〈桃花行〉（七十回）等詩，句句悲憐自
身之處境，哀傷生命的無以爲繼。「獨把花鋤淚暗洒，洒上空枝見血痕」、「一
聲杜宇春歸盡，寂寞簾櫳空月痕」——杜鵑啼血，是傳說中蜀帝魂魄的切切
思念，也是黛玉詩中藉以寄愁的對象。而他的愁，莫不來自於哀哀孤女的情
之所鍾。寶、黛之戀，其實羨煞不少多情兒女，特別是寶玉的贈帕、黛玉的

題詩,是二人心意感通的印記;而黛玉的慧點純一、寶玉的呵護立誓,又是多麼的至情唯美。然這一切均不敵命運的撥弄、人為的擺佈,終隨著火盆的燃燒化為煙塵,裊裊而逝。周綺以「不辨啼痕與墨痕,無情火斷有情根」二句體貼黛玉作詩時的字字血淚與焚稿時的絕望無助。爐炭在炕,可心涼如水,只剩餘溫支撐紅顏薄命之身。真應了暖香塢裏的燈謎詩讖——「驏騄何勞縛紫繩?馳城逐塹勢猙獰。主人指示風雷動,鰲背三山獨立名。」(五十回),畢生的逞才鋒芒,獨占鰲頭,終究是〝世外仙姝〞,而無世間立錐之地了。

黛玉本為還淚而來,淚盡而逝是必然的結局,但可苦了那位隨侍身旁,忠心護主的丫鬟紫鵑。周綺大概熟讀《西廂》,用了「拂牆花影動,疑是玉人來」的典故,明言癡心的紫鵑丫頭莫因翠竹掩映的瀟湘館有了風吹騷動,就以為玉人魂魄歸來,其實黛玉之靈慧已隨這次情場風暴而奄息了。目睹這場風暴的紫鵑該是如何的不捨不忍,王希廉對此只評「紫鵑情重,為將來不睬寶玉埋根」(九十七回末評),而周綺則留心於他的一時激憤:

> 妒花風雨瘁花姿,義憤偏鍾小侍兒。果易分明仍一夢,信難憑准是
> 相思。怡紅意氣能無恨,湘館情懷為甚癡。幾許傷心何處訴?頓教
> 重立不多時。(〈冰寒雪冷慧婢恨怡紅〉)

周綺捕捉到紫鵑面對黛玉病重,無人探問時的瞬間一念。第九十七回的焚稿斷情,除了鋪演黛玉決絕斬斷情根外,也是紫鵑〝觀他人之苦痛〞而情覺情悟之始,此時的〝瞬間一念〞正是關鍵。在他眼中,黛玉的委頓瘁亡,是襲人等妒心醋意所致,而賈府中人竟無一不平之鳴,也無看顧憐惜之意,自然義憤難當,可卻只能「激起一腔悶氣」,獨自「兩淚汪汪,咬著牙發狠」自語。當然,這得追溯至早先他的試探(五十七回),招來寶玉痰迷癡症,使天真的女兒以為這是堅貞的憑證,在無法明瞭兩人相思敵不過人為的撥弄之下,頓教他發出「天下男子之心真真是冰寒雪冷,令人切齒的」浩歎。對同樣身為女子的周綺而言,情癡的小姐與情重的丫鬟特別令他疼惜與關心。

此外,孀居的李紈前來為黛玉一哭,也引起周綺的高度關注:

> 月中霜裏擬翩翩,姊妹班頭掌翰仙。定為清才遭白眼,豈宜紅粉逝
> 青年。情雖有為情應篤,病到無辜病最憐。竹自迎人人寂寂,嘻吁
> 獨我淚潸然。(〈青女素娥李紈悲黛玉〉)

周綺透過李紈之眼定格於黛玉的容貌才情與為情病苦。「月中霜裏擬翩翩」得自於李商隱的「青女素娥俱耐冷,月中霜裏鬥嬋娟」(〈霜月〉),象徵黛玉的貌美與孤傲,而「姊妹班頭掌翰仙」則意味黛玉詩才之高。但黛玉詩雖風流別致,

卻少含蓄渾厚，又每出以春恨秋悲，爲早夭之兆，故李紈常以爲不宜。李紈這位外具「槁木死灰」形象（第四回），內卻翩翩然走進詩的王國，自薦掌壇，自起詩翁別號，並品詩論詩（三十七回），儼然成爲詩評家的寡婦，面對瀟湘館裡清冷冷、昏慘慘的蒼涼景象，不免爲黛玉的情篤與無辜潸然落淚了。

其實黛玉之悲劇人生，在妙玉聽其撫琴時已然洞察警悟：

> 機微領畧不言中，一曲絲桐忍聽終。好夢未醒長恨客，美人已定可憐蟲。從前枉受情癡累，此後都歸色相空。無限傷心成獨想，餘音任付月溟濛。（〈妙玉聽琴警悟〉）

第八十七回中，黛玉低吟撫唱琴曲四章，寶玉與妙玉聯袂來聽，稍早之前，妙玉方於蓼風軒與寶玉有一段含羞帶怯的對話，但周綺於此並不著想於妙玉對寶玉的情意怦動，而仍舊關切著黛玉的未來命運。此時的黛玉，操練著自揚州故鄉習得的技藝，自不免有「望故鄉兮何處」、「山迢迢兮水長」的游子之嘆。當然，游子思鄉淚沾襟本係人情之常，但曲調過悲，忽作變徵之聲，隨即君弦蹦斷，不僅書中人妙玉深感不祥，恐怕連精通音律的讀者周綺女史也懷憂忡忡。然妙玉在訝然警悟之餘，頗似「天機不可洩漏」的先知，留給寶玉滿腹疑團，而周綺則直陳情癡如黛玉者，注定是個「長恨客」、「可憐蟲」（言雖粗鄙，卻很貼切）。他的傷心，無人可以分擔傾訴，只能任付清風明月，靜待萬境歸空罷了。

除黛玉之外，與其神貌相似，死後被一伶俐丫頭胡謅爲芙蓉花神的晴雯，也是周綺關心的人物：

> 一現優曇命太輕，臨題那得不憐卿。便填癡誄難償恨，眞作花神始稱名。素願何嘗形色笑，平生轉爲誤聰明。從來此事銷魂最，已斷塵緣未斷情。（〈晴雯死領芙蓉〉）

「水蛇腰，削肩膀兒，眉眼有些像林妹妹」的晴雯，聰明標緻，嬌憨天眞，他的精巧與純情，在夜裡補裘表露無遺（五十二回）；他的高傲與嬌嗔，也在撕扇搏笑中充分表現（三十一回），但卻因貌美任眞遭忌，擔了虛名而枉送性命。他的境遇，固然可悲可嘆，但令其榮登芙蓉花神——一個相當唯美的虛擬結局，也算是爲這個「心比天高，身爲下賤」的潔淨女孩盡一份憐惜之心了。想必周綺深有所感，故爲這段曇花一現的美好生命提筆作詩。不過周綺似乎更著眼於體察寶玉與晴雯正大光明的情緣。晴雯有情難斷，即使塵緣已終，魂魄渺渺，然遺留給寶玉的纖長指甲與貼身紅襖，卻是最蝕人心神的紀

念物。而寶玉有恨難償，即使杜撰誄文，以言志痛，並直書「在君之塵緣雖淺，然玉之鄙意豈終」以爲終生懸念之意，但仍「忿猶未釋」，唯「欷歔悵望，泣涕徬徨」而已（當然，誄晴雯實誄黛玉，脂批已明言之）。也許得要徹底相信小婢的無稽之言——晴雯蒙上帝垂旌，相物配才，職司芙蓉，方能眞正去悲生喜，釋恨暢懷了。

　　相對於晴雯的無辜屈死，鴛鴦顯然更意識到自身的處境堪危，而自主性的選擇解脫之路。周綺即爲此題曰：

> 芳心遲早固難勝，待得人歸付幅綾。爲日之多豈所願，此身以外更
> 何憑。休憐碎玉銷香恨，應愧沽名釣譽稱。竟可夢中先醒夢，金釵
> 十二有誰能。（〈鴛鴦殉主全貞〉）

自重自愛又不屈於權勢的鴛鴦，是周綺女史最爲稱頌的人物。面對賈赦的色欲與霸氣，兄嫂的自私與貪婪，他堅決地爲自己作主。以今日眼光看來，他是深具女性意識的，女性不該是玩物或被操弄的工具，他不願作「又體面又高貴」的妾，是出於明確的觀察與判斷。其實他深獲賈母信任，如果願意，當比誰更有機會飛上枝頭當鳳凰，但是他既不倚勢欺人，也不屑攀龍富貴，甚至當賈府丫鬟個個力圖往上掙的同時，鴛鴦竟可說出「天下的事未必都遂心如意」這樣的話來（四十六回）。所以他最後的殉主，雖然是無所逃於天地之間的宿命，但卻令人見識到一個自尊自傲的女性如何不畏強權，抗拒婚姻不得自主的傳統壓力。「竟可夢中先醒夢，金釵十二有誰能」正是周綺對他的高度讚揚了。

　　此外，周綺對尤二姐的遭際則甚爲同情：

> 花是丰姿月是神，東君應不負終身。傷心漫怨庸醫藥，委曲難通妒
> 婦津。未必無情歸幻境，定然有恨隔凡塵。紅顏大抵都如此，腸斷
> 千秋命薄人。（〈苦尤娘遭賺墮計〉）

尤二姐一出場，是與賈珍、賈蓉父子有聚麀嫌疑的淫浪女子（六十三回），但自與賈璉爲妾，便洗心革面，成爲溫柔善良的多情人（六十五回），也因此周綺對其未來遭遇投以無限的同情。本來，尤二姐的淫、鳳姐的妒，都是於德有虧的，但周綺對鳳姐的妒不予置評，對尤二姐從前的淫也不著意，他反而看重尤二姐的風姿眞情與不幸婚姻。對標緻的尤二姐而言，賈璉的出現彷彿太陽神度脫他出慾海一般，成爲光明、溫暖的希望——「東君應不負終身」——他以爲將是幸福滿滿的，卻不料鳳姐的妒心用計，使他受盡委屈，又打落了胎，還認鳳姐是恩人，最後不得不逼入死胡同，抱憾以終。人雖亡卻心

有罣礙，「未必無情歸幻境，定然有恨隔凡塵」二句正說明了這一點。在周綺眼中，尤二姐儼然成爲古今薄命紅顏的代言人了。

比起不明究理，誤闖妒婦津而被治死的尤二姐，同樣身處璉、鳳之間的平兒顯然更知如何自處，周綺即有一題詞云：

> 究未呼天剖素胸，淚紛紛咽屈重重。好花風總憑空妒，閒草春多不意逢。薄責原非長恨事，無言確是有情鍾。羨卿心底分明甚，要學夫人卻易容。（〈俏平兒被打含情〉）

這是針對四十四回鳳姐潑醋，平兒理妝的高潮畫面所作的抒懷。平兒既是鳳姐的丫頭，又是賈璉的寵妾，但他不像紫鵑般忠實純厚，而能以其聰明伶俐成爲狠辣主子的心腹助理；他也不會如同襲人爲保妾位而工於心計，反而知鳳姐善妒而處處疏遠賈璉。但他又並非不鍾情於賈璉，所以曾爲之掩飾與多姑娘的偷情行爲，在二十一回「俏平兒軟語救賈璉」的情節中，可以見到一個嬌敏有情的俏姑娘如何化解一場可能的生醋風波（不管這生醋的對象是多姑娘還是平兒自己）。面對賈璉之俗、鳳姐之威，平兒都能周全妥貼，大概因爲他極爲清楚自身的處境與身份，且謹愼行事，聰慧過人之故。不過儘管平兒屈從幫襯著鳳姐，爲排紛難，爲積陰騭，但仍難解鳳姐的疑忌，於是賈璉第二次偷情所引發的喧然大波便殃及了無辜的平兒，而平兒卻只是乾哭氣噎，只怨打鮑二家的，究竟沒有指天呼地的撕鬧起來，且整樁事件的落幕，還是得力於他的委曲求全──「我惹了奶奶生氣，是我該死」，「我伏侍了奶奶這麼幾年，也沒彈我一指甲。就是昨兒打我，我也不怨奶奶，都是那淫婦治的，怨不得奶奶生氣」。周綺女史閱讀至此，想必深爲慨嘆，故以「淚紛紛咽屈重重」一句道盡平兒的委屈可憐，並打心底欽佩平兒的理性分明，「薄責原非長恨事，無言確是有情鍾」二句，也是善良的周綺稱讚平兒，並爲鳳姐圓場的語氣。至於平兒理妝，周綺更是看中他的冷靜包容，有夫人氣質，而不在意旁邊富貴閒人賈寶玉的所思所想了。

其實，周綺不僅悲憫女兒的不幸遭遇，還善於捕捉天真爛漫的女子形貌，所以在哀憐黛玉、晴雯、尤二姐、鴛鴦、平兒等人苦難之餘，亦不忘湘雲醉臥、香菱學詩的有趣身影：

> 席翻脂粉醉飛觴，酒力難支近夕陽。無限春風困春睡，不勝紅雨覆紅妝。倘非玉骨還宜暖，幸是冰肌未礙涼。一種嬌憨又嬌怯，畫工要畫費平章。（〈湘雲醉眠芍藥〉）

花前月下自凝眸，寸寸柔腸寸寸索。著意箇中誠足惜，處身如此不
關愁。眠餐好在吟成後，啼笑都從夢裏頭。知否苦辛天報汝，芳名
非仗可兒留。（〈香菱學咏〉）

湘雲與香菱二人都有坎坷身世。前者雖生於史侯世家，卻父母雙亡，只得寄
人籬下，看盡他人臉色，此與黛玉處境相同，但個性卻大相逕庭，一為大方
開朗，以風流名士自詡；一為含蓄陰鬱，以孤芳清冷自賞，所以湘雲能在大
觀園裡與眾人嬉鬧，而暫忘生活的困厄，可黛玉卻視賈府為「風刀霜劍嚴相
逼」的險惡環境，而日日哀嘆留淚。周綺女史一方面憐咏黛玉，一方面則十
分欣賞這位毫不顧忌女兒形象，敢於大辣辣喝酒吃肉的湘雲——他的經典畫
面：醉眠芍藥裀（六十二回），亦被周綺刻畫入詩，並體貼疼惜地謂其「倘非
玉骨還宜暖，幸是冰肌未碍涼」——還好湘雲體魄尚健，倘若嬌弱如黛玉，
焉能受此涼風沁骨！而想讓這種嬌憨又嬌怯的可貴鏡頭收攝入畫，畫工畫筆
還得費一番思量哩！

　　至於香菱，這個有命無運，累及爹娘的女孩，從甄英蓮到香菱，從望族
閨秀淪為卑妾丫鬟，生命直是兩截。雖然霍啟的粗心、人口販子的貪利、薛
蟠的蠻橫、賈雨村的世故構成了一椿不可逆的憾事，但香菱又何其有幸的入
了大觀園，接續三歲以後未能受享的閨閣教育。他的苦集吟詩，樂寓其中（四
十八回），代表遺傳自鄉宦父親的風雅氣質並不隨生命流轉而稍減，也象徵他
認真彌補缺憾的不凡，所以周綺看重他凝眸學詩、心無旁騖的認真姿態，自
是出於一種蕙質蘭心的賞鑑。

四、結　語

　　清代閨秀品評為女性發言的《紅樓夢》確實與男性文人有所差異，雖常
予人理性不足，感性太過的直覺，但他們的纖細敏感，卻更能體情發微。以
西林春、周綺為例，前者續作紅樓，於咸豐、同治間完成《紅樓夢影》，成為
最忠於原著精神的清代續書。本來咸、同年間正值國家多變，內外憂患齊來，
應多少有憂民憂國之志，但閨閣女子總似不染紅塵般悠游讚嘆於唯美的世
界，因此西林春的續書不像其他續作般有征戰沙場的局面，有起死回生、陰
陽相見（才能使生者與死者團圓相聚）的佈局，反而構思出淡雅浪漫的情思，
如添出隱園、描摩妝飾、馳騁詩才等，同時出之以審美眼光，淨化原書的貪
鄙黑暗，發揚慈孝善良之心，故對寶黛之情、夜宴怡紅院之景、大啖鹿肉之

快意事，以及寶玉乞梅等均心懸念之，又加入割骨療親、善配婚嫁的內容，同時不非議襲人、寶釵，反深重其情，均可見其評賞態度。

至於周綺的題詞，也充滿美的懷思與饗宴，原書第九十七回就取了三個場景－黛玉焚稿、紫鵑恨冷、李紈哭黛，除了有紅樓的經典畫面，也有專屬女性細膩心思的偏好。因而在黛玉之外，也同時憐惜晴雯、尤二姐、平兒、鴛鴦等人，並吟頌香菱學詩、湘雲醉臥的神態。不管是悲壯或優美，都是周綺女史的賞鑑，所以與其說是欲補夫子雪香未盡評而作，無寧言乃以女性的眼光與角度來品味紅樓情事了。

其實西林春與周綺二人雖有不同的紅學表現方式，但同具備女性特有的欣賞態度，諸如美的感受以及不涉批判的溫柔。不過因為二人的出身背景有異，因此其紅學也有別，前者具滿洲血統，故筆觸間呈現了騎射尚武的滿人習俗，更塑造了不重針黹喜作詩的眾女兒，以及男女一樣好的進步思想，凡此皆為江南漢女出身的周綺所無的。

當然，清代紅學中的閨閣諸作尚有不少，且已零星收入《紅樓夢卷》、《紅樓夢書錄》等紅學資料集中，但研究者甚微，大概是因為閨秀諸作非但不足以成家，而且不具有正式發言的獨立空間，故價值有限。但就讀者現象學來看，這代表一半閱讀人口的閨閣紅學作家不能再繼續被忽略，即使他們的書寫別無新意，也起不了什麼大作用。如同寶玉說的：「這怕什麼！古來閨閣中的筆墨不要傳出去，如今也沒有人知道了。」（四十八回）是的，在今日紅學界女性學者輩出的年代裡，回顧清代閨秀們如何品賞《紅樓》，不僅為紅學史上的女性發聲追本溯源，同時也正延續曹雪芹「為閨閣昭傳」的用心了。

參考書目

一、專書

1. 《紅樓夢影》，清・西林春著，古本小說集成，據復旦大學圖書館所藏聚珍堂本影印。上海：古籍出版社。
2. 《繫史》，清・王希廉著。台北：廣文書局。1969 年 1 月。
3. 《筆記小說大觀》，台北：新興書局，1973 年。
4. 《墨林今話》，清・蔣寶齡著，台北：學海出版社，1975 年 8 月。
5. 《欽定大清會典事例》，崑岡等編，台北：新文豐出版公司，1976 年。
6. 《王希廉評本新鐫全部繡像紅樓夢》，清・王希廉著，台北：廣文書局，1977 年 4 月。

7. 《紅樓夢書錄》，一粟編，上海：古籍出版社，1981 年 7 月。

8. 《後漢書》，范曄著，台北：鼎文書局，1983 年。

9. 《歷代婦女著作考》，胡文楷著，上海：古籍出版社，1985 年。

10. 《清代閨閣詩人徵略》，清・施淑儀輯，上海：上海書店，1987 年 5 月。

11. 《紅樓夢影》，清・西林春著，北京：北京大學出版社，1988 年 1 月。

12. 《顧太清詩詞》，張鈞、孫屏編注，李澍田主編之「長白叢書」，長春：吉林文史出版社，1989 年。

13. 《清代滿族作家文學概論》，張菊玲著，北京：中央民族學院出版社，1990 年 11 月。

14. 《風騷與艷情》，康正果著，台北：雲龍出版社，1991 年 2 月。

15. 《燈火樓臺》，高陽著，台北：聯經出版事業公司，1991 年 7 月初版七刷。

16. 《紅樓十二論》，張錦池著，天津：百花文藝出版社，1995 年 8 月修訂版。

17. 《紅樓夢詩詞曲賦評注》，蔡義江著，北京：團結出版社，1995 年 10 月二版三刷。

18. 《紅樓夢續書研究》，趙建忠著，天津：古籍出版社，1997 年 9 月。

19. 《德才色權──論中國古代女性》，劉詠聰著，台北：麥田出版股份有限公司，1998 年 6 月。

20. 《栖霞閣野乘》，孫靜庵著，四川：重慶出版社，1998 年 8 月。

21. 《妝臺與妝臺以外──中國婦女史研究論集》，黃嫣梨著，香港：哈佛大學出版社，1999 年。女人的世界史（THE WOMEN´S HISTORY OF THE WORLD），羅莎琳・邁爾斯（Rosalind Miles）著，刁筱華譯。台北：麥田出版股份有限公司，2000 年 8 月。

22. 《清代女詩人研究》，鍾慧玲著，台北：里仁書局，2000 年 12 月。

23. 《才女徹夜未眠：近代中國女性敘事文學的興起》，胡曉真著，台北：麥田出版社，2003 年 10 月。

二、期刊論文

1. 金啟孮〈滿族女詞人顧太清和《東海漁歌》〉，（《滿族文學研究》1，1982 年，頁 4～9。

2. 趙伯陶〈《紅樓夢影》的作者及其他〉，《紅樓夢學刊》第三輯，1989 年。

3. 魏愛蓮（Ellen Widmer）作，劉裘蒂譯〈十七世紀中國才女的書信世界〉，《中外文學》22 卷 6 期，1993 年 11 月 1 日，頁 55～81。

4. 劉素芬〈文化與家族──顧太清及其家庭生活〉，《新史學》七卷一期，1996 年 3 月，頁 29～67。

附錄二：飄泊有恨？
——論許南英（1855～1917）的遺民紅學

吳盈靜

海峽兩岸中青年學者紅樓夢學術研討會　2001 年 8 月

提　要

　　紅學在臺灣爲顯學之一，筆者亦欲回顧探索二百餘年來臺灣《紅樓夢》的流傳與接受狀況，遂發現在《紅樓夢》問世的清代，不僅於中土盛極一時，同時也隨著宦臺文人與在臺士子的往返而風行臺灣，因此臺灣的紅學與歷史有著密不可分的關係。筆者乃取臺南詩人許南英（1855～1917）爲例，以窺其要。

　　許家於明嘉靖間移民來臺，傳至許南英，則因甲午之難而有遺民的血淚。大抵而言，許南英的紅學在形式上採題詠方式，蓋其時臺灣詩社林立，文人多酬唱往來使然。尤其是光緒年間，以星洲才子丘煒菱的《紅樓夢分詠絕句》爲中心唱和吟詠而成的紅樓文化圈，更令人矚目。至於內容方面，則多流露家國滄桑之感，主要原因是許氏曾歷經乙未割臺的慘痛。對臺灣而言，光緒二十一年（乙未，1895）是改朝換代（清／日統治）的關鍵年；而對許氏來說，則是其個人紅學歷程上的分水嶺。在此之前，他曾仿《紅樓夢》詩詞而作〈憶菊〉〈訪菊〉〈品菊〉〈供菊〉四首，只是吟詠風月而已；在此之後，他又仿作了〈詠梅八首〉，卻充滿孤臣遺民的飄泊悲涼，「搔首問天」、「鳳鷥飄泊」（〈讀丘菽園觀察詠紅樓夢中人詩冊〉）正是其心境的寫照

　　在紅學史上，許氏雖不能謂爲大家，但透過研究其紅樓書寫，既可回首臺灣傳統文人在乙未變革之際的處境，又得以一窺《紅樓夢》在臺灣的接受狀況，以作爲建構臺灣《紅樓夢》接受史之始。

關鍵字：許南英、飄泊、遺民、紅學

一、前　言

爹爹說：「你們愛吃花生麼？」

我們都爭著答應：「愛！」

「誰能把花生底好處說出來？」

姊姊說：「花生底氣味很美。」

哥哥說：「花生可以製油」

我說：「無論何等人都可以用賤價買它來吃，都喜歡吃它。這就是它的好處。」

爹爹說：「花生底用處固然很多，但有一樣是很可貴的。這小小的豆不像那好看的蘋果、桃子、石榴，把它們底果實懸在枝上，鮮紅嫩綠的顏色，令人一望而發生羨慕的心。它只把果子埋在地底，等到成熟，才容人把它挖出來。你們偶然看見一棵花生瑟縮地長在地上，不能立刻辨出它有沒有果實，非得等到你接觸它才能知道。」

我們都說：「是的。」母親也點點頭。

爹爹接下去說：「所以你們要像花生，因爲它是有用的，不是偉大、好看的東西。」

我說：「那麼，人要做有用的人，不要做偉大、體面的人了。」

爹爹說：「這是我對於你們的希望。」

————許地山〈落花生〉

作爲「臺灣新文學先驅」的許地山〔註1〕，一生受父親的影響頗深，尤其是落花生哲學，更成爲他筆名「落華生」的緣由。而文中這位尚實重質的爹

〔註1〕 楊牧先生在《許地山小說選》的〈導言〉中除了提及許地山的作品有「於平澹中得無限風韻，復能自創婉轉之蘊藉，音色自成一體」及「帶著宗教性的悲憫情操，以之看視凡間之生死離別，自有一層人所不能及的境界」兩大特色外，更進一步點出他與臺灣的淵源，「縱使許地山一生事業都在臺灣以外的環境裏完成，因爲他生在臺灣，而且襁褓所飲已經是臺灣的活水，我們就稱他是臺灣新文學的先驅人物，也未嘗不可。」（臺北：洪範書店，1984 年 7 月）。關於許地山與臺灣的淵源，已有學位論文的論述發表：《許地山其人其文──一個臺灣觀點的考察》，王韻如撰，康來新先生指導，國立中央大學中文研究所碩士論文，1996 年 6 月。

爹,正是本文的焦點人物——許南英。

許南英,號蘊白或允白,自號窺園主人、留髮頭陀、龍馬書生、毘舍耶客、春江冷宦等。關於他的論述已有不少,大多著眼於他的「會魁」身份(這是清代臺灣人的驕傲)與憂時憂國的情操(這是乙未割臺前後臺人文士的普遍心態)。至於他的詩詞作品,也在兩年前的一篇學位論文《許南英及其詩詞》中作了全盤的考察〔註2〕,但是卻忽略了中國古典文學對清代臺籍文人的影響。即以《紅樓夢》為例,許南英的作品中就有〈紅樓夢題詞〉與〈讀丘菽園觀察詠紅樓夢中人詩冊〉二首詠紅酬唱之詩,還有仿作的詠菊四首與詠梅八首等。雖然以其詩作質量而言,不能謂為紅學大家,況且尚有「才思不超」之譏〔註3〕,不過他的詠紅酬唱與仿作,正點出《紅樓夢》在清代臺灣文人圈中已然流行,而臺灣文士迥異於中土的歷史經驗也影響著《紅樓夢》的閱讀反應,故研究許氏紅學,未嘗不是探索「紅學接受史:清代臺灣篇」的開始。

此外,他的紅學亦充滿遺民色彩,係遺民文學的一環。出身詩禮世家的他,在棄臺內渡後,顛沛流離的興亡之感,「無力可回天」(丘逢甲〈離臺詩〉)的憂思之情,猶如屈原之哀郢、楚囚之相對、新亭之對泣。因之許氏的遺民文學,自是一種傳統的承續,只不過他所沿襲的是黍離麥秀之歌,而非慷慨激昂的悲壯之音。

由於許南英的紅學處處展現其思想情志,而其思想情志又與歷史環境與個人境遇息息相關,故在探討之際,歷史回顧實屬必然。

二、神鯨/鯤身逝——移民與遺民

傳說中明末遺臣鄭成功是東海大鯨的化身。當年在荷蘭人眼中,是以「冠帶騎鯨」的英雄之姿浮海來臺,建立抗清基地;兩年後,形象稍作改變,是「鯨首冠帶乘馬,由鯤身東入於外海」〔註4〕。鯨,其「大能吞舟,黑如牛」

〔註2〕《許南英及其詩詞研究》,楊明珠撰,金榮華先生指導,私立中國文化大學中文研究所碩士論文,1999年6月。

〔註3〕湘潭李漁叔《三臺詩傳》中曾評價許南英「其詩平穩,甚少變化,蓋才思不超,又中歲困於吏事,不能盡其思致,晚乃稍進,然終不逮澐舫者,則才為之也。」(臺北:學海出版社手稿出版,1976年7月,第六十一頁)

〔註4〕范咸等《重修臺灣府志》卷十九〈雜記·叢談〉中有記:「鄭成功起兵,荼毒濱海,民間患之,有問善知識云:此何孽肆毒若是?答曰:乃東海大鯨也。問何時而滅?曰:歸東即逝。凡成功所犯之處,如南京、溫台,并及臺灣,舟至,海水為之暴漲。順治辛丑攻臺灣,紅毛先望見一人,冠帶騎鯨,從鹿

〔註5〕，在傳統文獻中雅稱爲「鯤」，正是《莊子・逍遙遊》中的北冥之魚〔註6〕。可巧的是，鄭成功入臺的第一站：鹿耳門，恰位於「一鯤身」（即今之臺南安平，因其地理環境像浮於水面之鯨背，而被命名爲「鯤身」〔註7〕）。這人／鯨與地／鯤的相互輝映，締造了一個反清復明的東寧王朝，成爲明代遺老的立命之地。

　　兩百餘年後，神鯨早逝，而鯤身也已易二主，從滿清到日本。對臺人文士而言，滿清畢竟只是改朝換代的更迭罷了，然而日本卻是環伺中土的列強之一，於是甲午之役後的割臺，遂造成震憾今古的遺民悲情。先祖「移民」來臺，落戶於鯤身，卻不幸流落異鄉，成爲乙未「遺民」的許南英，正是一個典型。

（一）九葉孫枝——毘舍耶的福佬客

　　關於許家自中土移民來臺的情形，許地山有一番描述：

> 宋、元以來，閩、粵人渡海移居臺灣底漸多。明初，因爲防禦海盜和倭寇，曾令本島居民悉移漳、泉二州；但居留人數並未見得減少。當嘉靖四十二年（一五六三），俞大猷追海盜入臺灣以前，七鯤身、鹿耳門沿岸底華民已經聚成村落。這些從中國到臺灣底移民，大概可以分爲五種：一是海盜，二是漁戶，三是賈客，四是規避重斂底平民，五是海盜或倭寇底俘虜。嘉靖中從廣東揭陽移到赤崁（臺南）居住底許超，便是窺園先生底入臺一世祖。……若依上頭移民底種類看來，他或者是屬於第四或第五種人。自荷蘭人占據以後，名臺灣爲麗都島（花摩娑），稱赤崁爲毘舍那（或作毘舍耶），建城築堡，

耳門而入，隨後成功舟由是港進。癸卯，成功未疾時，轄下夢見前導稱成功至，視之，乃鯨首冠帶乘馬，由鯤身東入於外海。未幾，成功病卒，正符歸東即逝之語，則其子若孫皆鯨種也。」（中華書局影本，頁2403～2404，1984年10月）

〔註5〕同上。

〔註6〕《莊子・逍遙遊》：「北冥有魚，其名爲鯤。鯤之大，不知其幾千里也。化而爲鳥，其名爲鵬。鵬之背，不知其幾千里也，怒而飛，其翼若垂天之雲。……」

〔註7〕安倍明義《臺灣地名研究》一書中即曾解釋安平何以稱爲"一鯤身"：「安平街所在地，往昔爲一獨立的島嶼，漢人管叫它爲一鯤身（鯤身是荷蘭人所謂的 Tauan，即安平的前身，乃是荷人建立紅毛城之所在，跟安平接壤），從此地到南方二層行溪的河口，七個小島嶼有如聯珠一般點綴於海中，從一鯤身依次向南數到七鯤身爲止。因其形狀恰似一鯤浮身於海面，故名。安平就在一鯤身及二鯤身的隙間。鯤是大魚或鯨的意思。」（臺北：武陵出版有限公司，1994年11月三版，頁175）

闢港刊林，政治規模略具，人民生活漸饒。許氏一家，自移殖以來

到清嘉慶年間，宗族還未分居，並且各有職業。……〔註8〕

文中描繪出一幅簡明的移民史！姑不論其眞確與否，至少可以窺知許氏家族移民來臺的可能緣由及時間。此外，值得注意的是他的祖先從廣東揭陽移居臺灣赤崁這件事。

祖籍廣東揭陽，代表許氏家族係屬客家人〔註9〕，來臺已歷九代〔註10〕。而這三百年間，卻多生活於閩南族群叢居的赤崁城中，於是可以推斷，他應是「福佬客」，亦即生活上或已習染閩南文化，但骨子裏仍流著客家人的血液。客家人重耕讀傳家，崇尚正義，具宗族團結意識，尋根祭祖觀念頗強，這些特色皆可在許南英身上發掘。

至於臺灣赤崁一地，本爲平埔希萊耶族 Cha-kam 社聚居之處，早年即由漢人取諧音漢字「赤崁」爲其地名。荷蘭人於此建城樓以爲政務要廳；鄭成功則改赤崁城爲安平鎮，赤崁樓爲承天府，作爲反清的根據地，並建設成爲全臺首善之地，及至光緒十八年（1892）劉銘傳將巡撫衙門移至臺北爲止，它始終是全臺首都〔註11〕。因此許家落籍於此，自有其歷史脈絡可尋。

（二）窺園主人──詩禮傳家

許地山的夫人周俟松先生曾言地山「幼年生長於一個臺灣愛國者的家庭，讀經史，習孔孟，受的是詩書傳家的封建教育」〔註12〕。「臺灣愛國者」表現在乙未割臺之際，而「詩書傳家」則可溯及父祖輩。且看在一九二四年許地山筆下的祖父是何等面目：

八十年前，台灣府──現在的台南──城裏武館街有一家，八個兄

弟同一個老父親同住著，……兄弟們有做武官底，有做小鄉紳底，

〔註8〕 引文見許地山〈窺園先生詩傳〉一文，收入許南英詩集《窺園留草》中（臺灣省文獻委員會出版，1993 年 9 月），頁 233～234。

〔註9〕 參見陳運棟《臺灣的客家人》（臺北：臺原出版社，78 年 3 月再版），頁 19。

〔註10〕 許南英〈臺感〉：「居臺二百載，九葉始敷榮」、「居臺初祖溯前明，二百餘年隸聖清；九葉孫枝備族譜，三邊母教起儒聲。」（同8，頁36、頁82）由此可知許家來臺應已有九代。不過按許地山〈窺園先生詩傳〉中所云，照新譜記載，至許南英爲止，只有七代。

〔註11〕 參閱連橫《臺灣通史》卷五〈疆域志·安平縣〉（臺北：眾文圖書公司，1994年 5 月，頁 109～110）及安倍明義《臺灣地名研究》（同上）。

〔註12〕 語見周俟松、邊一吉〈許地山和他的作品〉一文，收於周俟松、向雲休編《許地山》一書，頁 233～244。1982 年。

> 有做買賣底。那位老四，又不做武官又不做紳士，更不會做買賣；
> 他只喜歡唸書，自己在城南立了一所小書塾名叫窺園，在那裏一面
> 讀，一面教幾個小學生。他底清閒，是他兄弟們所羨慕，所嫉妒底。
> 〔註 13〕

文中這位嗜讀的四爺，便是許南英的父親。不過因是散文之筆，主角又非四爺，故只輕筆帶過。直至九年後，許地山爲出版其父詩集《窺園留草》而作〈窺園先生詩傳〉一文，在史傳筆法的描述下，書香傳承的始末方具體呈現：

> 從家庭底傳說，知道一世祖是蒙塾底師傅。……窺園先生底祖父永
> 喜公是個秀才，因爲兄弟們都從事生產，自己便教育幾個學生，過
> 他底書生生活。他前後三娶，生子八人。子姪們，除廷樂公業農、
> 特齊公（諱廷璋）業儒以外，其餘都是商人。……特齊公因此分得
> 西定坊武館街爐餘底鞋店爲業。咸豐五年十月初五日（一八五五年
> 十月十四日），特齊公在那破屋裏得窺園先生。……在先生六歲時
> 候，特齊公便將武館街舊居賣掉，另置南門裏延平郡王祠邊馬公廟
> 住宅，建學舍數楹。舍後空地數畝，任草木自然滋長，名爲「窺園」，
> 取董子「下帷講誦，三年不窺園」底意思。特齊公自在宅中開館授
> 徒。不久便謝世，遺下窺園給他底四個兒子。……先生排行第三：
> 十九歲時，伯兄梓修公爲臺灣府吏、仲兄炳耀公在大穆降辦鹽務，
> 以所入助家用。……二十四歲，先生被聘去教家塾；不久，自己又
> 在「窺園」裏設一個學塾，名爲「聞樨學舍」。……〔註 14〕

因爲許家舊族譜燬於道光年間，故開臺祖只能以「傳說」說之，而詳譜也僅能追溯至來臺第七代的永喜公。從上述文字中，不難發現自永喜公到特齊公，再到許南英，這一支脈有著共同的特色，亦即他們都是開館授徒的儒生，尤以特齊公，更是服膺漢儒宗師董仲舒。根據《漢書》的記載，董仲舒這一代儒師的形象是「下帷講誦，弟子傳以久，次相授業，或莫見其面，蓋三年不窺園，其精如此。進退容止，非禮不行，學士皆師尊之」〔註 15〕。因此，許家的「窺園」，正是儒生治學、詩禮傳家的象徵。許南英承襲家風，除在光緒

〔註 13〕引自許地山散文〈讀《芝蘭與茉莉》因而想及我底祖母〉，此文作於 1924 年，後收入《許地山》一書，同上，頁 139。

〔註 14〕同 8，頁 23335。

〔註 15〕見於《漢書》卷五十六〈董仲舒傳第二十六〉，臺北：鼎文書局，民國 75 年 10 月六版，頁 2495。

四年（1878）於自家窺園設「聞樨學舍」，教授童蒙外，又於該年在竹溪寺旁設立「崇正社」，取「崇尚正義」之義，以與同里士人鬥韻敲詩。此一詩社的成立，乃成為臺南詩社之濫觴，由崇正社而浪吟詩社，再發展成南社，形成日後臺灣三大古典詩社之一〔註16〕，而臺南詩教亦於焉發跡。

此外，許南英也將此詩禮儒風傳及子孫，我們可以從其次子贊元、四子贊（即地山）將分赴日本、緬甸而為訓示詩中可見：

> ……國步正艱難，及時勤策勵。戒爾收放心，放心學無濟；戒爾須謹言，謹言少罪戾；毋友不如己，謹慎在交際；孤客在他鄉，用財先會計；勿中酒色毒，勿受朋黨弊；惟有苦心人，乃免為奴隸；少壯不努力，年華難為繼！……（〈次兒叔壬東洋就學，書此勉之〉）

> ……汝須澡汝身，尤宜浴爾德！反躬既無慚，即以身作則。勿貪過量酒！勿漁非分色！臨財慎操持！動氣自過抑！凡有此四端，皆是德之賊。所以古君子，守身如白璧。嗟嗟人海中，前途黑如漆！失足入迷途，後悔曷有極！……（〈示四兒叔丑〉）〔註17〕

收心謹言，守身持德，毋友不如己等觀念均源自儒家思想。在許南英的殷殷訓詞中，儒門家風表露無疑。而此詩禮之家在列強入主之際，又將如何面對呢？是否當年父親特齊公的遷居延平郡王祠邊，除了孺慕漢文化外，亦預想著未來將一如鄭氏王朝的處境般，有著斑斑的遺民淚？

（三）黍離之悲──乙未割臺

既是書香世家，科考乃必經之路。許氏中式後（光緒十六年，1890），選擇返鄉服務鄉梓，在乙未割臺之前，約做了三件大事：一為請領經費籌建呂祖祠（1890），供奉孚佑帝君，成全民間信仰〔註18〕；二是管理孔廟樂局事務（1891），修整樂器，以備恭送聖蹟入海時奏雅樂用，並擔任聖廟內「以成社」社長，負起敬字惜紙之職，以宣揚儒家教化〔註19〕；三則應唐景崧之聘，協

〔註16〕臺灣在日本時代有三大詩社：北有瀛社，中有櫟社，南有南社。
〔註17〕二首詩分別見於《窺園留草》（同8）頁92、頁138。
〔註18〕孚佑帝君即八仙之一的呂洞賓。他在民間有廣泛的信仰，與觀世音菩薩、關聖帝君是對社會影響最大的三位神明，有安定社會的作用。關於呂祖廟的興盛，可參見《臺灣的鄉土神明》（姜義鎮著，臺北：臺原出版社，1997年3月），頁62～65。
〔註19〕臺灣民間，尊敬倉頡為「制字先師」，各地多有聖蹟亭、敬字亭、敬聖樓等，將撿拾之字紙匯於亭中，焚灰送海，這是受儒家思想薰陶的結果。目前所知

修《臺灣通志》（1894），爲臺灣歷史留下見證，可惜是年爆發甲午戰爭，隔年即由史家身份一變而爲統領，開始了防匪抗日的使命。

一八九五年，清廷割臺予日，造成全臺抗日運動，「臺灣民主國」應運而生，許氏詩中曾記其氣勢：

> 元武旗撐五丈嶢，扶桑霸氣黯然消。不甘披髮冠冠楚，猶是章身服服堯。議院廣開民主國，版圖還隸聖明朝。請看強弩三千彀，鹿耳門前射怒潮。（頁 30）

可惜五個月後（5、23～10、21），幻想破滅，士紳紛紛逃離，而許南英還是固守臺南，直至千鈞一髮之際，方由安平漁民協助逃難，從此展開飄泊流離的歲月。

1. 饑驅走南洋——飄泊的歲月

許氏倉皇逃出，先是安置家小於汕頭附近的桃都，本擬歸宗，可惜舊譜不存，入臺一世祖與揭陽宗祠的關係不得而知，只好作罷。於是許氏隻身前往新加坡、曼谷等地尋求經濟支援。未果，囊金蕩盡，迫使他走上仕宦之路。

在逃離臺灣之初，許氏曾寫二詩寄臺南詩友以表心跡：

> 徒死亦何益，餘生實可哀！縱云時莫挽，終恨我無才。身世今萍梗，圖書舊劫灰。家山洋海隔，鄉夢又歸來。

> 憶昔籌防局，鄉人義憤同。黔驢齊奏技，桀狗盡居功。含璧憐餘子，收棋誤乃公。幽冤千載後，誰爲表初衷？〔註20〕

詩中吐露了抗日失敗的憾恨與飄零之感。從此，滄桑潦落成爲他詩作的基調，如「同是天涯淪落人，那堪重憶故山春」、「滄桑家國淚，相對一沾巾」、「壯心銷烈士，悲淚灑新亭」、「萍蹤聚散渾無定，如此相逢有幾回」等等〔註21〕；而他亦常緬懷憑弔明鄭遺跡，以寄託襟懷：

> 赤手擎天，是明室，獨鍾閒氣！想當日，橫師海上，孤忠無二！誓死不從關外虜，故藩擁戴朱術桂。看金、廈，兩島抗全師，伸敵愾！

〔註〕在臺灣此項活動乃始於臺南，蓋臺南有「全臺首學」之稱的孔廟之故。關於敬惜字紙的情形，可詳見《臺灣的書院與科舉》（林文龍著，臺北：常民文化事業股份有限公司，1999 年 9 月）頁 232～246。

〔註20〕同 8，頁 35。

〔註21〕詩句分別見於〈題畫梅，贈陳岳生〉、〈冬日客居鮀浦，吳獻堂過訪〉、〈贈陳省三觀察、兩三蠡尹昆仲〉、〈和宗人秋河四首〉，均爲光緒二十一年所作（同 8，頁 34～37）。

> 亡國恨，遺臣淚；存國脈，回天意。剩廟宇空山，古梅憔悴。故國
> 尚存禾黍感，荒祠不忘蘋繁祭。聽怒潮，嗚咽草雞亡，神鯨逝！（〈謁
> 延平郡王祠〉）〔註22〕

也許是赤崁故鄉的召換，讓他每每吟誦明鄭遺事；或許是感同身受，使他往
往藉明鄭為題訴其懷抱，「亡國恨，遺臣淚」不就是中年許氏的寫照？他倒不
是真有反清之志（否則就不會浮沉宦海，而其所參與的臺灣民主國也就不會
以「永清」為國號了），只是將明亡史實與自身處境類比，當年的關外滿清，
猶如今日的日本帝國；當年的明遺誓死不從，猶如今日的許氏恥作殖民。不
同的是，當年的遺老悲憤是一國之下的異族對立（漢／滿），而今日的流亡苦
悶則是國族主義催生下的認同問題（中／日）。

　　其實不只是遠走南洋，即令宦遊中土，許氏亦仍無法免除這份遺民思鄉
的悲情。而更可哀的是，他雖曾兩度回臺（1912、1916），然臺灣家產散盡，
已無立錐之地，終其一生，非但無法一圓還鄉之夢，甚且還喪生棉蘭，孤清
長眠於異域了。

2. 春江冷宦──宦游中土

　　許氏因有恩科會魁的頭銜，故不難在清廷謀得一官半職。他自請開去兵
部職務，降任廣東知縣，除了是祖籍所在，兼以朋友眾多〔註23〕之外，恐怕
此處離家鄉近才是主因。隨後歷任徐聞縣知縣、陽春縣知縣、陽江軍民同知
兼辦清鄉事務、三水縣知縣等。居官期間，仍不改其儒生本色，諸如在徐聞
熱心辦學，縣官兼書院掌教；在陽江遣派留日學生，以造就人才，並設師範
傳習所以養成小學教員，同時創辦地方巡警及習藝所等等。可惜因習藝所越
獄事件而撤職，在仕途慘淡之時，乃自號「春江冷宦」。後雖復任職三水，卻
也因不願官紳勾結、收受賄賂而自請去職。辛亥鼎革，許氏感官場民風日惡，
遂決計不再從政，而家境亦復艱難。

　　宦遊中土期間，許氏的心靈並未得到安頓，「我本鯤鹿人」〔註24〕始終縈
繞心頭。情繫家園愈深，遺黎之悲愈重，如其〈上易觀察實甫〉一詩：

> 故園東望暮雲低，黑海重重去路迷。寧使弟昆淪異族，忍拋君父作

〔註22〕同8，頁207。
〔註23〕許地山認為南英捨北京供職而降就廣東，有二原因：「一因是祖籍，二因朋友
　　　　多」（同8，頁240）。
〔註24〕見許氏〈祝陳游軒六秩晉一壽〉詩，同8，頁154。

遺黎！浮沉冷宦成蕉鹿，顧盼雄圖失草雞。痛哭上書天路遠，負公萬里走輪蹄。〔註25〕

黑海，即指臺灣海峽，俗稱「黑水溝」，當年移民者葬身魚腹不少。對許南英而言，九世的在臺基業，在抗日失敗後瞬間拋捨。日人入臺後，曾禮請回臺，許氏卻「不願今生作殖民」〔註26〕。而在宦遊中土時，仍不時「故園東望」，在許氏心中，或許中國是思想上的祖國，但對臺灣的眷戀，卻像割不斷臍帶的稚子孺慕母懷一般，生於斯、長於斯的〝在地〞情懷，使他不論宦遊何地，都自稱「我是毘舍耶島客」〔註27〕，無怪乎在其第一次返臺祭祖時（1911）寫下「我從人海乍回頭，飄泊身如不繫舟」〔註28〕這般感傷的詩句了。

3. 留髮頭陀──風塵未了

如同傳統文人遭歷坎坷一生後，總以佛道作為安頓身心法門一般，許氏在飄流無所歸依的生活中，亦選擇佛門成為他的港灣。他曾萌生隱逸之念，如「還山無處思山隱，夢斷桃源世外民」（〈和易實甫觀察原韻〉之二）、「思焚筆硯歸山去，遁跡漁樵過此生」（〈和陳懺眞原韻〉）〔註29〕，他嚮往的是閒居生活：

杜門謝俗容，陋巷絕華裾；春至藝荒菊，秋來種野蔬；諸孫時問字，一老自鈔書；舉首看天外，浮雲自卷舒。（〈閒居〉）〔註30〕

此外，他也曾有兩次出家的因緣，一次是乙未當年，民主國失敗，許氏匆匆攜家避難，錢囊散盡，家眷寄人籬下，挫折打擊紛來，此時聞郭會川在鷺江虎溪巖祝髮為僧，頓感「幾莖髮甚千金重」而動念出家；另一次則是民國元年，陳日翔邀約落髮為僧，或隱居於虎溪巖邊。但兩次均因緣未具足，原因是「尚有紅塵未了因」〔註31〕。不過正有此因緣，方助許氏深入佛理，而自號「留髮頭陀」，並有詩為證，比如「本無我相無人相，豈有金剛不壞身」、「本

〔註25〕同8，頁82。
〔註26〕見〈臺感〉詩，詩中有自註曰：「日軍到嘉義，即採訪士論，通函請予在府辦保良局。予內渡後，有兵官名花板者，亦通函請予回臺」、「日人入城，收封予屋，號曰『亂民』；旋即起還，並給先叔以六等灰徽章，列於紳士」、「臺南警察署攝予小照，懸諸廳事，題曰『名譽家某某』」（同8，頁82～83）。雖然日人懷柔至此，但顯然無用。
〔註27〕見〈壽李啓授令堂李太夫人〉詩，同8，頁143。
〔註28〕見〈南社同人在醉仙樓開歡迎會，酒後放歌〉，同8，頁107。
〔註29〕同8，頁77、頁143。
〔註30〕同8，頁141～142。
〔註31〕同8，頁36。

無人我相，忽現色空身」、「皈依佛海證如來，搗碎人生盡化埃。俗障未除如幻泡，名心已死不然灰」、「懺悔十年除慧業，通靈一瓣熱心香」、「老去逃禪觀自在，閒來證佛拜迦羅。名心解脫歸眞實，梵語皈衣誦密多」等〔註32〕，皆說明他寓形宇內而得以暫安身心之法。

三、遺民紅學——飄泊與歸隱

如此的家國之痛，如此的儒生本色，究竟讀出怎樣的紅樓況味來？許氏以詩人身份閱讀紅樓，他的紅學表現自然是題詠詩作。清代臺灣詩社之盛，詩友酬唱往來之頻繁，甚至擴及中土、南洋的情況，又促使大陸東南一帶形成一個紅樓文化圈，而此時此地的紅樓文化人多是乙未以來銜恨含悲的護臺之士，具有飄泊與歸隱的遺民特質。在實際生活中，他們無能如明末遺老般據地抗日，只有消極的流亡與隱遯；在紅樓天地裏，他們也不思掘發反清復明意識，以與索隱同流，僅是吟詠滄桑，或帶幾分道德，可也並不苛責，一派隱逸之風。以下將先概論大氛圍的東南紅樓文化圈，再以許氏紅學爲焦點述其特色。

（一）題詞——以丘煒菱為主的紅樓文化圈

當紅學議題不斷被關注與開發的當代，丘煒菱及其紅學仍不過是參雜在眾多文獻之中，聊備一格而已，並未引人矚目。事實上，他是晚清以來對小說理論的域外發展頗有貢獻的文人，而他的詠紅之作，又引發了臺、閩、廣等地詩友的熱絡唱和，儼然形成一股紅樓文化氣息。此一現象說明《紅樓夢》的魅力又廣被至東南沿海一帶文士，儘管他們正遭逢國難家變。倘若我們要建構一部紅樓接受史，那麼研究東南紅樓文化圈將是一個重要的課題。

丘氏在其《五百石洞天揮麈》一書中很清楚的道出《紅樓夢分詠絕句》完成之始末，及出版之際時人紛相題詞的情形：

> 亡室王孺人曩有《紅樓夢詠》若干首，歿後余爲理之，共存四首，即今刻入拙著《贅談》者是也。乙未之冬〔註33〕，鄉居無俚，因亡室之舊作，發弔古之閒情，忍俊不禁，未能免俗，隨意分詠，旬而得詩百

〔註32〕同8，頁104、109、152、165、180。

〔註33〕丘氏文乃引自一粟所編《紅樓夢卷》（臺北：新文豐出版公司，1989年10月，頁402），書中將「乙未」誤植爲「己未」。按己未年乃咸豐九年（1859），此時丘氏（1874～1941）未生，如何能詠？筆者復對照《晚清文學叢鈔——小說戲曲研究卷》書中所收該文（阿英編，臺北：新文豐出版公司，1989年4月，頁403），證實前書之誤，可能是校勘之失。

絕句，度置散廌，聊以自餘，初非欲示人也。今歲冬，徇同學之請，
爰刪其無關旨趣者半，實二十五人，人二絕句，以授之校。同學輩遽
刊佈啓，遍徵題詞，固不令余知也。及覺，而郵筒已絡繹於道，念事
既成，未便尼沮。先後得題者若干人（已寄到者，爲嘉應溫慕柳太史
仲和、……閩中邱仲閼工部逢甲、　弟叔崧茂才樹甲、許允伯進士南
英、……二十一人。其許而未到者，尚虛左待也）……吁！余以一處
士投荒遠島，塵竣堆裏，稱説詩書，此等經生面孔，市人見者，將吐
棄我之不遑，乃以少日無聊遊戲之筆墨，亦竟得海內同道之稱，毋亦
有如古所云「愛之至者誘之以至於道」耶！……〔註34〕

丘氏有妻王東門女士，妙通詩詞，戲詠紅樓四釵（黛玉、寶釵、晴雯、鶯兒）。
不料早逝，丘氏因傷生時未能留其眞容，遂編成《偶閱紅樓夢有詠》一書以
茲紀念〔註35〕。一八九五年冬天，因思亡妻舊作，而隨興題詠以自娛，是爲
丘氏詠紅之始。

　　其後之整理增刪出版諸事宜，皆源於同學之請，未料即因此引發共鳴，
共收得三十六人題詞、一人爲跋、一人作序、一人署籤〔註36〕。其中來自臺
灣的便有許南英、丘逢甲、樹甲昆仲、謝道隆、王漢秋、陳煥燿等六人。其
熱烈的程度，是丘氏始料未及的，眞是「無心插柳柳成蔭」！

（二）無補恨——飄泊之嘆與歸隱之思

1. 飄泊：題詠——許、丘酬唱

　　與許南英同具移民身份，也同經歷割臺之恥的丘煒菱並未具有強烈的遺
民色彩，或許是丘氏乃星洲移民第二代，家業俱不在臺灣，故總不如許氏的
深刻憂傷。他可以在絕意仕途後回到星洲安居，因爲他沒有經濟壓力，所以
可自由的選擇辦報、結社來宣揚理念。換言之，他是沒有後顧之憂的〔註37〕。

〔註34〕關於丘氏作品，如《菽園贅談》、《五百石洞天揮麈》、《揮麈拾遺》等書，原
　　　　件藏於新加坡大學圖書館，筆者尚連繫中，猶未得見；而其《紅樓夢分詠絕
　　　　句》更如石沉大海，音訊全無。筆者僅能運用二手資料（一粟、阿英所編書，
　　　　見上註），聊以說明。惟一粟所收《紅樓夢分詠絕句》只節錄十五人三十絕句，
　　　　未臻全貌。本文所引丘氏詠，即援自此書（頁543～545）。筆者將竭力搜尋原
　　　　件，以補不足。

〔註35〕事見丘氏《菽園贅談》（收入一粟《紅樓夢卷》，同上，頁396）。

〔註36〕根據丘氏在《揮麈拾遺》中所補記（收入《晚清文學叢鈔——小說戲曲研究
　　　　卷》，同34，頁410。

〔註37〕關於丘煒菱的生平及其事蹟，筆者已撰有〈晚清小說理論的域外發展——以

至於他與許氏的結緣，則始於許氏逃離臺灣，初至廈門之際。隔年許氏浪遊南洋，行至星洲，得丘的雪中送炭，從此二人相惜相知。許氏有詩記當時概況：

> 菽園（按：即丘煒萲）豪情誰與匹？飛箋束我如羽疾。……自從小劫歷紅羊，身似孤臣遭屏黜。……主人愛才如愛命，不因窮通與得失；令我揮筆寫牢騷，賞識風塵引入室。海天誠不負斯遊，得與群賢談促膝。異時分手各西東，不知斯會復何日？雪泥鴻爪是因緣，我爲拈毫紀其實。時在光緒丙申年，仲冬十一月初一。（〈丘菽園觀察招讌南洲第一樓分韻，得一字〉）〔註38〕

丙申，即光緒二十二年（1896）。丘性喜揮金結客，正好暫解許氏艱難，又得交結群賢同道，此一相知情誼，正是許氏畢生念茲不忘的。而在同一年，丘出示《詠紅樓夢中人》詩冊（此當是前文所云最初隨意分詠，聊以自娛之作，非後來增刪刊行之本），許氏讀後即寫下〈讀丘菽園觀察詠紅樓夢中人詩冊〉一詩：

> 班薰宋豔萃奚囊，吟到紅樓獨擅場！
> 幻境別開詩世界，春蘭秋菊有評章。
> 筆墨原參造化功，洛妃巫女賦同工！
> 香魂若聽菽園唱，妒殺怡紅與悼紅。
> 紅顏薄命尋常事，感慨如君曠代深；
> 搔首問天無補恨，鳳鸞飄泊有知音。
> 懺除結習老頭陀，讀罷新詩又障魔；
> 涼雨客窗燈似豆，風來如聽珮環過。〔註39〕

前十句稱讚丘氏詠紅之佳妙，並點出其對紅樓金釵之深刻感慨。試看丘氏詩，確實充滿憐惜之心與無常之感，如詠黛玉：「埋香人正怨東風，埋玉無端又落紅。試問花叢誰得似？可憐無語夕陽中。」詠寶釵：「正了相思共婿鄉，單棲竟抱冷鴛鴦。一番合德溫馨過，底遜旃檀好道場？」詠探春：「聰明原仗福能消，嫁杏風和到六朝。京國有園縈別夢，齋留秋爽雨瀟瀟。」詠可卿：「一從月缺不能圓，繐帳風悲盡愴然。知否歸魂方出夢，白頭原不到嬋娟。」詠紫

星洲才子丘煒萲爲例〉一文，發表於第五屆「近代中國學術研討會」（國立中央大學主辦），1999 年 3 月。

〔註38〕 同 8，頁 39。

〔註39〕 同 8，頁 38～39。

鵑：「春深別院正吹簫，嗚咽殘釭伴寂寥。從此東風任開落，梨花無主等閒飄。」
詠晴雯：「夫容草木斷腸同，苦記深閨笑語工。和汝晚涼床上坐，親撕紈扇博
驚鴻。」詠妙玉：「濃色濃香總擅場，不將閒日繡鴛鴦。一從拋撇蒲團去，碧
海青天何處鄉？」等等。然而丘詩尚有歌頌俠義之一面，如詠探春：「劉家三
妹此娟娟，一摑留痕尚凜然。今日憑城狐善崇，懊儂無笏擊當前。」詠平兒：
「體態溫柔性格沉，饒將俠骨報知音。世間忌主尋常有，可惜韓彭昧用心。」
等，只是許氏未能體解得出，大概是個性使然吧！

　　至於後六句則是許氏自述其閱讀《紅樓》與丘詩後的感懷。將丘氏引為天
涯知音，縱使因時局不靖而含恨飄蕩，然丘詩卻有撫慰之效，不必再尋思補恨
了。此外，即便丘詩已點出人生之無常，許氏自身又是參習佛理的頭陀居士，
但他心中還是揮不去玎璫環珮的紅樓儷影，這「綺障」如魔，怎得消除呢？

　　儘管如此，數年後當他再度為丘詩作〈紅樓夢題詞〉時，就顯得理性多
了：

> 村言假語破情關，無奈空山石太頑。世事本空惟道、釋，家聲半壞
> 在釵環。從知紈袴輕儇子，盡在衣冠世祿班。寄語觀書觀大略，先
> 將綺障力除刪！〔註40〕

許氏認為《紅樓》當是懺情之書，讀者品賞的首要關卡是「綺障」（這正是自
暴其閱讀經驗），先要努力克服此魔障，方能體悟此書之大旨（非關風月，乃
談空空）。同時許氏也以儒生本色提點世人「從知紈袴輕儇子，盡在衣冠世祿
班」，不過僅此而已，並未如前人王希廉、張新之等興起衛道之眼覷視《紅樓》。

2. 歸隱：仿作──詠菊四首、詠梅八首

　　許氏紅學除酬唱題詞外，尚有仿紅之作。他在約光緒十七～十九年間
（1891～1893）曾作有詠菊四首，即〈憶菊〉、〈訪菊〉、〈品菊〉、〈供菊〉等
五律詩。十三年後（1916），他則作了詠梅八首，即〈憶梅〉、〈尋梅〉、〈畫梅〉、
〈詠梅〉、〈對梅〉、〈問梅〉、〈殘梅〉、〈夢梅〉等七律詩〔註41〕。這十三年間，
他經歷了乙未之恥、流亡之悲及宦海浮沉之苦，因此前後詩作大異其趣。首
先，以梅代菊，許氏素愛梅花，常以梅自況，因為梅花「清高不受塵」、「搓
枒傲骨苣冰肌」，清高孤傲的形象儼然是遺民的象徵。此外，前者重詠物，多
體物之情；後者則託物以言志，多藉物詠懷。如以詩題相近的詩來做對比，

〔註40〕同8，頁113～114。
〔註41〕許氏詠菊四首與詠梅八首分別見於《窺園留草》（同8），頁26、頁183～184。

便不難發現其間的差異：

〈憶菊〉：著意在籬東，芳魂幾日空？花容都寂寞，心事尚朦朧。節
　　　　晚人偏瘦，秋歸夢未通。多情情更誤，無語對西風。

〈憶梅〉：冬心獨抱歲寒時，惆悵茅簷與竹籬。和靖孤山勞想像，師
　　　　雄短夢忽迷離。橫斜古幹無妨傲，醞釀春風不諱痴。風
　　　　雪灞橋驢背上，琴尊水石遠相期。

上一首是風月情懷，源自李清照的〈醉花陰〉：「東籬把酒黃昏後，有暗香盈
袖。莫道不銷魂，簾捲西風，人比黃花瘦」，下一首則運用北宋詩人林逋的結
廬隱居來點出歸隱之志。林逋，字君復，杭州人，性恬淡，不慕榮利，頗能
安貧樂道。他結廬於西湖孤山，二十年不入城，終身不娶，唯種梅養鶴，人
稱「梅妻鶴子」，自為墓於其廬側，諡號和靖先生〔註42〕。他的澹泊隱逸，正
是許氏晚年的嚮往。此外，又如：

〈訪菊〉：花事近重陽，高人日日忙。招邀三徑外，問訊竹籬旁。是
　　　　處吟秋色，誰家賦晚香？蕭條休傲我，詩興倍堪償。

〈尋梅〉：破臘東風苗玉英，寒驢踏雪板橋行。美人有約春初信，隱
　　　　士如傳空谷聲。耐冷未妨登絕壁，聞香疑是隔前程。折
　　　　花未必調羹用，也慰空山解渴情。

雖然菊是花之隱者，但〈訪菊〉只是冷靜客觀的描述，至於〈尋梅〉，卻有更
多的詩人意象，如「寒驢」、「隱士」等，都象徵許氏的心境。對晚年許氏而
言，傲骨冰肌的梅花似乎更能貼近他的胸懷。

　　除了以許氏前後詩作相互比較來呈顯其晚年的歸隱之思外，我們尚可取
其詠梅八首與《紅樓夢》三十八回的詠菊十二首來做互文。紅樓兒女結海棠
詩社，湘雲與寶釵連夜擬定的詩題是〈憶菊〉、〈訪菊〉、〈種菊〉、〈對菊〉、〈供
菊〉、〈詠菊〉、〈畫菊〉、〈問菊〉、〈簪菊〉、〈菊影〉、〈菊夢〉、〈殘菊〉等，而
在大啖螃蟹之餘詩作紛紛產生，這是一種生活雅趣，是青春的浪漫，同時也
是作者有意的伏筆。至於許氏詠梅八首，雖詩題相似（只少了〈種梅〉、〈供
梅〉、〈簪梅〉、〈梅影〉四首），但作詩情境絕大不同，故風格直是南轅北轍。
許氏之仿作，只是仿其詩題而已。茲列舉〈對菊〉──〈對梅〉、〈問菊〉─
─〈問梅〉二組詩以為證：

〔註42〕關於林逋，可參《宋史》卷四百五十七，列傳第二百一十六，〈隱逸上〉，臺
　　　　北：鼎文書局，p.13432～13433。

〈對菊〉：別圃移來貴比金，一叢淺淡一叢深。蕭疏籬畔科頭坐，清
冷香中抱膝吟。數去更無君傲世，看來惟有我知音。秋
光荏苒休辜負，相對原宜惜寸陰。

〈對梅〉：九九消寒雅會聯，耐寒沽酒坐花前。臘於破後山容笑，霰
已飛餘水腹堅。招鶴雲間圓好夢，騎驢雪裏駐吟鞭。瓊
樓玉宇成香國，絕點塵埃即是仙。

〈問菊〉：欲訊秋情眾莫知，喃喃負手叩東籬。孤標傲世偕誰隱？一
樣花開為底遲？圃露庭霜何寂寞？鴻歸蛩病可相思？休
言舉世無談者，解語何妨話片時。

〈問梅〉：淡嘗世味與人殊，寄跡孤山伴亦孤。不去洛陽爭富貴，卻
來庾嶺號清臞？因緣轉誤林逋老，眷屬誰憐鄧尉枯？問
道壽陽曾點額，承恩承寵有耶無？

承平時期的無災無難與動蕩時代的風雨飄搖所蘊育出來的詩人詩境畢竟兩
異！另外，我們也可以取許氏的詠菊三首與《紅樓夢》的〈憶菊〉、〈訪菊〉、
〈供菊〉來對照，詩題完全相同，但優劣高下立見，可見曹雪芹功力之深。

四、結 語

已矣舊邦社屋，不死猶存面目。蒙恥作遺民，有淚從何慟哭。從俗
從俗，以是頭顱濯濯。（〈如夢令・自題小照〉）

這首臨終表心跡之作，常為論述許氏遺民文學者最喜引用。嚴格來說，生、
長於臺灣的許氏所處年代已跨越清治與日治二時期，然而他與日治時期的
文人迥然不同。一則他在乙未後就離開臺灣，並未接受日本統治；再者日
治初期，臺人多以武裝抗日，許氏並未參與，二〇年代以後改以文化抗日，
許氏則來不及參與；三者日治後他宦遊中土，詩作多為思鄉之苦與乙未悲
情，不若在臺文人控訴日人統治的不平與不公。因此我們可以說，他的思
緒情懷仍停留在清治時期，將他置於〝清代臺灣〞這一時空背景之下來論
述當不為過。

許氏尚實重直的風格使他在拒日失敗後寧願浪遊終生，也不屈撓於日
本，因而在乙未後的作品中處處呈顯遺民之恨、飄泊之嘆與歸隱之思，其詠
紅、仿紅之詩作亦然。可是縱然飄泊有恨，但紅樓文化人之間的吟詠互動卻
足以消恨解愁，這也是《紅樓夢》的魅力所在了。

參考書目

1. 《臺灣府志》，范咸等重修，中華書局影本，1984 年 10 月。

2. 《漢書》，臺北：鼎文書局，1986 年 10 月六版。

3. 《宋史》，臺北：鼎文書局。

4. 《窺園留草》，許南英著，臺灣省文獻委員會，1993 年 9 月。

5. 《臺灣通史》，連橫著，臺北：眾文圖書公司，1994 年 5 月。

6. 《三臺詩傳》，李漁叔著，臺北：學海出版社手稿 1976 年 7 月。

7. 《許地山》，周俟松、向雲休編，1982 年。

8. 《許地山小說選》，臺北：洪範書店，1984 年 7 月。

9. 《臺灣的客家人》，陳運棟著，臺北：臺原出版社，1989 年 3 月再版。

10. 《晚清文學叢鈔──小說戲曲研究》，阿英編，臺北：新文豐出版公司，1989 年 4 月。

11. 《紅樓夢卷》，一粟編，臺北：新文豐出版公司，1989 年 10 月。

12. 《臺灣地名研究》，安倍明義著，臺北：武陵出版有限公司，1994 年 11 月三版。

13. 《臺灣的鄉土神明》，姜義鎮著，臺北：臺原出版社，1997 年 3 月。

14. 《臺灣的書院與科舉》，林文龍著，臺北：常民文化事業股份有限公司，1999 年 9 月。

15. 《許南英及其詩詞研究》，楊明珠撰，金榮華先生指導，中國文化大學中文研究所碩士論文，1999 年 6 月。